馭禽長征
5 王級力量
龍人 策劃 雨魔◎著

故事簡介

紳士大盜楚天，歷盡艱苦，終於找到了雅瑪人價值萬億的藏寶地，
卻因一時好奇，而意外喚醒了封印千年的逆世天禽，被移魂奪魄，
莫名其妙來到一個被鳥類統治的異世星球，故事從此展開。

禽鳥世界美麗而富足，但由於神權與王權的激烈衝突，
再加上虎視眈眈的百萬戰獸，誓雪前恥的四方海族，
天鵬盛世並不如表面那樣和諧、平靜，一切只是風雨驟來前的假象。

鳥身人腦的楚天，努力學飛，抗拒吃蟲，
卻因一時嘴饞，吃下鳥蛋而引起眾怒。
即將被處以極刑的楚天，
卻因神權與王權的制衡而僥倖生還，且因禍得福晉升為啄衛。
機緣巧合之下，楚天收了一隊天牛軍團為部下，
意外成為孔雀崽崽的「媽媽」，並獲孔雀忠心家臣鴕鳥的相助，
繼而結交鴨嘴獸王和不死之神始祖鳥，
屠戮擁有傲世真言的黑天鵝和火鳳凰，得到神級羽器幽靈碧羽梭，
戰敗了不可一世的大雷鵬王和海族幻龍大帝，威名震懾天下。

一座座天空之城在他腳下顫抖，
鳥、蟲、獸、海四族的屍體和鮮血鑄就了他逆天禽皇的威名！

馭禽齋傳說

人物介紹

禽皇：萬年前率四王作亂，被神王兩權陰謀鎮壓，流放到外界，萬年來懷著復仇的念頭存活，大盜楚天巧合之下觸碰禁忌，思想留在楚天腦海裏，把自己的一切都給了楚天。

楚天：因尋找寶藏穿越到鳥人世界的彪悍大盜，其腦海裏有著禽皇的思想，修煉九重禽天變，在鳥人的世界裏一步步建立屬於自己的勢力，得到禽皇寶藏之後開始爭雄，破神權鳳凰，滅王權鯤鵬。擁有神級羽器幽靈碧羽梭、烈火黑煞絲，頂級羽器大日金烏、修羅鳥語針。

吉娜：機緣巧合之下跟在楚天身邊，漸漸看清了神王兩權的本來面目，對楚天暗生情愫，對楚天裨益極大。

獨眼：楚天在血虻沼澤收服的恐怖天牛隊首領，通過自己不斷修煉，領悟蟲族力量，最終隨著楚天一起在鳥人世界橫行。

崽崽：孔雀王系一族嫡系後人，本來是楚天在血虻沼澤拾取的一個蛋，活潑可愛，跟在楚天身邊漸漸成長，在楚天的幫助下奪取綠絲屏城政權，擁有孔雀一族王系神級羽器孔雀翎和孔雀明王印。種族異能「孔雀屏」。

特洛嵐、伯蘭絲：孔雀家臣鴕鳥一族的兩位族長，結爲夫妻，爲尋找主上的後裔在陸地上待了百年，找到崽崽之後一直待在楚天身邊，對楚天在鳥人世界成長稱霸幫助極大，成爲其左膀右臂，兩人分別擁有頂級羽器虯鼉翼和碧波粼羽刀。種族異能「坐地裂」。

馭禽齋傳說

卷五 遺失之城

CONTENTS

目 錄

第一章 意念法則

地下神殿裏，赫蓮娜分出意識去調集高手，準備一舉征服楚天的意志的時候，楚小鳥也在考慮自己的處境。

「這個很漂亮的娘們兒怎麼了，怎麼說著說著就跑了？不會是臊得受不了了吧？可她明明可以殺了我啊，難道還有其他的原因？莫非……」

思想間，楚天突然發現不單剛才被光亮照融的地方已重新長好，屬於自己的黑暗領域還強大了不少。這讓他又是一陣驚奇，但沒等他想明白，世界又變了。

黑暗迅速地委頓下去，一種朦朧的光影由弱變強，逐漸籠罩了整個世界。

「難道這才是殺招？」楚天心道，但卻沒有剛才那種生命消散的感覺，而且還有了另一種清晰的靈動感。

楚天閉上雙眼靜靜體會，感覺精神世界內翻天覆地的變化。

連綿不知幾萬里的山脈，在日月交替的無聲變換中逐漸陷落，化爲沼澤、湖泊……與此同時，遙遠的地平線盡頭，萬傾波濤被天神之手一分爲二，遼闊的海洋中心，升起了平原、高山、荒漠……

滄海桑田，一瞬已是百萬年。

一個新的世界出現在楚天的腦海裏，他從來不知道，世界原來是這樣清晰，這樣生動，他彷彿可以感覺到草的呼吸，水的心跳，大地的脈動。

正當楚天享受這種愜意時，突然感到身下傳來一股龐大的吸力，跟著天旋地轉，無數的景物如走馬觀花地在他眼前出現。

在這個旋轉的空間裏，楚天彷彿經歷了無數次輪迴，出生、長大、衰老、死亡……開始變成蟲，然後變成魚，又變成鳥，接著變成獸……隨著天地的變化一次又一次地循環。

也不知過了多久，也許是千秋萬世之後，楚天再次變成了一個鳥人。

「楚天……」

「嗯，誰在叫我？」

拍拍有點不清醒的腦袋，順著聲音傳來的方向抬頭一看，才發現天空中不知何時出現了一個巨大的鳥神頭像。

「鳥神？」楚天定了定心神，有些不確定地向天空問道，「你就是鳥神？剛才是你在叫我嗎？」

「不錯，我的子民，你的堅毅感動了我，所以我決定讓你成爲我在大地上行走的使徒……」鳥神頭像滿臉莊嚴肅穆，而眼角不經意地流露出一絲得意。

「使徒？……」楚天心裏閃過一絲疑惑，彷彿記起了一些東西。

「不錯，只要你把心靈奉獻給我，那你就是鳥人世界中的聖徒……」天空中傳來的聲音，多著一絲誘惑的味道。

「奉獻？……」楚天心中的疑惑更重，千萬次轉世的記憶，如潮水般衝擊著他的心神，不一會兒，靈台中竟升起一縷明悟。

「不錯，我的……」

「不必了，我有我的天地，你還是去找其他人吧。」楚天冷冷一笑，轉身就要下山。

「你……」化身爲鳥神的赫蓮娜以爲楚天知道了她的秘密，腦中一陣眩暈，而就這一下，竟然流失了近半的精神力，外界支援她的那些靈體很多都不支倒地。

「你竟敢對神靈無禮？」

「若是因爲我的話讓您感到不滿，那我願意表示歉意，請您原諒。不過我不想成爲什麼使徒。」楚天轉過身，淡淡地回了一句。

「大膽……」天空中的赫蓮娜見楚天轉身下山，暴怒下也不管其他，虛空的身體裏化出無數柄無形的氣槍向楚天飛刺去。

面對比疾風暴雨還密集的氣槍，楚天突然冷冷一笑，眼中猛地爆發出好像小宇宙爆炸般的光芒，手上幻出一隻暴熊之掌，狂叫一聲道：「裝神弄鬼，殺！」

本來破空發出「吱吱」聲的氣槍在空中居然停頓了一下，然後倒飛而回，其後的赫蓮娜也是感覺身體一震，楚天……此時的氣勢已經超越了精神的範疇。

赫蓮娜的眼睛裏充滿了震撼，她不是因爲倒飛而來的氣槍，而是因爲楚天身上那種氣勢，更因爲他身上的綠光電芒。

「這是獸族人熊的獨有異能綠電掌，他一個鳥人怎麼會運用！」赫蓮娜疑問的同時，幾十支氣槍被楚天搧飛了大半。

「吼，赫蓮娜，你就這麼點本事嗎？……」咆哮聲中，楚天身上受傷的地方外溢的血液竟然開始回流，傷口逐漸複合，和沒受傷時完全一樣；還有，一層黑色的鎧甲隱約閃爍著出現在他身上；銳爪和利牙也變長了很多，好像原始時期洪荒巨獸般……

「他清醒過來了，這怎麼可能？不可能的！」隨著楚天一聲大喝，赫蓮娜也恢復了本體，出現在他面前不遠的地方。

但這個時候赫蓮娜已顧不得其他，只是呆呆地喃喃自語道：「松鼠族的異能輕身功、蚯蚓族的異能癒合術、聖龜族的黑甲附體、狼族的暴變……怎麼可能？他怎麼可能會這麼多種族異能？」

別說赫蓮娜想不明白，就連楚天都不知道是怎麼回事，因爲他身體裏的九重禽天變，在赫蓮娜的刺激下已經產生了變異。

因爲只要是生命，就離不開基因，楚天此刻的靈力已經完全歸爲最原始的基因靈力，再沒有界限的劃分。只要他想，他可以將所有種族的異能統統使用一遍。

赫蓮娜的發愣，並不能阻止楚天的殺意，他來到女人身邊，巨大的熊掌直拍而下。

「轟！」大地被引得一陣震顫，剛升起的護罩一陣波動，楚天的熊掌被彈飛，但赫蓮娜並不好受，雖然並沒有真正地擊中她，但巨大的震動還是讓她嬌弱的身體受了點內傷。薄薄的紅唇輕輕蠕動，一大口鮮血只有一絲從她嘴角溢了出來。楚天眼中精芒一頓，但在下一刻，他有些發麻的熊掌再次拍下。

「不能心軟，對這樣心如蛇蠍的女人，我不殺她，她就要殺我！」楚天在心中暗叫一聲，又是一掌揮出。

「轟！」又是一聲巨響，大地被震得塵土飛揚，激起半人多高。

神器雖然幾乎是這個世界上最頂尖的存在了，但它畢竟是個死物！在楚天接連地打擊下，光罩的波動更大了。

赫蓮娜已經被楚天的氣勢徹底驚傻了，她殺過人，還殺過不少，但那些人不是她的手下所殺就是被她的精神力遠遠射殺，哪裏這樣近距離接觸過如此彪悍的男人！

心扉巨震的同時，赫蓮娜一個沒站穩，蹲在地上，她感覺她的精神力好像高潮過後的海水般飛速退去。

「不行了嗎？要死了，還沒完成父皇交下的使命，那群該死的野獸。」感覺到頭頂飛速接近的陰雲，赫蓮娜腦中閃現出以往的經歷，但中間總是有一個人干擾，他就是楚天，第一個讓這位高傲的女王記憶猶新的人，一個男人。

「大殿下，赫蓮娜的精神烙印突然委靡，快要被術法強制撤回了。」將楚天和赫蓮娜圍起來的眾靈體中，一個長相普通的人突然悄聲在阿杜拉耳邊說道。

「那不正好嗎？等下攻擊她的精神體，讓她永遠成爲我的奴隸，哼哼，不就是四大皇族中人魚的女王嗎？竟然對我呼來喝去，我一定要讓她知道我阿杜拉．咖基摩斯．西狄安．約沙華的厲害。」說著話阿杜拉眼中已經出現淫邪惡毒的眼神。

「是是是。」那人不敢反駁，作爲一群人裏跟隨阿杜拉大王子最長的僕人，他很清楚這位主子的脾氣，絕對不能在興頭上打擊他，所以直到阿杜拉臉上的興奮之色淡去後，他才說道。「不過，那個傢伙還活著，我怕……」

眼睛猛地一睜，阿杜拉看向了與赫蓮娜相對而立的高大男人，這個傢伙一直讓他很不舒服，本來以爲人魚女王能夠一舉將他幹掉，沒想到這傢伙竟然是屬蟑螂的，不過不要緊，等你回神那一刻就是你死亡之期。

盤算好，阿杜拉向身邊的僕人招招手，嘴巴俯在他耳邊說……

楚天並不知道死神已經向他招手，他已經被腦海裏突然出現的畫面鎮住了，那是赫蓮娜的記憶。

作爲一個精神上的失敗者，她付出的代價遠遠超過生命，她對楚天而言，將再沒有秘密可言。如果楚天有心的話，可以隨時讓她變成一個只會聽命令的傀儡或者奴隸，也可以將其變成植物人或者白癡，還好，楚天並不知道這些。

他爲赫蓮娜的身分驚心，更爲他們海族所謀劃的事情擔心。

她是海族人魚一系的女王，未來統轄東折翼海的東女皇。而人魚一系竟然已經聯合了其他海族三皇，並與獸族、蟲族結盟，醞釀了一個驚天的計劃——碧空如洗！

一百多年前開始準備，到現在已經完成了大部分的計劃，而赫蓮娜到這裏來就是爲了得到當年明武王后從鯤鵬城奪來的赤靈晶石。這也是人魚族對她的考驗，只要她得到晶石，她才能真正地成爲人魚族的統治者。

本來事情是很順利的，他們潛入明王陵園得到了赤靈晶石，可就在他們要回去的時候，竟然受到一群黑衣人的攻擊。

這群黑衣人強大無比，而且人數眾多，赫蓮娜等人大部分都是在精神力耗盡後被俘。

被俘後赫蓮娜本以爲必死無疑，但沒想到他們被關進了靈魂抽離器中，最終變成了現在的模樣。而在其中不知產生了什麼變化，他們雖然喪失了一部分物理攻擊能力，但精神力卻比原來強大了一倍不止。

看到這裏，楚天也算明白爲什麼蓮伊莎都擁有這樣強大的力量了。

但是那群黑衣人顯然並沒有想到會有這樣的結果，一時大意，竟被四散飛出的赫蓮娜等人打了個措手不及，就當赫蓮娜以爲大仇得報時，黑衣人中的強者出現了。他非常強大，根據對方腦中的影像，楚天知道那個傢伙和奧斯汀不相上下，已經達到王級的頂峰！

那強者把赫蓮娜等人擊潰後，黑衣人再次用一種會發光的網把他們抓了起來，但赫蓮娜並非沒有收獲，至少他們知道了這些人的身分。

因爲在戰鬥中，黑衣人露出了他們黑袍下色彩斑斕的皮膚和身體，他們……就是被獸族譽爲神聖獸族的——古泰龍族。

楚天曾經從特洛嵐還有伊美爾等人口中聽說過這種猛獸，他們不是還沒有開化嗎？怎麼可能擁有比一般鳥人還高的智慧，並做起了靈魂實驗？

這個疑問顯然赫蓮娜也有，不過人家畢竟是一個超級大族的族長，所知的東西比楚天多得多了，而通過這些已知的東西，她作出了推測，當年的古泰龍因爲過於強大被鳥族大肆捕殺，獸族尊崇古泰龍爲聖獸，如何忍受得了鳥族的這種欺辱，而這最終才導致了鳥獸二族的仇恨，並間接引出幾萬年前的鳥獸大戰。

古泰龍雖然被稱爲未開化的生命，但他們卻只是不能變身，卻並非沒有智慧，而且，他們有情感，在經過鳥族清洗後這種被滅族的仇恨顯然融進了他們的骨子裏。可能是爲了報仇，他們躲了起來，而在這些年中，他們學會了進化，並知道了利用別人來強大自己，這應該就是靈魂試驗的本源。

至於那些古泰龍爲什麼擁有人的神態，赫蓮娜分析他們根本不是真正的古泰龍，而是原始古泰龍與其他生命雜交後的產物，所以戰鬥力才那麼低下。只有最後出場的那個黑袍人，他才有可能是擁有上古血脈的古泰龍。

這麼強悍！看到這裏楚天暗暗咋舌，正當他想繼續看下去的時候，突然感覺腦袋裏一陣眩暈，而地上赫蓮娜的身影則在閃動了幾下後消失無蹤。

「怎麼回事？」楚天腦中剛升起這個念頭，他自己也感覺眼前一黑，一陣天旋地轉中，他突然感覺到了危機。

沒有辦法防禦，正當他感覺到無奈之時，猛地腦中靈光一閃。

腦袋裏不斷地聚集力量，楚天心中吼道：「給我布一層防禦結界！」

人魚族，精神實質化！

楚天在自己的精神體進入身體的瞬間，精神已經將四周的空氣實質化，組成了一層黃色的光罩。

本來的偷襲全數被擋了下來，所有攻擊的人都感覺自己的舌頭一陣發麻。

木然的眼裏閃過一陣精光，楚天敏銳的戰鬥意識瞬間知道了攻擊他的幾個人的位置。

當他想要將這幾個不知好歹的傢伙碎屍萬段時，卻發現還有一部分在攻擊赫蓮娜。

「救？還是不救？」楚天還未來得及選擇，赫蓮娜已經遭到那幾個人的攻擊。

黃色電芒一樣的光線射進了赫蓮娜的腦袋上，只聽她嚶嚀一聲，睜開了委靡失神的眼睛，身體不受抑制地向下倒去。

「你們……？」赫蓮娜聲音嬌弱，沒有了以往的驕傲，卻充滿了不敢相信。

「我們已經是阿杜拉殿下的僕人了，女王大人。」幾個赫蓮娜的手下眼看偷襲得手，立刻變得得意起來。

「阿杜拉，那個渾蛋。」畢竟是女王，赫蓮娜瞬間已經明白了事情的經過。

「謝謝女王大人，不過你很快就是我這個渾蛋的女奴隸了。」先是很謙恭地說著，隨後阿杜拉才露出惡狠狠的嘴臉說道，「你不就是人魚族的女王嗎？我也是海龍族的大王子，竟然屢次拒絕我的求婚，還把我當僕人使喚，我一定要讓你付出代價！」

「王子殿下，這個傢伙竟然也會用精神力護罩，他是海妖還是人魚啊？」攻擊楚天的傢伙撓了半天頭，還是想不明白，只好大聲問阿杜拉。

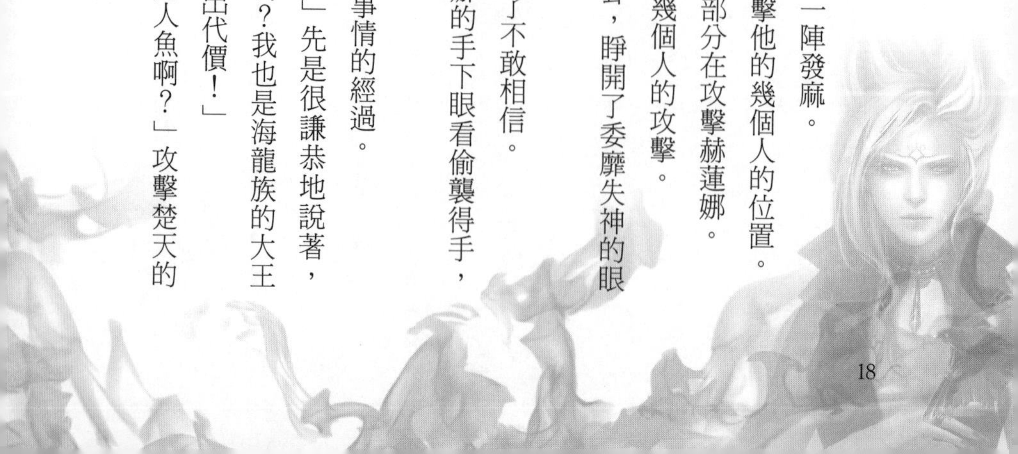

「咦？」這個時候阿杜拉才發現楚天居然像沒事的人一樣，本來他以為楚天在意識世界就是不死也得殘廢，幾個兩棲族的手下隨便就能搞定，沒想到卻發生了這樣的事情。

阿杜拉定眼一看，發現楚天身體四周確實有一層精神力實質化護罩，心中也大是奇怪。手一揮，阿杜拉讓四周人將他圍起來，看著楚天問道：「你不是鳥人？」

「我是你老子，你說我是不是鳥人。」楚天神色不動，雙手抱胸說道。

「什麼老子？我問你是鳥人還是海族的人魚？難道是海妖？要不怎麼會他們獨有的精神術法？」阿杜拉並非是個笨蛋，但因為人魚一族太過神秘，他也不清楚人魚裏是否有可以變身的種族異能。

當然，阿杜拉並沒有想放掉楚天的想法，他現在問這些完全是因為他需要瞭解人魚族，看能否從楚天身上套點東西。

「阿杜拉，你別想從我這裏得到什麼。」赫蓮娜的尖叫讓阿杜拉一皺眉頭，他回頭想說什麼，卻聽腦袋後面傳來破空的響聲。

「殿下，小心。」在很多人的驚呼聲中，楚天如破空的大鵬，飛落向阿杜拉的肩膀，一對腳變成鳥爪狀，抓向他的背。

「……」沒有任何觸感，楚天穿過了阿杜拉的身體，他忘記了，這些人沒有實體。

「哈哈，笨蛋，你是攻擊不到我的，我的僕人們，立刻用你們的攻擊讓這傢伙變成白癡。」身影完全違背物理定律地向後飛去，阿杜拉看著楚天狂笑不已。

四周的人聽到命令立刻發動了攻擊，這些人中，有跟隨阿杜拉的海龍族，也有他後來收復的鳥族，至於那些忠於赫蓮娜的人，他早都抓了起來。殺是捨不得的，因爲身爲靈體的他深知這些人要是運用得當，會是多麼的強大。

阿杜拉的這些手下，只有兩棲族的人還保存有物理攻擊能力，他們就是剛才攻擊楚天的人，其他人則全部是精神攻擊。

這些人組成三排，後面的人伸手抵住前面人的背，將自己的精神力輸送過去，這是由赫蓮娜發明的最簡單的增強方法，對付單個敵人可以增長近兩倍的戰力。

三排人中最前面的一個用雙手食中二指抵住太陽穴，雙眼中爆發出兩道好像蛇一樣的黃光射向楚天的腦袋。另一個雙手捂住喉嚨，嘴巴張開，一圈圈聲波成放射狀向楚天攻去，最後一個則叉手成十字護在胸前，一個十字形的白光從上面發出，擊向楚天。

楚天先前已經聽了阿杜拉等人的對話，他已經明白自己也會運用精神力量，而且還非常強大，所以他並不怎麼怕這群人，在攻擊快要臨身時，一層精神護罩再次布起。

三個方向的攻擊打在上面激起一波波震動，四周的空氣因爲純精神力的對碰而發出一聲聲的氣爆，地面上的地板也「啪啪啪」地成放射狀向四周裂開。

本來提起的心放了下來，楚天嘴角斜斜地裂開，他要以彼之道還施彼身。

嘴巴張開，一對翅膀從身後生出抵在太陽穴，雙手在胸前組成十字，楚天現學現賣，三種攻擊他一次性使出。

不同於那些人發出的光芒，楚天的是七彩交雜，但威力卻遠遠大於其他人。

那些靈體可沒有楚天的實力，能同時做出這麼多術法，他們只能做待宰的羔羊。

七彩的光芒覆蓋在這些靈體身上，他們好像一個個被人來回揉捏的麵團般不斷變換著形狀，臉上表情猙獰而痛苦，體形卻越來越瘦小。

七彩光芒也在不斷變換，而每變化一次，靈體們尖叫的聲音越刺耳，讓人們知道他們是多麼痛苦。

「這些到底是什麼東西？」若非阿杜拉已經成爲靈體，他腦門兒上早被無數冷汗佈滿，現在他只是臉色變青，口齒不靈地問道。

「這，這個……」楚天這次攻擊只擊中了不到一半的人，但剩餘的人卻再也提不起任何戰鬥意志，他們都被嚇壞了。

「他到底是誰？竟然這麼厲害，連人都融化了？」看著那些被彩光籠罩的靈體就如太陽光下的雪人一樣，一點點地消融，根本留不下任何痕跡，所有人都呆住了。

「哈哈，你們這群渾蛋，這就是我獨有的化身符，你們這些靈體的剋星。」楚天臉上掛著兇惡的笑容，其實他自己都不明白爲什麼會出現這種情況，天地良心，他根本只是模彷那些攻擊他的人。不過眼看自己的攻擊如此具有威懾力，他要是不好好利用，豈非成了傻蛋。

「純屬無稽之談，阿哼、阿哈，你們給我上。」阿杜拉心中也怕，但他知道如果這個時候認輸，絕對會死無葬身之地，所以只能強撐。

「殿……殿下，我……我們……」阿哼是個高大的年輕人，身高兩米五以上，卻長得白白嫩嫩，一副小白臉的樣子。

「你們什麼，快點。」阿杜拉在阿哼身上踹了一腳罵道。

「不要打我哥。」說話的應該就是阿哈了，他個子不高，只有一米六左右，卻黑不溜秋，渾身肌肉墩起，楚天忍不住爲這兩個兄弟捧腹。

「你們兩個還想不想待在海族？」見楚天在旁邊一臉微笑的賤樣，阿杜拉火了，咆哮著叫道。

「是……」無奈，二兄弟只好向楚天衝來，雖然剛才表現很膽怯，但這二人卻不簡單，在作出決定後，竟有股下山猛虎的氣勢，逼得楚天氣息一滯。

「這兩個人不簡單，我要了。」不知爲何，楚天現在有種可以藐視天地的感覺，他覺得他就是這個天，就是這個地，只要他願意，就可以翻手爲雲覆手雨。

想做就做，楚天是個不拘泥於形式的人，他決定將精神力融合在其他種族異能上。

只見他手指一曲，兩根中指同時彈出，「咚」的一聲細微輕響聲中，兩道無形無聲的指風分別擊向阿哼、阿哈的雙腿。

步行鳥族獨有的種族異能彈弓爪，融合了精神力竟然變成了最絕佳的暗器。阿哼、阿哈根本沒有察覺到就已經中招，被擊中了膝蓋。

「啊！」慘叫聲同時響起，被打中關節的兩人支撐不住平衡，雙手抱膝倒地。

「妖怪，妖怪啊！」一群放在地球被稱之為鬼的群體大聲地叫了起來，騷亂成形，所有人都向四周逃散而去。

「誰要是敢走出這個房間，我立刻讓他變成不斷消融的雪人。」楚天聲音森冷，冷得讓所有的人打了個寒戰後，不由自主地停下了腳步，僵硬地轉回了身子。

「這才乖嘛。」楚天眼角含笑，卻猛地僵住，那位王子殿下……跑了！

「是在我注意力放在阿哼、阿哈身上的時候嗎？看來你很聰明。」楚天回想了一下剛才的情況，但他並沒有生氣，也沒有打算追阿杜拉。既然他那麼聰明，肯定不容易找，所以還是想想怎麼將這群傢伙拉到自己身邊吧，如果成功，將會得到一批強力的手下。

楚天的目光在眾靈體身上轉了一圈，最終將希望寄託在還臥伏在地，一臉死灰的赫蓮娜身上。

本來是準備殺她的，但翻看了她的記憶後，楚天發現能夠原諒她，一個生活在金字塔頂尖，自小就擁有無上權威的女孩，若是不長成這個樣子那才怪呢。

人魚公主的故事楚天聽過不下十次了，這次真見到了，若是不留在身邊還真會後悔，但怎麼收復還是有待考慮。

楚天決定先將她放在一邊兒晾一晾，像她這種不論是朋友還是敵人都極其重視的人，如果有一天被人無視了，她肯定會產生巨大的情緒波動，那個時候收服她就容易多了。

對於一個高傲的人，最簡單的打擊方法就是將她的驕傲狠狠踩在腳下，這是當年楚天一位老師教給他的。

「你們馬上把那些不願服從阿杜拉的同伴放了，否則就等著做雪人吧。」楚天臉上表情並不兇狠，但所有人聽了他夾雜著精神力的話語，都感覺到來自靈魂深處的戰慄。

不敢怠慢，站著的人中很快分出了一部分向另一個房間飄去。

幾個人不太安定的眼神和奇怪的手勢楚天都看到了，他只是暗暗一笑，卻不點明。

「大家分頭跑啊。」那些去釋放同伴的人當中，也不知道誰喊了一聲，幾十個人馬上四散而逃，結果站在大房間裏的人也被帶動地搗亂起來。

「有想跑的可以跑啊。」楚天臉上掛著溫柔地笑意說著。

但所有人反而都安靜了下來，楚天故意裝出滿意的笑容，抬手虛空一抓，一根白色的繩子出現在他手裏。

靈體中眼尖的人已經發現了，這根電線粗細的繩子根本是由無數細不可見的透明絲線組成，而這些絲線的另一端則連向了關俘虜的房間。

楚天輕輕一拽，那些本以爲逃出魔掌的靈體們已經被拽得摔倒在地。

蜘蛛族獨有的種族異能——天絲鎖身術，本來是只能將人困住的，但經過楚天融合精神力竟然連人的精神都可以感受到，還能不被人發現。

「你們想逃，是嗎？我再給你們機會。」楚天臉上還是掛著笑容，可看到的人無不在心中感覺到一陣陣發涼。

說話間，楚天卻根本不給人反駁求饒的機會，手上一動，一層白金色的電花順著他手上的絲線向另一端流去。

「啊！——啊！——」引人骨頭發酸的慘叫聲中，那些靈體全數跳起了「迪斯可」。

海族電鰻的種族異能——靈魂電觸術，正常施展能將人在十五分鐘內烤熟，但經過楚天精神力的加工卻更加陰柔，只會讓人感覺酸麻，若要形容，就好像幾萬隻蟲子在身上爬來爬去。

楚天並沒有想讓這些人死，他只是要懲罰他們，讓他們怕！

對於這群並不熟悉的人，要收服他們，首先就要威懾，讓他們不敢反抗你。

顯然，楚天的手段是奏效的，在那些人叫得聲嘶力竭磕頭求死時楚天終於住手，他眼神冰冷地盯了這群人半天，直到看得他們心裏發毛後才赫然問道：「你們怎麼不跑？」

「不敢！」楚天突然問話引得眾人心裏一顫，不由自主將心中話喊了出來。

「記住了，你們雖然沒有實體，不怕其他人，可我就有辦法讓你們生不如死，所以最好不要妄想逃脫我的掌控。」楚天眼睛裏放射著駭人的光芒，一字一頓地說道。

「是……」一開始的回應很稀拉，還夾雜著許多不情願，但在楚天眼神越來越冷冽之後，他們的聲音變得很整齊。

「一群失去了身體的人，他們已經失去了心中的信仰，因爲他們不再屬於原來的種族，甚至不屬於這個世界上任何一個種族。這個才是他們這樣容易屈服的原因，要不然以每個種族的傳統，要讓他們歸順自己，那可得費把力氣。」楚天心裏暗暗說道。

無可否認，楚天在剛才的表現已經徹底地融進了這群來自各個種族的靈體心中，雖然是惡魔的形象，不過楚小鳥並不在乎這個，以德服人，那首先你要有服人的實力。

楚天正在滿意卻嚴肅地與這群新收服的手下對話時，那邊一直在地上發呆的赫蓮娜終於有了反應。正如楚天所預料的，她是個高傲的人，她可以被人欺辱被人暗算，但絕對不能容忍被無視！

「哼！你以爲這樣就可以降伏我嗎？」聽著楚天的話，看著他的表現，赫蓮娜心裏越來越不爽，她本來呆滯的臉上露出不屑的表情。

「咦？這裏還有人啊。」楚天做出驚奇的樣子，好像才發現這位天仙美女的存在。但他也只是掃了一眼，立刻又轉開了頭說，「大家快點把你們被抓的兄弟姐妹放出來。」所有的人都很聽話地去了另一個房間，包括一開始逃跑的人。

赫蓮娜咬了咬牙，還是亮出海豚音大叫道：「楚天……你個渾蛋！」

「謝謝！」楚天很謙虛地說。

「……」氣急加上精力耗盡和背叛的壓力，赫蓮娜再也挺不住了，嘴中呻吟一聲，雙眼一閉，竟暈了過去。

楚天本要說什麼，但一聲驚呼卻在此時傳進了他的耳朵裏：「楚大哥，你沒事吧？」

「伊莎。」楚天感覺一個嬌軟的身體撲進了他的懷裏。

「擔心死我了。」伊莎臉上還掛著害怕的青白色。

「好了，沒事了，你先去看看赫蓮娜吧。」楚天在伊莎背上安撫地拍了幾下說道。

「嗯……」聽到「赫蓮娜」的名字，伊莎身體一僵，隨後細不可聞地應著從楚天懷中掙脫出來，卻沒有立即去扶人魚女王，顯然她對剛才的事情還是有些忌憚。

楚天也沒想勸伊莎什麼，他相信這個小丫頭還是善良的，而且他也沒有這個心思，雖然事情已經解決的差不多了，可他突然間又想起了另一件事情。

「和我在一起的那個人呢？」楚天大聲地問回來的眾靈體。

所有的人都打了個哆嗦，但沒人敢開口。

「不會是給這群傢伙幹掉了吧？」楚天心中震怒，臉上的表情一下變得殺氣騰騰，結果沒等他再次開口，已經有人結結巴巴地說道：「在……在屋子裏。」

「那怎麼不把他放出來？」楚天一副要吃人的樣子。

「馬上。」幾個驚恐的叫聲中，一群人又跑了回去，下一刻呼呼大睡的卡迪爾就被抬了出來。

「嗯？」楚天當然不相信卡迪爾這個時候還能睡得著，他眼睛好像利劍一樣看著那幾個人。

誰也不敢說話，那幾個人同時抬手指著一個身材高瘦，長著一對綠豆眼兒的青年。

「不要電我啊，我是被阿杜拉殿下……不，是阿杜拉那渾蛋逼的，我不想的啊。」那人一臉恐懼懺悔的樣子結結巴巴道。

楚天沒有理他，只是走到卡迪爾身邊說道：「立刻將他弄醒。」

「是是。」緊張地回答著的幾個人站了起來，頭頂發出一陣好像霧氣般的藍色光暈，照在卡迪爾臉上，隨後這傢伙就舒服地伸著懶腰坐了起來。而楚天不等卡迪爾發問，就將具體發生了什麼事情一一告訴了他。

「你說我四周還有很多人？」看著空蕩蕩的房間，卡迪爾表情好像吃了死耗子一樣。

楚天面無表情地點點頭。

「我就說嘛！」表情立刻變為興奮，卡迪爾一拍大腿說道，「我已經發現問題了，感覺是不是有什麼未知的事物在影響你，要不然你怎麼可能好像神經病一樣自言自語。」說著，感覺身體有點冷，卡迪爾立刻轉口說道：「剛才我看你不動手，本想出手救你，但沒等我動手自己腦袋就好像被什麼打了一下，眼前一黑什麼都不知道了。」

這件事不用猜都知道是這群靈體搞的鬼，楚天心中不由為這群人的戰鬥力感覺驚訝，卡迪爾最起碼也有銳爵頂階的境界了，竟然被這些人不知不覺給收拾了！

楚天感覺自己真的撿到寶了，不過這些他並不敢表現出來，讓人抱著赫蓮娜，將伊莎叫到身邊，他開始詢問這群人的底細，同時讓卡迪爾開路，尋找那些古泰龍的部屬，自己的人還在他們手裏呢。

這些靈體簡直是各個種族的大融合，有鳥人有蟲族也有海族和獸族，也可能是因為種族的不同，在脫離肉體時他們提高精神力的等級並不相同，也就是說，真正能堪大用的並不多，而且經過赫蓮娜的考察，他們中除了本身擁有精神力異能的種族外，其他人的精神力已經定型，將再也無法提升。

這樣楚天經過篩選發現能用的也就一百來人，這讓他不禁有些失望，不過相對來說，這次的收獲還是不小的。

第二章 漁翁得利

伊莎突然說道：「楚大哥，我們有這裏的地圖。」

「嗯？」楚天一時沒反應過來。

「我們曾經齊心合力破開封印放出了一個靈體，他已經將這裏轉遍了，對了，他還跟蹤了你們一段路程呢。」伊莎突然想了起來，臉上掛著開心的表情說道。

「跟蹤？」楚天一下就想到了在原來路上總是感覺被人監視，卻又找不到人的事情。

「對啊，他本來是想將你們引過來，不過因爲我們精神力實在不足以支撐那麼久，他才被迫返回了。幸虧我們運氣真好，楚大哥竟然自己摸過來了。」伊莎笑臉兒揚起，上面掛著幸福的神色。

「呵呵……」楚天乾笑。

「按照沙比琪的記錄，前面再拐個彎兒就是那些黑袍人的住所了，哦，沙比琪就是被我們用精神通道送出來的人，她記憶力特別棒。」伊莎指著前面的道路又指指後面一個總是躲躲閃閃的女孩說道。

「哦。」楚天並沒有表現得太熱情，但卻記住了這個孩子的樣子，看起來不大，最多只有十一二歲，身材嬌小，留著齊耳的棕色短髮，一雙蔚藍的大眼睛，皮膚很白皙，看起來很可愛。

現在第一要緊的是找到那群古泰龍，他有些擔心伊美爾和特洛嵐等人，他暗暗發誓，若是古泰龍將他們也變成了靈體，他絕對會把古泰龍族從這個世界徹底抹殺。

隨著楚天腳步的加快，眾人很快來到了這個走廊似的通道，楚小鳥用精神力告訴這些新收服的手下，讓他們無聲無息地進房間裏，不要搞出大動靜。

很快，大家都行動起來，但沒多久又飄了出來，報告非常一致，連人影子都沒有。

「嗯？」楚天「哐噹」一腳將一扇門踹開，裏面確實沒人。

不信邪地連踹了幾扇，結果都是一樣的，正當楚天感覺奇怪時，伊莎卻指著一個房間的小茶几說道：「他們剛走。」

楚天順眼看去，發現伊莎說的很對，那小茶几上一杯茶水還冒著絲絲熱氣。

「立刻給我追。」楚天大叫著向前衝去，但衝到半路上他就急煞車了，後面的卡迪爾一個反應不及撞在了他的身上。

「你幹嗎！」卡迪爾奇怪地叫道。

楚天沒有回答他，而是看著前面說道：「咦？你們……」

「楚天。」

「楚大哥。」

「兄弟。」

……幾聲完全不同的叫聲響了起來，是特洛嵐他們，不過身邊多了兩個不認識的人。

「你們怎麼回事？」楚天邊按照伊莎直接印在他腦子裏的地形圖，邊向外走去邊問身邊的特洛嵐。

「事情有些亂，在我們分開後我就遇到了一群奇奇怪怪的傢伙，這群傢伙跟你旁邊這傢伙差不多。」特洛嵐心中也是有疑問的，但他卻知道事情需要一件一件說，所以並沒有詢問，不過不時用略帶敵視的眼神掃了一眼卡迪爾。

楚天沒有解釋，只是繼續等著特洛嵐開口。

「這群傢伙實力不錯，但只要給我時間肯定能解決，可鳥神沒給我時間，在半路上又衝出了一群穿黑袍的傢伙，他們先是和那些傢伙爭執了半天，隨後就打了起來。正當我以爲可以坐收漁翁之利時，又一群黑衣人衝出，這些傢伙實力要強很多，每個都有銳爵實力，我抵擋不住，最後被他們抓了起來。

他們蒙住了我的眼睛，所以我不知道後面經歷了什麼，等我眼睛被放開時我已經到了剛才出來的大殿，在那裏我遇到了其他人，也見到了更多的黑衣人。」特洛嵐說到這裏突然停頓了下，似是有什麼疑問想不明白。

「怎麼了？」楚天問道。

「唔，很奇怪，正當我在想他們爲什麼抓我們的時候，一個貌似頭領的黑袍人出現了，他說『已經找到其他途徑，可以報仇了』，然後就不再理會我們，領著所有的黑衣人走了。後來我慢慢恢復了靈禽力，最終掙開了繩索，正當我們找出路的時候，就碰到你了。」特洛嵐想不明白，黑衣人花了那麼大力氣抓住眾人，又什麼都不做，就把人放了。

楚天一聽就知道發生了什麼事，那些古泰龍在這裏做試驗，無非就是想找鳥族報仇，現在得到了赤靈晶石，他們報仇心切，肯定回北大陸找獸族的傢伙去了。

雖然知道，但他卻不想解釋，這裏可不是講這些事情的地方，指著旁邊的卡迪爾說：「他們其實也是被人利用了，不過現在已經決定跟我們合作了。」

相互介紹了兩個人的姓名，楚天又命令卡迪爾去找他的那些族人，並去接了金剛。

古泰龍們走了，所以楚天這一路上什麼事情都沒有發生，而他也趁這工夫將他的經歷告訴了特洛嵐。

在他們回到進入地下世界的洞口時，卡迪爾也帶著族人來了，人不多，只有三百多人，按卡迪爾的說法是，其他人不想離開地底世界。

楚天也不強求，而且他還需要一些人看守鳥神宮殿呢。按照卡迪爾的說法下面有不少好玩意兒，比如成配置的鳥族羽器和甲胄等，這次情況不允許，下次他一定要好好地搜刮一翻，爲此他還將那些實力不夠的靈體都留了下來。

進去的時候只有楚天和特洛嵐兩個人，後面還有不少追兵，出來的時候卻已經有了幾百人的隊伍了。這些人個個實力非凡，所以楚天根本不擔心被人發現了，依靠這些新手下，就是去直接挑了萊仕德的指揮部他都有信心能贏。

一路囂張行來的楚天，並沒有碰到萊仕德手下的那群明王赴死軍，一線天中十分空寂，沒有一絲人的氣息，難道在這段時間裏又出了變化？

「怎麼回事？這明王陵園的唯一通道居然都沒有人看守，萊仕德傻了嗎？」楚天驚奇地說道。

「不對楚天，你聽。」特洛嵐眉毛蹙在一起動了動耳朵說道。

楚天聞之一愣，隨後也將靈禽力輸入到聽覺上，一陣細微的喊殺聲從通靈天道的一頭傳來。

廣闊的天空上，巨大的烏雲籠罩了整個世界，仿如末世浩劫來臨時的預兆。

天地儘是一片陰霾！卻有一種顏色比它更加讓人心寒，那就是大地上隨處可見的鮮紅，已匯聚成溪流的汙血。

血色的沼澤當中，雙方人馬正在對峙。只是，一方殺意凜然，如等待獵食的蒼狼；一方卻傷殘遍佈，好像被拔了牙的老虎。

黃金山脈前的隊伍是蒼狼，他們各個種族都有，他們就是孔雀族中最強大的——明王赴死軍！

另一方則是孔雀族的正統一派，全部都是孔雀族的家臣和直系族兵。

一次偷襲，一次慌亂的野戰讓這些所謂家族精銳傷亡慘重，近一半的士兵已經折損。

「約列夫，我們現在要怎麼做？難道在這裏等死嗎？」一個男人衝過衛兵的阻攔，衝進了新搭建起來的指揮槽內。

指揮槽是鳥族內部專用的指揮中心，爲的是防備鳥族的高空偷襲，一般建在地下五六米深的地方，上面擺了僞裝，若是一般鳥族根本不可能發現指揮中心所在。

正在一張勢力表上分析現在兩方實力的約列夫聞言抬起了頭，但沒等他開口，坐在一旁的古力德已經站了起來，將手中的水杯猛地扔過去吼道：「特瑞馬斯，誰讓你這樣冒失闖進來的，立刻給我滾出去！」

本來黑色的臉上硬給憋紅了，頭上帶著水果香氣的清水好像小溪一樣順著他臉上的輪廓淌了下來。

特瑞馬斯，孔雀族直系中人口最多的綠孔雀族族長，是標準的雄性孔雀，好勝勇猛，卻沒有一般孔雀族人的漂亮容貌，黝黑的面皮若是楚天見了還以爲是李逵再生呢。

「等一下，古力德族長。」聽了白孔雀武癡族長的大吼，約列夫眉頭微微皺了一下，正如他一向所標榜自己那樣，他是個文化人，文化人是不會有這樣粗魯的表現的，也不喜歡這樣的表現。

揮手攔住發飆的古力德，約列夫看著捏緊拳頭的特瑞馬斯，心中有少許同情，綠孔雀分佈極廣，人口更是孔雀直系五大種族中三個種族之和，不過由於戰力相對較差，竟然淪落到被古力德這樣一個武癡侮辱的地步。

如此一相較，也彰顯出古力德這個族長的不稱職，論武力可能確實是孔雀一部中頂呱呱的佼佼者，但論政治掌控力和軍事統率力，他真是連楚天十分之一都比不上，不，是百分之一。

心中作著評價，約列夫一臉正色得說道：「特瑞馬斯族長，你有什麼疑問嗎？」

「長老，我們已經損失了一半的兵力，而對方士氣正值旺盛，我們爲什麼還要打下去？」捏緊的拳頭將臉上的水一抹，特瑞馬斯不再看古力德，而是望著約列夫問，不過語氣裏已經沒有剛才的怒火，多了幾分尊重。

心中對特瑞馬斯的軍事才能微微點頭，約列夫卻沒有回答他的問題，而是指著地圖說道：「敵人雖然士氣旺盛，但同樣也開始產生自大的情緒，兵法云：驕兵必敗。而且，現在我們的兵力仍是他們的兩倍，只要我們找準機會，一定能反敗爲勝。」

「這……」雖然無法認同約列夫的話，但特瑞馬斯卻也無法反駁，張了張嘴，最後還是恭身退了下去。

直到特瑞馬斯遠遠離開指揮槽，約列夫才在心底鬆了口氣，他剛才的言論根本不是不撤兵的理由，雖然現在自己這裏還有兩倍於萊仕德的兵力，但這些人中大部分是二線士兵，絕對敵不過對方的精銳。

萊仕德這個傢伙可真夠陰險的，他居然在闊葉樹林裏提前埋伏了人，讓作爲先鋒的白孔雀族精銳還沒開打就損失了大半。在打完埋伏後他沒有給大家喘息的機會，又發動了一場反擊戰，將眾人打了個措手不及，結果又是半數精銳被伏殺，充分證明了萊仕德的軍事領導才能。

「唉，希望自己沒有選錯人啊。」約列夫心中祈禱著，才張口開始說不能撤兵的真正理由：「大家不要奇怪爲什麼我還在這裏強撐，其實我們已經沒有退路了。現在還在戰場上，這能夠表明我們與萊仕德還未分勝負，如果現在撤退，那就表明我們輸了，後面要面對的，必定是長耳雕還有朱鸝的圍殺，到時，面對三方面的圍攻，我們就連最後反抗的機會都沒有了！」

約列夫說得很鄭重，所有聽到的人都陰沉著臉，有的人眼中還陰晴不定。

約列夫猜都不用猜，也知道這些人兩面三刀，在想是否有做牆頭草的可能，他很殘忍地將這些人的念頭打碎了：「大家不要想去投靠萊仕德或者巴瑞特他們了，要是行我早去做了，事實是不可能的，試問現在有個不用費多大力氣就能完全統一綠絲屏城的機會，他們還會要一些隨時可能背叛他們的手下嗎？不要想了，現在我們唯一的勝算就是等！」

「等什麼？」幾個人都忍不住開口問道。

「等楚代理。」約列夫心中其實並不確定這樣做是否對，但他有種直覺，這位可以一人之力對抗整個神殿不敗軍隊的奇男子會帶來奇蹟，而正是依靠這種直覺，他才爬上九大圓桌長老的位置。

「等他？他一個人能做什麼！」一直對楚天不滿的眾人嗤之以鼻。

「如果大家有更好的辦法的話，那麼我們不用等了。」約列夫眉毛一挑說道。

「……」所有的人都不說話了。

「你說楚天什麼時候會出來？」一臉陰鬱，眼睛好像狼一樣直盯著前面隊伍的卡瑪斯頭也不回地問。

「呵呵，可能是嚇破膽，不敢來了吧。」查爾斯笑得很開心，他幾乎能夠看到他坐擁半壁綠絲屏城的景象了，他感覺現在事情已經完全掌握在他手裏，所以他很高興。

「楚天，他就是你們口中的那個翎爵嗎？」一直站在二鳥身後的萊仕德走了過來問道。

卡瑪斯收回目光，轉過頭，看著萊仕德，他與他的武癡兄弟完全不同，相較於古力德非常爆炸的身材，明王赴死軍統領大人更像一位文質彬彬的書生。

一頭褐色的飄逸長髮用青色的絲帶輕輕綁起，臉部皮膚白皙，看不到任何武將應有的殺氣卻有種和善的味道，修長的身體沒有凸顯的肌肉，只是很勻稱，一身純白色長衫，更是將他這種氣質襯托得無以復加。

但就是這樣一個看來很儒雅的男人，卡瑪斯卻立刻露出臣服的表情，他能夠聽到自己加速地心跳，隨著萊仕德的靠近，心跳越發快了起來，「怦怦！」地震動著他的胸膛。

已經見過很多次了，但卻仍無法無視萊仕德身上自帶的壓力，所以卡瑪斯暗惱，但看到查爾斯更加不堪地猛擦頭上汗水時他平衡了，恭敬地一彎腰，他說道：「是的，就是那位翎爵。」

「如果不是兩軍對壘，我真想和這樣一位少見的高手切磋切磋，可惜，現在情況並不允許。」很深邃、很和善的眼睛裏閃爍著少見的精光，萊仕德望著前方的隊伍說，「那裏，有他的手足和血親，但爲了權利，他不得不與他們兵戎相見。」

萊仕德的話讓卡瑪斯眼睛裏精光猛地閃過，已經成爲盟友的他深知這個傢伙儒雅外表下惡魔的本質，口中冠冕堂皇，其實比誰都陰險惡毒。

這麼一會兒工夫，查爾斯也恢復了正常，他咽了口口水說道：「現在我們還要等多久，難道要一直這樣耗下去？」

卡瑪斯也對這件事情抱有疑問，他雖然想親眼看到楚天被殺死的情景，但那必定只是圖一時之快，現在最主要的是一鼓作氣將正統派的兵力打垮，故此他雖未開口，卻也拿詢問的眼色望著萊仕德。

微微一笑，抬手彈了彈根本沒有一絲灰塵的白衫，萊仕德開口說道：「將這群散將遊勇打垮就算贏了嗎？正主兒可是一個也沒有出現呢。」

「你是說？」卡瑪斯和查爾斯的眼睛都瞪大了，他們嘴巴張成了「O」形。

「對，黑孔雀的繼承者還有鴕鳥族的擁護者都沒有出現，要知道，他們佔據了一個常鳥難以攀及的高度——正統，就算殺光了這群人，只要有機會，他們仍能利用這個名號反攻我們。」萊仕德臉上仍是很和善，但眼中的光芒卻好像毒蛇一樣。

「可是他們……」查爾斯剛想開口說要是不出來難道就這樣一直等下去，卻被萊仕德打斷了。

「約列夫這個老狐狸，他以爲將明王后人藏起來就可以留下一線生機，但他怎麼能忘記我手下的岩雷鳥，相信他們很快就找到人了，那時我們就可以一舉斬草除根。」萊仕德深吸了口氣，拳頭捏得發白。

「已經將人派出去了嗎？那你最好祈禱他們不要有事，否則……」聲音陰鷙，滿含威殺，若是萊仕德聽到的話或許會倏然一驚，可惜，他並沒有傳說中的他心通或者順風耳。

「楚天，怎麼？」特洛嵐並不知道發生了什麼，他看安靜了半天的楚小鳥突然發威有些不解。

「剛才我派出去的小強傳遞回來一些消息。」楚天並不如何擔心，畢竟先不說崽崽此刻的實力詭異莫測，單說伯蘭絲也已經是鮮有敵手了，所以他並沒有火急火燎地衝出去將萊仕德砍殺了。

「小強？什麼消息？」特洛嵐費解。

「小強是我收服的眾靈體中的一員，剛才不是告訴你了嗎，爲了穩妥我先派人出去查探消息，他現在已經把消息傳過來了。」楚天摸著四周的牆壁，感受著上面冰冷的質感。

「說啊。」特洛嵐催促道。

楚天轉頭望著鴕鳥，一臉陰鬱地將剛才小強在萊仕德旁邊聽到的話重複了一遍。

「他敢！我立刻殺了他。」特洛嵐畢竟是個爽直的人，聽到自己人生中最重要的人被襲擊，他哪裏還受得了？嘴裏爆發出驚雷一樣的大喝，腳下已化作一溜青煙，飛速向出口奔去。

楚天先是一驚，隨後一樂，他雖想看特洛嵐暴跳的樣子，但沒想到竟然這樣誇張。

「靈體部隊先不要動，卡迪爾，你帶你的人跟我殺！」口中斷然喝道，楚天也化作一隻大鵬向出口俯衝而去，運起九重禽天變中的琉影御風變，他的身影在眾人的眼中逐漸虛擬化。

排成軍陣的明王赴死軍戰士們根本想不到會從自己的陣地後面衝出一群殺神，在特洛嵐剛一出來就是斷肢殘骸無數，呻吟尖叫連連，血濺陰空，繪出片片耀目朱花，最終灑落碧草連天的地面上，匯聚窪處，淌出一條赤色血河……

「他是什麼人？怎麼會突然從陵園裏跑出來？」所有人的心頭都閃爍著這個疑問，但他們找不到答案，因爲特洛嵐根本不給他們想答案的時間。

萊仕德等人已經注意到了這裏，他眼睛裏光華大放，手下意識地彈著身上的白衫說道：「特洛嵐！他們居然在陵園裏！」說到最後已是咬牙切齒。

「立刻將他圍住，快快。」明王赴死軍不虧是孔雀族最精銳的部隊，雖然經歷了一開始的慌亂，但很快他們已組織起有效的進攻，成小隊編制一圈一圈將特洛嵐圍了起來。

「殺！」特洛嵐嘴巴張到極致，已被氣刃完全包裹的虯龍翼帶著高速旋轉殺向前方。

由於速度太快，虯龍翼與空氣摩擦發出好像驚雷的鳴響，而四周的明王赴死軍將士們則感覺心神皆被這聲音牽了起來，隨著聲音而起伏。

「不好！」萊仕德看到特洛嵐使出這種招式，臉色一變，就想衝上去將鴕羽旋風斬攔下來，但沒等他動，一聲惡狠狠的聲音突然鑽進了他的腦海裏。

是的，直接在他腦海裏響起來的，而沒有通過耳朵。雖然感覺驚奇，但萊仕德畢竟不簡單，他在這個聲音響起的同時，身體已經超越物理規律的左右搖晃起來。

一道道虛影中，萊仕德的身體就如不倒翁般左搖右晃，腳下卻在沒有動作的情況下向右側橫挪出幾十步的距離。

就在萊仕德剛躲開後，「咚！」的一聲，一個烏金色，有臉盆大小的鐵圈帶著紫金色的光輝砸在了地上，頓時，地面上濺起五六米高的灰塵，等灰塵漸散，眾人看到地面上出現了一個直徑七八米的大坑，裏面好像被燒焦了一樣變成純黑色。

「是誰?竟然擁有這樣的力量!」萊仕德驚呆了，但若是他知道向他發起攻擊的人只用了五成力量的話，他會不會吃驚得怕把自己舌頭都吞進肚子裏?

有這樣力量的人，在偌大的綠絲屏城，已知的只有一個，那就是——楚天!他此刻遇到麻煩了！

本來他是想全力一擊，將人模狗樣的萊仕德直接擊斃，但他剛將大日金烏祭起，輸入了五成力量，一隻咬金烏卻突然從下面亂糟糟的明王赴死軍本陣衝了出來，一排連續的金色掌印竟將他的動作打斷。

來不及回防，楚天只好將大日金烏按原計劃扔了出去，這就出現了萊仕德經歷的那一幕，而楚小鳥自己則利用精神力在身體四周布起一層防禦罩。

「啪啪啪！」聲音極是清脆，就好像巴掌打在臉上，排成行的十幾個金色掌印全數擊在了透明的精神護罩上，金色掌印一個個如石雕般碎裂，而精神護罩卻只是如水紋般波動了兩下。

這個時候，下面的萊仕德和卡瑪斯等鳥人已經看到了身在半空中的兩人，甚至包括大部分明王赴死軍以及約列夫那裏的一些人。

卡瑪斯眼睛裏幾乎噴出火焰來，而萊仕德則知道那個飛得比較高的就是翎爵高手楚天，而另一個穿著明王赴死軍普通戰士服的蒙面男子他則猜不到身分了，他絕對不相信，這樣一個可以與翎爵對抗的傢伙會是他的一員普通部下。

正如萊仕德心中所下定論，楚天也是如斯認爲，不過他看得更加通透一點，他已經察覺來人的身分了。

「黃金排山爪，你是神殿的神武士？」楚天臉上神色淡然，讓人不能猜到他心中所想，更爲讓人驚異的，他說話時嘴角還帶著若有若無的笑意。

「咦？」來人看來並不想開口，但因爲楚天一語中的，他仍是沒有控制好自己的嘴巴，一聲輕叫自他口中傳出。

「好年輕！」一聽這個聲音楚天立刻作出了判斷，他不明白，神殿從哪裏出來這樣一位年輕的極道高手。

心中暗暗考慮，楚天卻一臉隨意地向前走了兩步，待鳳凰族黑袍高手露出戒備之色後才止下腳步，擺擺手說道：「別緊張，我只是感覺跟你這樣一位年輕的翎爵說話，距離太遠顯得不夠鄭重，哈哈，想知道我是怎麼知道你身分的？」鳳凰高手沒有答話，只是靜靜地看著楚天，等他解釋。

「呵呵，黃金排山爪是鳳凰族獨有的靈禽力戰鬥術。」楚天臉上堆著和善的笑容，好像在哄自己的兒子一樣。

鳳凰族的年輕人終於忍不住有了動作，他身體不可抑制地抖動了一下，他不明白這種根本不爲常人知曉的秘技，楚小鳥是怎麼知道的。

楚小鳥當然是不可能知道，但他腦海裏有個祖宗級人物，天禽這個傢伙就跟大百科詞典一樣，各個種族包括鳥獸蟲魚幾乎全部的戰鬥法門和種族異能他都知之甚詳，怪不得人家幾乎要掀翻鳥族的統治呢，這就是實力的證明啊！

楚天卻不管對方面上變色，嘴上很和善地解釋道：「我之所以認出黃金排山爪，那是因爲……你拍出的掌印全是金色的！」

咬牙吼出最後一句話之前，楚天的身影已經欺到被黑袍包裹全身的鳳凰高手身前，手上泛動靈禽力的光芒化成一支錐子，直刺他的胸際。

早就算準了，這樣年輕的高手不可避免會有一點不足，那就是戰鬥經驗，楚天正是利用了這一點。

事實證明，楚天猜對了，鳳凰全部心神被他所吸引，根本沒想到他會偷襲，所以這一下打中了他，但……靈禽力並沒有切進他的身體裏。

在靈禽力及體時，他身上突然爆發出藍金色的光華，竟將楚天的靈禽力完全抵消，但即使如此，這拳的純肉體力量也是無比強橫的。

「咔嚓！」清脆的骨折聲在空曠的天空中傳得並不遠，卻很震動人心，他們已經聽到二人的對話了，鳳凰族的高手啊，就這樣給人打殘了！

抱有這樣想法的只是一些小蝦米，真正的高手都清楚，這一下鳳凰只是受了創傷，卻並不重，他明智地倒飛出去，已經抵消了相當大的力量，再加上他吐出了淤積的血液，這傷就更無所謂了。

「年輕人，不要以爲達到翎爵境界就天下無敵了，大哥我想修理你還是隨心所欲的。」楚天擺出一副老夫子教學的樣子說了句，大日金烏已經在他心念一動間飛到了他的頭頂，緩緩地盤旋著。

「楚天，你果然厲害。」不知道是真的心服還是意有所指，鳳凰高手竟然說出一句讓楚天大感詫異的話來。

兩人只交一招，卻又因爲彼此忌憚而不敢動手，不過地面上的萊仕德等人已經作出了決定。

「已經找到崽崽還有伯蘭絲的位置了，我們動手。」讓人心生不安的楚天已經被纏住了，而去找人的手下也傳來資訊，若是這個時候還傻等，那麼萊仕德就是一個二哥，他大叫一聲，所有的小組長全部得到了命令。

巨大的喊殺聲中，一群群鳥人好像飛機衝上天空，盤旋兩圈後向約列夫的陣營俯衝而去。

地面上也有無數的高級禽鳥揮舞著羽器，散發著靈禽力殺了過去，整齊的步伐和喊殺震得人耳膜發疼。

但就在此刻，卡迪爾他們發威了，他們從隱蔽的位置躥出，利用不爲鳥人所熟知的戰鬥法門殺進了明王赴死軍的隊伍，頓時將整齊的序列打亂了。

約列夫看準了這次機會，他快速下達命令，本來士氣低迷的士兵們因爲楚天特洛嵐以及卡迪爾等人的出現而漸漸高漲，他們在這次反衝鋒中竟然顯得殺威十足。

兩股大軍好像對流的洪水，碰到一起立刻激蕩起無數浪花，不過，這些浪花都是刺眼的鮮紅……

因爲種族的不同，靈禽力的顏色也是各異，遑論還有境界的差別，故遠遠看來，這匯聚的鳥河竟是五彩紛呈，比那地球上橫隔天際的銀河還要璀璨幾分。

此時的萊仕德多少是有些擔憂的，他不知道從哪裏衝出來這樣一群詭異怪誕的傢伙，所用術法見所未見聞所未聞，就是他窮盡腦汁一時也想不出該怎麼解決，不過這群人就是再奇也不過幾百人，他並不太多擔憂，他現在最擔心的是恢復士氣的孔雀部隊。

「事情怎麼會發展成這個樣子？」心中微惱，但因爲戰局一片混亂，萊仕德一時也無法把部隊重新安排，現在他唯一能做的，只有去狙殺孔雀那邊的頭領人物。

「卡瑪斯，你立刻去狙擊約列夫，馬爾斯，你和他一起……」萊仕德剛要下命令，突然一股難以言喻的危機感襲上了他的心頭。

在萊仕德感覺不對勁的時候，正在廝殺的戰士卻沒有感覺到，在他們周圍，突然多了一群人，一群殺意凜然的人。

草叢中、樹林間、亂石裏，一個個全副武裝的鳥人逐漸顯出身形，他們是綠絲屏城的人都熟悉的朱鸝、長耳雕、鯨頭鸛以及他們的旁系和附庸種族。

「是他們？難道……？」這下所有的人都驚呆了，他們顯然不明白為什麼這些傢伙好像幽靈一樣突然出現在這裏，只有那些身在高位或者瞭解歷史的人才知道原因。

「是群體隱身術，只有大鯤鵬王族才能運用的招式，難道是鯤鵬城來人了？」卡馬斯雖然年輕，但他有個最年長的曾祖父，所以對一些隱秘也知道得比別人多一點，這正是他叫出了所有人心頭最擔心的情況。

「鳳凰，鯤鵬，他們怎麼插手綠絲屏城的事情了。」不論是約列夫還是萊仕德，都感覺到一絲陰謀的味道。

黃金山脈上隱隱約約出現了幾隻黑影，若是眼力好的，肯定能夠發現這幾個黑影也是綠絲屏城的名人。

巴瑞特！

阿札菲！

老狐狸巴薩克！

綠絲屏城三大勢力的首腦，而在他們身後則是十幾隻黑袍人，因為距離實在是太遠了，所以就連楚天都不能察覺他們的身分。

「立刻讓我們的部隊撤退。」同樣的命令發自剛才完全對立的二方首領，約列夫和萊仕德口中。

「怎麼了？」畢竟是同盟關係，約列夫那裏雖然疑問卻大都忠實地去執行命令了，而卡瑪斯二人卻有些疑問。

「快點不要囉唆。」沒有了以往的儒雅，萊仕德臉色發青地說道。

「諸位，謝謝你們，謝謝你們給了我和兩位好兄弟這樣一個機會，一個一勞永逸，除去心腹大患的機會。」首先開口的是巴瑞特，身爲綠絲屏城明面上的管理者，他是最厭煩這群不聽指揮的孔雀了，所以今天他很開心，那張胖嘟嘟的臉上笑得眼睛都快看不到了。

「爲什麼？巴瑞特，我們說好的。」萊仕德聽了這話感覺心被重錘砸了下，他機關算盡，卻怎麼也想不到三大種族會聯合起來對付孔雀一族。

「因爲你們笨！」巴瑞特沒有再說，這次是阿札菲答的話，他一臉冷笑，有些幸災樂禍地說道：「你們孔雀一族也風光得太久了，當年孔雀明武王后那個老妖婦竟然敢屠戮殘殺高貴的鳳凰和偉大的鯤鵬，她已經爲你們種下了禍根，而現在你們這群不知道天高地厚的傢伙竟然還想重新控制綠絲屏城，這不是老壽星上吊——找死嘛！」

阿札菲的話讓所有的孔雀都氣得把毛乍了起來，雖然明武王后爲他們招來了災禍，但那確實是僅次於孔雀大明王的人物，怎麼能讓人這樣羞辱？

古格米基這頭老狐狸瞇著眼睛說道：「偉大的鯤鵬？當年不知道誰站在綠絲屏城頭指著東北方的鯤鵬城大罵鯤鵬卑鄙無恥啊？難道那個負心的漢子已經忘記爲他而死的天鵝族女少主了嗎，悲哀啊，悲哀！」

「古格米基，你個老渾蛋！」一下被人戳中了痛處，阿札菲幾乎要從黃金神山上跳下來找這個老傢伙拚命，但被後面的巴薩克攔住了。

在幾人得意揚揚對話的時候，孔雀族人已經憤慨到了極點，他們先人的安息之地，竟然被這樣幾隻雜鳥踩在腳下，他們無法忍受。

不知道是哪個愣頭青第一個發出憤怒地嘶吼，衝上去與將自己包圍的朱鸝族人廝殺起來，之後局面就開始不受控制，無數的人衝出隊伍殺向敵人。

一隻只是身體看起來強壯，卻連頭都沒有變成人形的藍孔雀尖叫著衝到一隻赤鴛面前。

赤鴛是喙衛，他臉上掛著嗜血殘忍的獰笑看著這個孩子，在小孔雀靠近他的時候黑赤色的爪子上閃爍起火紅的光芒，然後猛地刺進孔雀的胸膛裏。

軟軟的有些溫熱，如果細細品味會感覺有黏黏的東西在爪子四周流動，赤鴛能夠感覺到那顆心臟仍然有力地跳動。

但他剛想將那顆心臟捏碎，突然看到孔雀眼睛裏火熱如火的光芒，竟然比他的靈禽力還要火熱，熱得讓他心驚膽戰！

小孔雀的爪子抱緊了赤鴽的身體，讓他不能離開自己，然後張開尖利的喙，一口啄在了赤鴽的脖子上。

變成人的脖子少了羽毛的保護更加嬌嫩，蘊涵了孔雀全身力量的一啄將赤鴽的喉嚨都啄穿了。

紅色的鮮血噴了出來，濺了小孔雀一臉，他眼中的靈動逐漸消失，但不變的卻是那種刻骨銘心的仇恨。

所有的孔雀都瘋狂了，他們力量弱小，他們人人帶傷，但他們卻能用喙用爪，用所有能想到的東西攻擊侮辱他們祖先的人。

不止是這些普通的鳥人，就連卡瑪斯這樣的熱血年輕人、萊仕德這樣的野心家、約列夫這樣的陰謀家、古格米基這樣的老人家也都憤怒了。

可當他們剛想將那些站在他們祖先頭上的傢伙揪下來的時候，那些人後面的黑袍人出動了。十幾個鳥人腳下產生七彩的光芒，飛快地衝了下來。

第三章 鳳凰裁決

「雷神戰隊！」一看這七彩的光芒，這些頭領族長立刻明白了黑袍人的身分，他們竟然是鯤鵬城的王族護衛軍。

十幾個人分成三三兩兩幾個隊伍，分別圍住了這些族長，但他們顯然忘記了一個人，那就是對孔雀族無比忠心的特洛嵐。

他在明白事情的來龍去脈後就消失了，等他再次出現時，已經來到了巴瑞特三人的身後。

「給我去死！」特洛嵐暴怒如狂，身後的虯鼂翼上光芒竟然隱隱透明了，若是伯蘭絲在這裏，她肯定會知道，這是特洛嵐要突破銳爵境界，到達翎爵的徵兆。

半透明的銀色虯鼂翼無限擴大，竟然籠罩了半座黃金神山，揮舞一下，帶動起劇烈的狂風，沒有準備的巴瑞特三鳥頓時被刮了起來，幸虧他們是鳥，要不然真就摔成肉餅了。

下面的混戰楚天並沒有注視一眼，他只是冷眼看著鳳凰說道：「你們胃口夠大的。」

「呵呵，當年我們一口吃下了整個海族，而鯤鵬也吃下了整個獸族，所以現在一個小小的綠絲屏根本不算什麼。」一反剛才的表現，鳳凰的話竟然多了起來。

「你們謀劃很久了？」楚天眼睛閃爍著問道。

「不用試探了，你這次跑不了了，所以我都會告訴你的，好讓你做個明白鬼。」鳳凰看起來很得意，他口氣非常自信。

楚天臉色變得有些陰沉，好像真的很擔憂一樣。

「首先自我介紹下，我是內族神議會裁決所所長，奧古忒斯，這次奉命與鯤鵬城合作整合綠絲屏城。可能你很奇怪，鯤鵬不是已經答應你會支持你，爲什麼此刻又反悔了？」鳳凰在說話的時候已經將身上的黑色長袍拽下，露出裏面七彩色的鎧甲，以及無比英俊的相貌。

一頭金黃色的披肩長髮，飽滿的額頭下面是兩條如飛劍般的烏黑眉毛，雙眉之間有鳳凰族獨有的潤滑圓珠，但顏色卻是赤金色，兩隻眼睛好像天上的星輝卻如眉心圓珠一樣，都是赤金之色，挺翹的鼻樑，薄薄的嘴唇，任誰看了都要叫一聲「好一個美男兒」。

不止長相俊美，氣質更是高貴卓雅，就跟赫蓮娜一樣，這種貴氣好似天成，唯一不同的，他身上多了一種讓人懼怕的殺氣，楚天可以肯定，這個傢伙是個經常殺戮的鳥人。

奧古忒斯輕輕搖了搖頭：「要怪，只能怪你偏偏來到綠絲屏城，而雷鵬又是最記仇的生物。八百皇親，十不餘一啊，所以他們是絕不會忘記當年明武王后給大鵬皇族留下的恥辱，只是一直找不到屠滅孔雀一族的機會而已。但這麼多年他們一直在找，而你的到來，正好給了他們這個契機。」

楚天已經明白了，但他並不擔心，因爲他還有一張大牌，一群新收服的手下以及鳥神宮殿裏的收獲。

「你是鳳凰？我怎沒聽說過裁決所？」有了倚仗，楚天決定將心中的疑問全部問出。

「……」並沒有立即回答，奧古忒斯沉默了幾秒才笑了聲說道：「呵呵，看在你也算是個英雄的面上，我就告訴你。」

楚天感覺有什麼秘密將要被發覺出來，所以他豎直了耳朵。

「你見到的鳳凰還有鯤鵬，根本就不算真正的鳳凰和鯤鵬，他們只是我們爲了提高種族人口數量而大量繁殖出來的血親，而真正純血脈的鳳凰和鯤鵬，生育都非常困難，不然當初明武王后也不可能因爲生養了五個兒子就獲得朝政大權，進而引發皇族大亂。」奧古忒斯喜歡這種感覺，看著楚天這種在野翎爵白癡的樣子，他感覺自己心裏很滿足。

「謝謝，爲了表示我的感謝，我將送你去見鳥神。」得到滿意答案，楚天立刻開始演繹「過河拆橋」的標準含義，口中叫著，已經蓄勢待發的大日金烏放射著萬千光芒好像轉折的巨型飛鏢一樣射向了奧古忒斯。

楚天一直是搞小動作的高手，他在說話的過程中已經逐漸飛到了奧古忒斯的上方上風處，並且在同時運用九重禽天變模仿起了鴆。

說起來楚天還是有些奇異之感的，他記得鴆在地球上時只是傳說中的生物，據說這種鳥有劇毒，牠外貌奇特，細長的脖子上有一圈會發亮的褐色羽毛，其他部分則是粉紅色的絨羽，鴨蛋大小的腦袋上有一雙血紅血紅的小眼睛。

體型有些像袖珍型的小鶴，卻居於樹上，不過這樹也不是普通的樹木，因爲鴆身上毒素太重，牠的落羽和糞便都含有極強的毒素，以至於牠生存的地方大部分植物枯死，就連石頭和土地都在長久的荼毒下乾裂發黑，只有一種叫做毒栗子樹的植物不畏懼鴆，鴆正是築巢其上的。另外鴆也很喜歡吃毒栗子。牠喜愛的另一種美食則是毒蛇，所以一般鴆生存的地方大多有劇毒長蟲出沒。

在中國歷史上，鴆一直被當做製作毒酒的秘方，故古人統稱毒酒爲「鴆酒」，大多爲皇宮謀殺、賜死所用，爲此還留下一個成語——飲鴆止渴。

楚天感覺奇處正是因爲這種傳說種的生物竟然在這個世界真有，不過腦中一轉間他已經釋然了，畢竟連獅鷲、鯤鵬、鳳凰這種傳說種的頂級生物都有了。

鴆既然是毒鳥，那他們的種族異能「肝腸寸斷羽」必然也是用毒了，不過爲了不讓奧古忒斯察覺到問題，他用精神力將其變異了。

在說話的時候，楚天身上的毛孔散發出一絲絲無色無味的鴆毒，不同於原來觸後渾身血液流速減緩，使其體內血液凝結，最終供血不足抽搐而死，經過精神力變異，這毒素是直接作用於中樞神經的，讓人精神麻痹，產生恍惚感。

楚天並不認爲靠這些小手段就能將一個同級的對手殺死，他只是希望能夠起到一些輔助他攻擊的作用。

果然，雖然貴爲鳳凰，透過族中典籍以及前輩的教化已經近乎熟知整個鳥族的種族異能和靈禽力運用法門，但卻沒有察覺楚天的陰謀，直到他運用靈禽力時才感覺眼前一黑。

「中計了？這個惡賊果然狡猾狠毒……」腦中閃電般劃過這個念頭，卻並沒想到他已被暗算了，奧古忒斯晃了下腦袋打起精神，在大日金烏及身前他的身體化作了一團火焰。

好像流星般急衝而至的大日金烏穩穩地打在赤紅色的火焰上，火焰被瞬間擊滅，只留下一攤黑色的灰燼，由於大日金烏所帶起的風力，黑灰被吹得四散開來。

「浴火重生！這才是真正的鳳凰，以火焰燃燒自己，增進自己的力量。」楚天臉上露出了謹慎的神色，放出思感探查著周遭，他腦海裏天禽的記憶告訴他，這種術法是真正的鳳凰族特有異能。

天空中楚天凝神虛立，身遭也布起了一層靈禽力護罩，突然，他身形向下疾飛，雙手組成一隻展翅欲飛的大鵬，一隻紫金色的光鳥從上面飛射而出，「咕呱」的叫聲中，光鳥飛速變大，抓向了下面空蕩蕩的空間。

「你怎麼發現我的？」渾身化作火源力四散在空氣中的奧古忒斯手上一動，一把赤白色的火焰刀從他頭頂劃過，正好將光鳥斬成兩半。

「你身體有些熱。」楚天嘴角冷冷吐出這幾個字，大日金烏再次飛出，他的手有些縹緲地晃動著，大日金烏就好像被複製一樣出現了十幾個，圍成一圈變幻著各種色彩旋轉攻向奧古忒斯。

「既然你說熱，那我就讓你知道什麼叫真正的熱！」並沒有對楚天的攻擊顯露出一絲緊張，奧古忒斯身後突然長出一對金色的羽翼，他翅膀一揮，一股灼人的熱風從上面刮了過來，打在由十幾個大日金烏組成的巨大手鐲上，發出一連串清脆的「叮咚」聲。

在鮮血斷肢橫飛的疆場上，這清脆樂聲就如吹散冰雪的春風般，讓所有的鳥人不可抑制地呆了一呆，有些第一次上戰場的小夥子們更是忍不住抬起頭望向了天空，結果他們就感覺眼睛一陣刺痛。

他們來不及想為什麼會這樣，到底看到什麼了，那些老兵在回過神來後已經將手中的利器插進了這些愣頭青火熱的胸膛中。

戰場，不是你死就是我亡，分心絕對是致死之道！

楚天並沒有心思理會到下面的事情，他現在已經將所有的心神放到了奧古忒斯身上，準備對抗鳳凰一族戰鬥技能的精華。

奧古忒斯揮出的翅膀竟帶著純正的鳳凰純陽火源力，而大日金烏竟然在這樣的純陽之力前出現了變色的情形。這可是頂級羽器啊，鳳凰能成爲鳥族最強大的種族之一，果然有其過人之處。

楚天臉色微變，眼中光芒更加明亮，他心念一動，十幾個大日金烏再次恢復成一體，隨著他的心思飄了回來。

「赤地千里！」看到楚天的行動，奧古忒斯冷峻的嘴角微微上揚，他雙手輕輕抬起，口中沉緩地喊出四個字，隨後無數道火牆從他身上向四周蔓延，瞬間到達了楚天跟前，卻並不停頓，而是更加熊烈地向地面燃燒而去。

赤紅的火焰有兩人多高，奧古忒斯就好像來自地獄的熔岩怪物，源源不斷地向四周散發著灼人的光芒，好似要將整個天地燒焦。

看著本來還涇渭分明的火牆最終因爲過於密集而不分你我，看著團團烈火燃燒了楚天，燃燒了孔雀，最終燃燒到自己族人身上時，白鳥族少族主奧日托雅連眉毛都豎了起來，他瞪視著巴薩克說道：「鳳凰這是要做什麼？他們怎麼能夠打自己人呢！」

此刻的巴薩克比以往的樣子還要難受了幾分，更加瘦削，更顯老態，好像一位病入膏肓的老人般，他看似平靜的臉上嘟動了兩下，滿是魚尾紋的眼角也不受控制地抽動著，沉默了一會兒，他才鼓著乾瘦的胸膛說道：「我們只是龐大鳥族家庭中非常普通的一個種族，對於那些高高在上的人來說，我們只是可有可無的一員。」

話剛一說完，巴薩克就後悔了，他雖然是個精於算計的人，但他並不無情，所以看到自己的族人被盟友屠殺心中難免不平衡，結果卻忘記了旁邊的巴瑞特和阿札菲，要是這些話傳到神殿中，他們鯨頭鸛一族就別想有好日子過了。

心中七上八下地想著，巴薩克眼睛偷偷地看向了本是競爭對手，現在卻成了盟友的兩個鳥人。

兩個人並沒有如巴薩克所猜想的那般露出抓住人小辮子的小人模樣，他們也是一臉沉鬱，畢竟，下面像燒烤材料一樣被煙熏火燎的鳥人也有他們的手下。

「我想這根本就是他們決定好的後手，一座沒有任何制衡的天空之城，他們是不想讓某個無法保證忠心的種族完全控制的。」巴瑞特肥嘟嘟好像嬰兒般白皙的臉蛋上有些猙獰，他眼中閃爍著陰晴不定的光芒說道。

「綠絲屏城可是有我們三個勢力啊。」

「你不是鯤鵬城直接委任的嘛！」兩句話自阿札菲和巴薩克口中傳出。

「三個勢力中我與鯤鵬城走得很近，阿札菲在神殿落了職位，巴老因爲商業關係和各個小族關係很好，但我們誰都沒有與王神二權有直接關聯，他們會放心我們嗎？」巴瑞特說話的語氣很沉啞，好像硬物刮在玻璃上。

阿札菲和巴薩克只是因爲身分原因，對一些秘辛的來龍去脈不如巴瑞特清楚，但此刻聽他說到這裏，兩隻見慣風雨的賊鳥立刻想通了整件事情。

神權和王權雖然一開始已經保證，絕對不會直接派人插手綠絲屏平定後的管理工作，但因爲怕他們三家勢力將來聯合起來，他們決定砍掉三族的一些手腳，讓三族就是整合起來也無法對兩派產生威脅。

「這群……」阿札菲是個比較暴躁的人，他想明白事情的前因後果，頓時感覺肺都氣炸了，但罵娘的話剛到嗓子眼兒又吞了回去，鳥人世界裏，鳳凰和雷鵬這兩個種族積威太久，他們從心底生不出一丁點的反抗念頭。

就在幾隻鳥人對話的時候，被雷神戰隊攔住的特洛嵐終於殺出重圍，無可否認，這群鯤鵬的戰鬥力確實不錯，最差的境界也到達了羽爵境界，但鮀鳥可是要突破銳爵的鳥人，而且雷山戰隊人數並不多，分散出去對付卡迪爾後只有五個對付特洛嵐。

虯鼊翼倏然亮起，無數飛羽上帶起了赤白色的冰晶，好像撲火飛蛾激射向五隻鯤鵬。

「羽化天冰。」特洛嵐在心中默默念叨著這一招的名字，它並沒有太大的殺傷力，卻是擾敵的好招式。

無數乒乓球大小的冰團打在六隻鯤鵬身上，他們只是感覺稍微一麻，卻沒有任何疼痛感。「這是要幹什麼？」六鳥疑問，卻不停頓，經過嚴格訓練的他們深知戰場決不可分心的道理。

他們想要動，卻已經晚了，一個冰團打在身上只是稍有麻僵之感，當無數冰團匯聚讓這種麻僵擴散時，他們才發覺了問題。

本來速度相當的特洛嵐在這一刻顯得快了許多，將他包裹住的虯鼉翼飛輪一樣凌空旋轉，兩側的靈禽力噴射而出，閃爍著金屬一樣的光澤。

「撲撲撲！」僵硬的肉體想要躲閃已經來不及，六隻鯤鵬只能瞪大眼睛看著自己的身體被劃成兩半。

「啊……」慘叫聲中，只聽特洛嵐大吼一聲：「你們哪裏跑！」

原來是巴瑞特等鳥人已經看到特洛嵐的雄威，他們在一群手下的保護下向戰場的另一端跑去。

除了巴瑞特等人所在的位置，其他地方都已經被熊熊烈火所覆蓋，天地在這一刻連成一片，鳥毛被燒灼的焦臭和人沙啞的慘叫瀰漫在這個火焰的世界裏。

楚天與大部分人一樣，他也感受到了火的熱度，在他身遭，入目全是紅彤彤的顏色。

爲了降低消耗，精神力護罩只比他的人稍微大了一點點，但這護罩也只是能夠阻擋火焰的進入，卻無法抵禦溫度的升高，這麼一會兒工夫，楚天已經感覺像在蒸籠裏，一身黑羽濕乾三回，黏兮兮地貼在身上，好像披了一層塑膠薄膜，好不難受。

「這樣下去可不行，不被燒死也被熱死。」楚天咬著牙齒自語，現在整個世界都是火焰，根本分不清方向，也別提去找奧古忒斯了，他現在苦思冥想，卻根本無法破除這鋪天蓋地的火焰。

「真是熱死了，現在要是去南極待上一會兒那可就爽死了。」楚天張口吐出悶在肺裏的熱氣，有些悶悶地自語道兒。

「咦？」楚天的身形一頓，他摸了摸大光頭腦中閃過剛才說的一個詞兒——南極！

「企鵝，我剛才怎麼沒想到呢？」楚天臉上掛著喜悅的表情拍了拍自己的腦袋，他還不知道，這鳳凰赤炎中包含干擾神經的火毒。

腦子飛速地旋轉起來，不一會兒楚天已找到了天禽所留下的記憶中關於企鵝的記載。

九重禽天變瞬息運轉，楚天閉嘴深吸口氣，然後猛然大喝道：「狂風暴雪術！」

無數雪花和冰晶從他身上爆射而出，打在火焰上發出融化的「吱吱」聲，但隨著雪花和冰晶的增多，這聲音越來越弱……

不單如此，自楚天腳下開始，空氣開始凝白，竟然出現了凍結的徵兆。

冰雪對烈焰，相克的屬性讓兩者你來我往爭執不已。

外間的奧古忒斯此時很鬱悶，這個楚天究竟什麼來歷，竟然會企鵝族的種族異能，難道他是混血兒？在這樣想的同時，鳳凰卻不敢放鬆精神，心念攢動，控制著火焰集中燒向楚天。

但這個時候，楚天也看到了奧古忒斯，他嘴角獰笑一下，雙腳在虛空一跺，頓時，一條潔白的冰道憑空生成，向鳳凰延伸而去。

「九寒之凍天術？獸族北極熊的異能？這傢伙是鳥族混血也就罷了，難道還有獸族基因！」奧古忒斯簡直是震驚得要把心從嘴巴裏跳出來了，他口中喃喃念叨著。

這下奧古忒斯終於出現了漏洞，兩米多寬的冰道趁這個漏洞延伸到了他腳下。

空氣的驟然濕潤和降溫讓鳳凰瞬間回神，他嘴中清嘯一聲，身上火焰大漲，最終決定動用絕招，想到這個他忍不住暗歎：「這個傢伙果然厲害，本想逼他祭出消滅整個雕鴞集團軍的羽器，沒想到……唉！這一輪算我輸了，不過，等下我會讓你加倍奉還！」

緊緊咬住牙齒，奧古忒斯狠狠地盯了楚天一眼，然後渾身火焰加劇，在冰道延伸到他腳下的時候，火焰已經熄滅，留下一攤灰燼。

「又來這招，你當我楚天是二哥嗎！」楚天冷笑，身體猛地一轉，右手一揮，一塊兩三立方米的空氣凝結成冰塊被他推了出去。

看到大冰塊射出五六米遠後，楚天雙腳虛踢，一道無形的靈禽力後發先至，打在冰塊上，頓時冰塊崩解，變作無數菱形冰刀，以更加快的速度射向本來的目標。

「在這樣低的氣溫下，渾身充滿純陽力的鳳凰更加無法隱匿形跡，真不知道你是不是傻！」楚天心中不屑，但在下一刻他才發現這隻鳳凰果然是有兩把刷子的。

「炎焱空間！」一聲好像春雷的叫聲震動著楚天的耳膜，他反應機敏，感覺不對勁立刻運起琉影御風變，閃到距離本來位置幾十米遠的地方，謹慎望著，卻發現沒有任何攻擊，正當感覺奇怪，他突然發覺四周的空氣顏色有了變化。

因爲溫度降低而凝白的空氣愈發白了，但卻是熱到極限的那種熾白。

「叱！」楚天剛要動，卻觸動了四周的空氣，結果身上立刻灼出一個傷口，火辣辣地露出裏面泛黃的皮肉。

「這是……」在上萬度的高溫面前楚天瞪大了眼睛，有些驚疑不定地想說什麼。

「這是當年將萬千海族煮熟的烹飪方法！」奧古忒斯的聲音自四面八方傳來，縹緲無蹤，好像整個天地都是他的身影。

奧古忒斯的話也讓楚天心中一「咯噔」，竟然是「碧翎煮海弩」！鳳凰族的那些老頭兒們竟然放心將這神器交給他！

這兩句話語只花去眨眼間的工夫，但天地間的溫度卻更加灼熱，好像有無數個太陽圍在身遭。

相比楚天貼身的感受，地面上的人要稍微好些，但同樣的，他們的實力要低太多，不少人在這短短的工夫裏已經脫水倒地，苦號求死。

大地被曬得乾涸，血液蒸發散發著腥臭，一些鳥人的皮膚崩裂，整個戰場頓時變成了一副世界末日的模樣。

奧古忒斯聽到了下面的慘叫，卻沒有任何表情波動，神庭裁決所的職責就是消滅某些不忠於鳥神、鳥族或者神殿的異端，通常每次裁決所出動，必然有一個部落從這個世界上被抹殺。

見慣了這種稱之爲「屠殺」的事情，奧古忒斯已經習以爲常，況且，那些人只是無關緊要的小小泥蝦，他最主要的對手是那隻禿鷹！

眼看楚天渾身上下都開始冒煙兒，奧古忒斯心中暗暗得意：「碧翎煮海弩，果然不愧是當初將整個海族打敗的神器，現在用來對付區區一隻禿鷹，那絕對是綽綽有餘。」

楚天是無法明白奧古忒斯的想法的，他感覺到了危機，皮膚上蛻了好幾層皮了，卻不敢有任何動作。

兩隻手臂和半塊肩膀都露出了爛嗤嗤的血肉，有些地方甚至能夠看到被烤得發黃的骨頭，這是剛才活動身體的後果。

四周已經像一座貼身的火牢一樣將他圍住，他卻無法阻止，就算布上防護罩都不行，因爲沒有任何防護罩是能夠阻擋熱量的散播。

「不行！不能這樣坐以待斃！」楚天一對眸子裏爆發出比四周空氣還要熾熱的光芒，他靈禽力湧出，化作兩隻翅膀，搧動著想要飛起來。

「吱吱吱吱……！」

楚天身上的皮肉完全被燙爛了，很多地方都翻滾了起來，但他卻只上升了一點點而已，這空氣不止變熱了，還變得很濃密黏稠，在其中行動非常艱難。

「奧古忒斯！我不會輸給你的。」楚天渾身都已經麻痹了，只有心中的一份堅持在做最後的支撐，他從不相信，自己會在沒有達到目標前跌倒。

心中的執念讓楚天體內的靈禽力好像決堤的洪水般衝撞不已，在他身體四周，竟然有一層瑩黃的光芒微微閃動著，這光芒……竟阻止了一部分熾熱空氣的襲擊。

奧古忒斯很驚異，楚天卻也有些震驚，他感覺體內的情形非常清晰地展現在他腦海裏，每一條經脈，每一處靈禽力結點，它們飛速流轉，幻化出星空銀河般的點點星光。

楚天心中好似有了某種明悟，他知道這是九重禽天變的力量，而這也是他能模仿其他種族的根源。

沉醉於體內情況的變化，外面，奧古忒斯卻有些發傻，他只見楚天四周比地底岩漿還要熾熱的空氣竟然隨著他的呼吸流進了他的毛孔中，進入了他的體內。

「怎麼可能？鳳凰才可以控制的融焱化力術他怎麼會？他身上難道有鳳凰的血統？」

奧古忒斯腦子裏亂了，但他就是想破腦袋也無法想到，楚天是因爲繼承了天禽衣缽的原因。

因爲心性的頑強堅韌，永不言敗，楚天體內的九重禽天變終於開始與他不分彼此，自主融合幫他模擬鳳凰族的頂級心法並吸收起外界的力量來修補他的身體，這正是九重禽天變第七重鄺鑾戰空變趨之大成的情形，但不止如此……

在吸收這力量開始，圍繞在楚天身遭的瑩瑩黃光逐漸向四周擴散，擴散到哪裏，哪裏就變作完全獨立的空間，不受熾熱空氣的一丁點侵襲。

光點越來越多，獨立空間也越來越大，楚天身上也泛動起一層流動的螢光。

奧古忒斯突然產生了一種奇異的感覺，彷彿楚天的全身都是楚天，就好像只要他願意，他的手就能變成他的頭，他的腿也能變成他的手。

下面的鳥人們受了無數煎熬只剩下爲數不多的一部分，這一部分中三大種族的居多，孔雀一族卻只有很少的幾百隻了。

也許是感覺勝券在握了，不少週邊的三族族鳥抬頭看向了天空中，他們只見本來由無數個「太陽」組成的天空突然出現了一條極窄的縫隙，隨著時間的推移，這條縫隙逐漸擴大，將緊密相聯的「太陽」擠裂開來。

「天禽九變，第七重裂翱仙儺變！」楚天心中淡淡地說出這幾個字，他本來失神的眼睛猛然亮了一下，望著左前方露出淡淡的微笑。

當在楚天看向自己所在的位置時，奧古忒斯知道自己已暴露了身形，心中一動，真身漸漸現了出來。

看著這隻鳳凰，楚天最終將目光定在他左手上的物事上。好像一隻展翅欲飛的鳳凰，通體金色，晃晃刺眼，但在牠的頭頂，卻有三根碧綠碧綠的翎羽。

展翅的鳳凰化成了一把弩弓的形狀，只是無弦無箭，但即使這樣，楚天卻感覺到上面所帶來的絲絲壓迫感。

「同樣是神級的羽器，今天就讓他們較量下吧。」楚天心中很輕緩地說了句，體內的烈火黑煞絲飛了出來，虛空盤旋在他腰際。

其實早已經想好了對付炎焱空間的方法，不過由於自身力量的不足，只好如奧古忒斯般借助於神器，而幽靈碧羽梭雖然威力強大，卻不像烈火黑煞絲那樣帶有種族能力，而這刻楚天正是要借助種族能力。

第七重裂翱仙儺變可以讓楚天擁有創造獨立空間「禽王獄界」的能力，但有了這個空間並不能打敗奧古忒斯，所以他需要運用獸族的異能，九寒術法！

雙手緩緩張開，一層七彩的瑩光好像落雨般灑在身前的烈火黑煞絲上，神器通靈，如遊龍般圍繞旋轉，七彩光芒大放。

裂翺仙儺變啓動加速，擴散螢光在轉眼間已經將本來的炎焱空間全數吞噬，整個天空翻然變色，沒有了雲彩，沒有了陽光，世界變成了一片漆黑的虛空。

「九寒歸一，冰河世紀！」楚天的聲音如同天降梵音，遙響在整個空間。

奧古忒斯聽到渾身一震，眼睛裏露出不敢相信的神色，直到天空飄下鵝毛大雪來。

統領北極熊之一的寒犀族，統領所有冰雪種族的寒犀族，獸族五大王族的寒犀族，視九寒術法爲立身奧秘的寒犀族，和楚天有什麼關係？他怎麼會王族直系術法？

不同於一般的術法，一些王級種族，好像鳥族鳳凰、鯤鵬；獸族寒犀、血豹；海族人魚、海龍，他們都有某種只有直系族王族才能學習的強悍術法，而這些術法因爲是根據王族血統特意創造，所以其他種族甚至本族內的其他族人都學習不了，但此刻，楚天竟然用出了寒犀王族獨有的九寒歸一！

他難道和這個世界所有的種族都沾親帶故嗎？不，他應該是和偉大的鳥神有親戚關係，他是「他」的私生子……！

奧古忒斯是徹底被逼出神經質了，竟然想到了這樣一句有褻瀆鳥神嫌疑的話來。

王族術法的神奇是常鳥根本無法想及的，在這短短的時間，天地已經完全變成白濛濛的一片，隨便一陣小風吹過，都好像刮骨鋼刀一樣，吹得人渾身發疼。

奧古忒斯這會兒已經雪染眉鬚，大雪片落了他一身，構成了一個天然的大雪人兒。

此時，地面上的積雪已經漫過人腰，不論是哪方的軍士都在這樣的嚴寒中縮成一團，再無打鬥的心思，除了一些實力實在是過人的傢伙，比如特洛嵐那隻鴕鳥……

「飛鳳鬧天！」雙手高舉，將碧翎煮海弩捧在頭頂，奧古忒斯大聲叫道。

「砰！」劇烈的光芒在所有人的心中爆響，一隻鳳凰帶著熊熊烈火衝向楚天。

楚天瞳孔一縮，烈火黑煞絲被他扔飛出去，纏向鳳凰，兩者碰撞，激濺出無數七彩的光點。

「楚天！」奧古忒斯這個時候也動了，他渾身被靈禽力所化的赤色火焰包裹，在叫聲沒有結束前已經閃到楚天面前，空靈火熱的一拳直打向楚天的面門。

早就知道楚天還有羽器，爲了避免在這方面吃虧，奧古忒斯明智地選擇了近戰。

鳳凰實力畢竟不俗，楚天一時被逼，竟然沒有辦法擺脫，只好你來我往，在靈禽力的支撐下，打起拳腳功夫。

兩人在半空中打得你來我往，地面上的人也是廝殺慘烈，特洛嵐對上了巴瑞特和阿札菲，巴薩克幾隻鳥人則攔住了古力德，剩下的鯤鵬們則對上萊仕德等人。

雖然個人戰鬥力較強，但人數處於下風，孔雀等鳥又不如鯤鵬抗寒，隨著時間的流逝，他們落敗是遲早的事。

特洛嵐心中焦急，卻知道楚天此刻根本沒有時間來分身幫助自己，正當他感覺靈禽力開始枯竭時，一種心靈感應突然傳到。

「伯蘭絲！」心念一動，蚪鼉翼光芒大放，硬生生抗退巴瑞特兩鳥，特洛嵐回身向孔雀陣營後方看去，自己妻子的面容映進了他的眼眸裏，但他卻沒有任何喜悅之色。

伯蘭絲此刻臉上掛著鮮紅的血液，腳步踉蹌，而在她身後，十幾隻黑衣人飛在空中緊緊追著。

「又是這些鯤鵬！」特洛嵐牙齒都欲咬碎了，他愛妻心切，抬腿就想去助伯蘭絲，卻聽後面破風之聲響起，想要回身已經來不及，只能向前趴去。

「刺啦」一聲，巴瑞特的羽器利鋒刃將特洛嵐的衣服劃破，還帶出了一道血痕。

「特洛嵐。」「特洛嵐叔叔！」

兩聲驚叫，不用問就是伯蘭絲和崽崽了，他們早就看到特洛嵐了，這時見到他受傷，更是心如針扎。

伯蘭絲快步向這裏跑來，而被她背在身後崽崽則是掙扎了兩下從她背上跳了下來。

「你要幹嗎，崽崽？」伯蘭絲雖然擔心特洛嵐，卻不能放任少主不管。

「我要讓這群人付出代價！」崽崽黑色的眸子好像兩把刀一樣讓人心寒。

「少主，我這裏有一件東西需要交還給你。」十三叔公那張皺巴巴的老臉上不斷變換著表情，好像不知道該怎麼做。

「是什麼？」崽崽已經不再是小孩子了，經歷了收服聖駝、孔雀碧螺草、赴死軍暗殺後的他已經逐漸成熟起來，雖然此刻楚天不在身邊，但他卻沒有任何不安。

「這是我族一直守護的秘典，是由第一任大明王傳下來的。」十三叔公從懷中鄭重地掏出一個通體碧綠雕有孔雀花紋的小盒子。

「嗯？」崽崽抬手接過，卻並沒有立即打開，而是詢問地看向了十三叔公。

「我也不知道裏面有什麼，族中規定，除非是大明王再生，否則誰也不能打開。」十三叔公緊張而又期待地說道。

崽崽點點頭，示意知道了，而十三叔公在眨巴了下老眼後立刻恭身退了出去。

隨後崽崽看了錦盒中的東西，裏面記載了一種功法，一種召喚術，可以讓大明王帝雷鳴元神回歸的超級召喚術。

不過這樣回魂的招式是需要付出代價的，那就是崽崽靈魂的消失。

腦海中翻動過這些畫面，崽崽最終下了決定，以自己一個人的離去換回大家的生存，很值得！

第四章 孔雀大明王

崑崑抬手阻止伯蘭絲過來，他微笑著面對後面的鯤鵬追兵，眼眸裏露出堅決之色，渾身黑色的羽毛逐漸蛻變，變成一根根美麗的孔雀長羽，他仰天清叫，身體吸收自孔雀碧螺草的靈禽力運動起來，溢出體外形成一圈閃爍的光暈，在隨後所有人就看到，一團團金色光團自天空飄來，落進崑崑頭頂，而他的身體就好像吹起球一樣，飛速增長著。

伯蘭絲不知道發生了什麼事情，她能夠感受到的只有崑崑身上的氣勢變了，變得很威嚴，好像睥睨天下地望著般。

「你真的捨得？」崑崑體內一聲如洪鐘般的話語響起。

心念一動，崑崑已經想到這就是他的祖先帝雷鳴，他眼中帶著淚水說：「不捨得！」

帝雷鳴被崑崑直爽的回答搞得一愣，隨後就哈哈笑了起來說道：「不虧是能繼承我傳承的乖孫，果然有個性，你也不用不捨得，雖然你靈魂被排出了這具軀體，但因爲你體內

天禽力量的作用，你的靈魂並不會消散，等有機會，你祖宗我會將你再找回來的。」

「真的？」崽崽破涕爲笑說道。

「我是說謊的人嗎？」帝雷鳴先是和藹地說了句，隨後就感受到了外面的情形，他忍不住催到：「乖孫，時間要抓緊。」

不捨地望了四周一眼，崽崽的靈魂離開了位於腦後的腦垂體，進入了虛空，卻被已經控制好身體的帝雷鳴抬手抓住，放進了耳朵中。

「唉！小傢伙，別亂跑，要不我怎麼找你啊？」直接將這句話映進崽崽的腦海中，帝雷鳴身形一動，一柄三棱長刺槍出現在他手上，他身體向後繃直，然後猛地前傾，三棱刺槍帶著呼嘯聲射向衝過來的鯤鵬們。

正當他們感覺奇怪，這個突然變成人形的小傢伙難道是想用一把普通的鈍器狙擊他們時，身在半空的刺槍突然產生了變化，它化成了十幾隻標槍，並且在瞬間隱形。

「怎麼回事？」沒等他們想明白，他們已感覺有什麼東西洞穿了他們的胸膛，低頭看去，只見一個碗口大小的血窟窿，卻沒有任何東西。

「果然是這樣，出現的力量根本不足以支撐大範圍的鬥爭，竟然只化出了十幾支鳥槍，丟人啊。」帝雷鳴自言自語著，顯得非常苦惱。

伯蘭絲呆住了，她可是深知身後這群鯤鵬的實力，怎麼還沒碰面就直接給消滅了？她驚異，卻更加肯定，眼前成長爲成年俊男子的鳥人絕對不是她熟悉的崽崽了。

臉上露出戒備的神情，伯蘭絲嬌喝道：「你是誰？把崽崽怎麼樣了？」

方臉闊口隆鼻，一臉威嚴很有男人味兒的帝雷鳴聽了話後臉色一陣尷尬，雖然他性情一直大大咧咧，但利用靈魂回歸佔據了一個小孩子的身體這種事他還是很不好意思說的，就算這個孩子是他的後人，他也不好意思，他可是個好人。

他沉默了下才說道：「你是侯賽因的後人吧？」

「你認識我老祖宗？」伯蘭絲奇道。

「我們很熟。」帝雷鳴如此說。

「少跟我轉移話題，崽崽呢？」伯蘭絲醒悟。

「他……我……這個事情比較麻煩，以後找機會再說，現在最主要的是救你的丈夫還有孔雀族，鯤鵬那群渾蛋不會不留後手的。」想了想實在不好開口，帝雷鳴只好這樣說。

伯蘭絲的注意力果然被轉移了，不知爲什麼她從心底信服眼前的男人，所以聽了他的話，鴕鳥立刻就想去幫特洛嵐，但在這個時候，地平線的一頭，一群黑色的影子出現了。

「這麼快！」帝雷鳴驚叫一聲，感覺不能再耽誤，他揮起手，一根通天的彩色光柱自他身上激射而出，恍若天神般的聲音自他口中說出，傳遍整個戰場：「孔雀九大戰神歸位！」

這聲音極具穿透力，就連大戰的楚天和奧古忒斯都聽到了，隨後他們一個迷茫不知道從哪裏冒出來這麼帥氣的一個傢伙，一個則是感覺有些不對勁兒，事情好像不再隨著他的計劃前進了。

奧古忒斯想得比較多，待他反應過來時，楚天已經跑到距離他十幾米遠的地方，等他再次想靠上去的時候，幽靈碧羽梭已經浮在楚天的頭頂。

本來與敵人糾纏在一起的孔雀族長們被渾厚的聲音震得一呆，隨後就是來自靈魂深處的震撼，這是基因傳承的本能。

彷彿不能自抑，特洛嵐、萊仕德、卡瑪斯等人迅速擺脫自己的對手向帝雷鳴靠去。

不時，所有的人都圍在了帝雷鳴的身邊，這個男人面色難得的嚴肅起來，他沉沉說道：「現在跟著我的動作做，只有這樣才有可能消滅那群不識好歹的鯤鵬。」

帝雷鳴心中還是有些無奈的，若不是他剛剛恢復實體，怎麼需要這些大大小小的族長們聯合起來，只要他一個人，動用一根小手指就能將所有的敵人消滅，還能打上鯤鵬城把那隻黑漆漆的賊鳥拽下來拔毛……

好像印度的瑜伽，帝雷鳴在一平方米大小的地方舒展著身體，其他人開始有些跟不上，但隨著動作地逐漸舒展，所有人竟然產生了以前就會的感覺。

帝雷鳴身體四周第一個產生變化，他身周的空氣出現了如熱蒸氣般的波動，第二個是特洛嵐，他的身體四周產生逐漸變色，最終變成了土黃色……

伯蘭絲變作了碧綠色，古力德變成了白銀色，萊仕德變作了紫色……不一會兒，九個鳥神身周都變了顏色，而在隨後這些色彩光芒全數流向身處中間的帝雷鳴。

「轟！」所有都感覺心中一震，九中顏色融合成一個大光團，最終爆裂直沖向天際。

沒給人驚奇的時間，天空之中激射下無數光片，籠罩了整個戰場。

瞬間，已經變換了好幾種顏色的戰場再次變成了一個七彩斑斕的世界，而站在一起的十隻孔雀首領們則變成了一百隻。

有十個特洛嵐，十個伯蘭絲，十個帝雷鳴……他們分散了。

「明王天下，羽箭驚天！」隨著帝雷鳴的大喝，特洛嵐等人清醒過來，但卻處於一種醉醺醺的感覺，他們身體裏充斥著龐大的力量，十個身體卻如手足般清晰可感。

心中沒有任何雜念，好像有什麼東西在指引著，眾人都變作了鳥身，渾身的羽毛統統乍起，各色光芒在上面閃爍著。

只聽帝雷鳴一聲「發射」，眾鳥就好像吃了春藥一樣，卯足了勁兒展開彩羽。

「嗖嗖嗖！」

箭矢一樣的破空聲中，天空被各色羽毛遮掩住了，衝過來準備坐收漁翁之利的鯤鵬們做夢也想不到，迎接他們的會是無數箭羽。

慘叫聲接踵響起，本來成編制的隊伍被瞬間打亂。

「怎麼會這樣？」奧古忒斯心中震駭莫名，他不是那種不知進退的人，在瞬間他已經清楚，這場戰爭……沒有勝算了。

想清楚情況，奧古忒斯也是乾脆，他心念電轉，與烈火黑煞絲糾纏的碧翎煮海弩迅速飛回化作了物理形態。

奧古忒斯左手拿弩，右手做出張弦的樣子。

楚天一看這個心中暗震，畢竟碧翎煮海弩名頭太響，誰也不知道它到底有什麼絕招，而作爲弩，所射出的箭矢卻絕對不容小覷。

想到這些楚天哪裏敢怠慢，瞬息一層精神力，兩層靈禽力以及烈火黑煞絲四層護罩全數將他嚴嚴實實地護了起來。

但奧古忒斯只是虛晃一招，只見他將手扣在扳機上輕輕一用力，然後飛速化作火焰，消失不見。

楚天先是錯愕，隨後震怒：「這個傢伙，竟然裝腔作勢嚇我，還把我給嚇住了！」到這個時候他若還不明白奧古忒斯只是想借機逃走的話，那麼他這麼多年的白米飯算是白吃了。

這次的浴火焚身不同剛才，是爲了隱匿行跡，奧古忒斯力求閃人，加上鳳凰族「浴火焚身」一系心法確實有其獨到之處，等楚天反應過來這廝已經跑出千米之外。

楚天也是個通透的明白人兒，先不說鳳凰族也有自己獨特的逃命功夫，單是人家與自己相同境界，有這樣一段距離做後盾，他就是運起琉影御風變也是追不到人了。

奧古忒斯這一跑也是夠陰，竟然不管下面幾十位雷神戰隊戰士和數百鯤鵬軍士了，但這些人也不傻，眼看神殿的人跑了，他們也如退潮之水飛速撤離。

孔雀族的族人就算是所謂最強精銳明王赴死軍，先後經歷了烈焰燒灼，赤陽烘焙，九寒冰凍後也已經筋疲力盡，因爲靈禽力作用吊住最後一絲命脈已是不錯，哪裏還有力氣去追鯤鵬？

而帝雷鳴等人也在明王天下後失去了大部分力氣，就算追上去，若是人家來個魚死網破，結果還不一定怎樣呢，所以他們也沒有追，畢竟，這裏還有些人需要處理。

「大家快點把帶頭搞事那幾隻畜生給咔嚓了，要不等下你們想做都做不了了。」帝雷鳴帶頭用出明王天下體內的力量已經消耗了七七八八，所以他剛收回攻勢就一屁股蹲在了地上，竟連半點斯文樣子都沒有。

看到他這個樣子，特洛嵐等幾隻鳥面色微變，迅速將話咽了下去，齊齊反身向巴瑞特等人撲去。

話說這幾隻大鳥此刻早就傻眼了，他們無論如何也想不到事情會這個樣子，在心中高大無敵的神殿和鯤鵬就這樣撒腿跑了，連聲招呼都不打。

幾個人鬱悶中腦子早轉開了，此情此景只有一個辦法——走為上策！

帝雷鳴並沒有掛心是否能將巴瑞特等鳥人殺掉，他現在正在打算怎麼安排住在耳朵裏的崽崽以及安排綠絲屏城的事情，當然，最主要的是他累了，需要找些光明正大的理由休息下心神。

正當大明王同志渾身放鬆躺在地上閉眼小憩時，突然感覺有什麼人站在自己頭頂。

「殺氣！」心中一驚，帝雷鳴已經從地上躥起，身體也繃成了一隻隨時準備撲擊敵人的豹子模樣。

「是你……」看到來人後，帝雷鳴面色一下就變得非常喜悅，不過瞬間又冷淡下來。

帝雷鳴心中暗暗打寒戰：「崽崽小子對楚天這頭傻鳥可夠依賴的，剛才的潛意識情感竟然差點控制了我，幸虧我反應機敏，要不然叫出那聲『媽媽』來，我寧可立刻自殺！」

楚天整張臉皮都是青的，他瞪大鳥眼看著表情怪異的帥氣男人帝雷鳴深吸了口氣說道：「我真想一巴掌拍死你。」

「呃……我怎麼了？」帝雷鳴感覺很奇怪，他沒得罪這隻一臉凶相的傢伙吧！

「如果不是你用出『明王天下』這種空間招式與我的禽王獄界對沖，奧古忒斯那隻賊鳥怎麼可能跑得了！」楚天心中確實氣啊，卻也有些奇怪，「今天連續見到了三種空間術法，難道頂級強者都是這樣的？」

「這也怪我？」帝雷鳴眼睛瞪得比牛還大。

「算了，看在你救了特洛嵐他們的份兒上，我不找你麻煩了，但以後別讓我見到你，要不然見一次扁一次。」因為帝雷鳴剛融合崽崽的身體，所以境界根本顯現不出來，楚天知道他是高手，但卻不認為有自己高，所以說了這句讓他後悔了半輩子的話。

「這可是你說的。」生性不拘小節，好玩好逗的帝雷鳴被楚天的話引得腦海鱗波不已，他已經能想像這位很有大佬氣質的仁兄知道他真實身分後的情形了。

「就是我楚天說的，怎麼？你有意見？」楚天虎軀一震，王八之氣勃發，兩隻大手插在腰上，一副不服氣立刻開幹的模樣。

「沒有，絕對沒有！」帝雷鳴心中賊賊地笑著，明面上卻使勁搖晃腦袋。

「神經有問題！」楚天感覺帝雷鳴實在是太奇怪，所以作出這樣的評價，他向四周看了看才開口問道，「你是誰？」

帝雷鳴張嘴剛想說出他的複雜身分，那邊突然有人插口說道：「那個渾蛋跑得比狗還快，我攆都沒攆到。」

一回頭，兩個人就看到滿頭黑線氣囔囔的查爾斯和卡瑪斯走了回來，話是查爾斯說的，卡瑪斯也想發表兩句，一抬頭看到了楚天，他臉色更加陰沉了幾分，卻不再言語。

楚天現在當然不會和這種小人物一般見識，他只是直接將視線從二人的頭頂越過去，望向了他們身後靠右的方向。

那邊，地平線的一頭，一點黑影飛速地靠近，楚天視力何其精準，他一下就看清了來人的身分，特洛嵐，不過，他手裏還抓著一個。

那人瘦長的臉上滿是灰敗，顯得非常難看，瘦長的身體僵直地被特洛嵐單手拖拽著，顯然是被施用了鎖身術一類的東西。

特洛嵐雖然是拖著一個人，但實力畢竟非凡，幾個呼吸的工夫，他已經來到楚天等人不遠處，被他拽住腿的那隻傢伙好像挺屍一樣滑在地上，摩擦出「沙沙沙」的聲音。

這樣走路是省力氣，但想來比較難受。楚天有些佩服特洛嵐的創意，他本要去接過來自己也溜兩圈，卻見鴕鳥手猛地向前一甩，那人就被摔在了帝雷鳴腳下。

「嗯……」顯然，已經被地上的沙沙石石磨得破相衣損皮殘的仁兄，張嘴的權利也被特洛嵐剝奪了，他這下被摔得夠戧，卻只能發出一聲悶哼。

「喲，這不是阿札菲銳爵嗎？怎麼成這副模樣了！」楚天還沒有見過地上的鳥人，但身為綠絲屏的人，卡瑪斯和查爾斯卻是對這個傢伙記憶猶新，用句俗話說，那就是化成灰兒他們也認得。這一看阿札菲的樣子，年輕氣盛的卡瑪斯第一個沒忍住，用譏笑的口吻說著，邊蹲下身以高高在上的神情望著他。

瘦削的臉上浮起兩團被侮辱後的潮紅，阿札菲陰鷙的眼睛裏有憤怒，有不甘，有氣惱，也有無奈，最終卻頹廢地緩緩閉上，做出一副引頸就戮的樣子。

一看他這個情況，卡瑪斯倒罵不下去了，他只是嚅動了半天嘴巴，最終「啊呸」一口，將濃痰吐到了阿札菲的臉上。

楚天見到卡瑪斯的行徑，心中對他的印象大爲改觀，這小傢伙，雖然傲氣了一點，不過也挺有意思！

這時出去追擊的其他人也陸續回來，結果又是三位大拿級人物被不太友好地或扔或摔到了幾人面前。

巴瑞特，當初高高在上的綠絲屏城土皇帝，這時候滿臉泥土地半躺半趴在地上，嘴中哼哼唧唧卻不說話。楚天想他也許是話太多了，結果他那肥嘟嘟的嘴巴上不知道被哪位猛人給用什麼硬物砸起來兩釐米多高，這顯然說明抓他的人沒有銳爵實力，要不也可以像特洛嵐那樣，直接封人的神經或者經脈。

古力德這傢伙是武癡，現在也沒有辱沒了這兩個字，他腳旁邊的奧日托雅哪裏還有平時的半絲俊美模樣，臉腫成了豬頭，頭髮成了雞窩，身體上的零件們也被扭拽成了平常擺不出的模樣。

最後的亞蘭斯是被伯蘭絲這個婆娘抓回來的，也算幾個人中情況最好的，只是身上破了點皮，其他還算完整，但他臉色卻是最差的，兩隻手還時不時捂向兩腿之間，一副想呻吟卻又不敢的模樣。

一看這個楚天感覺後背有些發涼，惡婦就是惡婦，明明有能力封閉人家的神經，卻直接用暴力手段脅迫人家不說話。

其他人都是空手而回，嘴裏也是罵罵咧咧，顯得很氣憤。

楚天走到古格米基面前，碰碰他的肩膀問道：「怎麼了？」

正不爽的老古同志一看是楚天，立刻將罵人的話咽了回去說道：「是巴薩克那老頭，沒想到他竟然跑得那麼快，我們五六個人去追硬是沒追上。」

「這麼厲害？」楚天也感覺驚奇了，畢竟這幾個人裏萊仕德也算是少見的高手了。

沒有給楚天回答，古格米基身上突然冒出絲絲白色的霧氣來，很像瞬間騰空的水蒸氣般，本來滿是興奮紅色的臉上立刻出現委頓表情，腳下晃了兩晃，竟一屁股坐在了地上。

楚天剛感怪誕，那邊「撲通通」，連躺在地上的也有，這找個地方就睡覺的傢伙不是別人，正是特洛嵐。

「怎麼回事？」楚天「吧嗒」著嘴巴忍不住問道。

「無妨，都是透支過多，你以為明王天下那種毀滅軍團級戰鬥術法隨便用用就成啊，那現在坐在鯤鵬城的就是我們孔雀，哪裏還輪得到鯤鵬啊。」帝雷鳴從地上拔了根枯草，邊掏著耳朵邊說道。

一看帝雷鳴的樣子，楚天眉頭一皺，他心裏尋思，看這傢伙的樣子，根本就是孔雀族裏大有來頭的人物，怎麼特洛嵐會沒跟自己說起過呢？

這樣一想，楚天就想繼續剛才的問題，但沒等他開口，坐在地上的伯蘭絲先問道：「你到底是誰？崽崽呢？」

雖然從心中不願懷疑帝雷鳴，但伯蘭絲太過關心崽崽了，她竟然克服了這種來自靈魂深處的規束。

楚天一聽和崽崽有關係，似乎還對崽崽有些不利了，眼神立刻凌厲了幾分，但表面上卻並沒有做出任何攻擊性的動作。

「哎，別急，我現在還不是你的對手，想動手等明天，我讓你知道什麼叫高手。」雖然實力因爲剛剛融合被限制，但對於氣勢和靈禽力的感應，帝雷鳴仍然具有大明王的實力，他瞬間就感覺到了楚天身上所散發的戰壓，趕忙開口阻止道。

楚天沒有說話，他仍是盯著帝雷鳴，眼睛都不眨一下。

大明王一看這情況，知道不說是沒完了，他苦笑一聲，開始敘述事情的來龍去脈。

原來，大明王確實是親身得到過鳥神的幫助，鳥神不單幫帝雷鳴提升了實力，還因爲喜歡他的性格，而給他講述了靈魂的事情。

不論是什麼人，聽到長生不老或者死後復活的誘惑都會心頭難耐，帝雷鳴也一樣，他知道了那個領域後最終按捺不住，研究起來，結果在幾百年後，他終於研究出了一些眉目，但直到他死後靈魂脫離了肉體他才發現，事情並沒有他想像的容易，想要重新擁有肉身，是有一個非常刻薄的條件的，那就是身體和靈魂契合度達到百分之百。

無奈，帝雷鳴只好托夢給當時的大明王，留下他會重新復活的消息等待符合他靈魂的身體出現，而這一等，就是萬年時間過去了。

在這萬年裏帝雷鳴做了不少事情，但局限於他只是靈魂的原因，他有很多愁苦，不能與人交談，不能正常逗樂，相對於他這樣一個愛鬧的人，這簡直比十八層地獄還煎熬。

幸好，這輩子有了崽崽，這個與他最契合的後人出現了。

在楚天等人一進入綠絲屏城的範圍，帝雷鳴就感覺到了崽崽的存在，這才有了嘟嘟以及孔雀碧螺草的事情。

隨後則是托夢給十三叔公漢尼爾，教給崽崽引魂儀式，最終才有了他的鵲巢鳩佔。

「你……」本來還感覺津津有味的楚天聽到這裏瞬息暴起，那身上僅有的毛髮全數炸了起來，跟隻鬥雞一樣。

「哎，先別急嘛，我還沒說完呢。」帝雷鳴右手五指抵住左手手心說道。
「好好好。」楚天不是渾人，他明白帝雷鳴既然說出來，肯定是有辦法的，但他還是忍不住那個氣，所以才跳了起來，恨聲說出這三個好字。
「這魂魄再次回歸肉體，本來就是逆天之時，若是誰都能這樣，那麼這個世界不都成了長生不老的妖怪了嗎？」先是奇特地言出一番哲理，隨後帝雷鳴才開口說道，「這樣的話，世界豈非瘋掉了！」
楚天眼睛都快凸出來了，他盯著帝雷鳴，最終開口說道，「你到底想說什麼？」
「呃……沒事，嘴巴抽抽風。」帝雷鳴大汗，和這樣一個粗魯子說高深的禪理命悟簡直就是對牛彈琴嘛，所以他立刻改口說道：「這還魂之法在我使用後突然發現了它的第二個弊端，那就是無法適應這具已經進化的身體，不能自主控制它。」
這個發現是在剛才崽崽思想突然湧出時出現徵兆的，隨後帝雷鳴自己觀察了腦海意識，發現確實有很多地方不能開啓。
「那又待怎樣？」楚天喝問。
「我已經答應崽崽小子讓他將來復生了，但想想爲何要讓這個小傢伙受煎熬呢？所以我決定將他重新召回身體裏。」帝雷鳴一臉感慨，淡然地說道。
「那大明王你會怎麼樣？」問話的是古格米基，他已經想清楚了事情的來龍去脈，此時孔雀族的實力大受打擊，如果想要繼續混下去，必須有個王牌在手中，被譽爲經天緯地之才的第一代大明王重生，這不正是個大大的王牌嘛！他本身與崽崽沒有多少感情，所以他顯得比較激動。

「我也無法脫離這具肉體了，除非這具肉體被消滅。」帝雷鳴臉上無悲無喜，真有種讓人欽佩的脫世之感。

「那你要怎麼分派身體的控制權？」楚天雖然感覺帝雷鳴這種逍遙縹緲，萬事不壓身的氣質挺讓人佩服，但卻仍找出對崽崽最重要的問題指了出來。

「放心。」帝雷鳴爽朗地笑了兩聲，隨後他才表情嚴肅地說道：「我是不會佔據這具身體的主要控制權的，別把我想得多麼偉大，我沒有這個實力，所以我只是在偶爾的時候出來解決問題。」

帝雷鳴的話讓楚天放了心，這不就跟他與禽皇的畸形存在相同了嗎？崽崽不愧是他的兒子，居然連機遇都與他這般相似。

楚天感覺事情滿意，其他人也是覺得事情這樣辦還算穩妥，總之一句話，皆大歡喜。

隨後整合了下隊伍，剩下的殘兵敗將把渾身乏力酸軟的特洛嵐等人或背或扛，狼狽地撤離了戰場。

帝雷鳴一回到孔雀明王府的宮殿裏，就將自己關了起來，說是要閉關，將崽崽靈魂重新融合。

楚天本來是想死乞白賴地看看這靈魂之術到底是什麼樣子，將來說不定會運用上呢，但帝雷鳴非常乾脆地用一句話就將他打發了出來──「如果你不怕崽崽出問題的話，那就進來吧！」

「帝雷鳴這個老渾蛋，又不是大姑娘，我看看又怎麼樣？」楚天確實很男人，但他卻是小心眼外加愛記仇，所以即使事情已經過去三天了，仍是咬牙切齒。

「好了楚大哥，說不定是真的不能看呢。」吉娜輕輕勸慰道。

「哼，就算真的是這樣，他也不能那樣說話，一副嘲弄的口氣，我很不爽。」楚天當然明白吉娜說得很正確，但他就是不喜歡帝雷鳴的口吻。

「楚大哥，你真小心眼兒！」聲音穿自楚天二人的身後，但卻空蕩蕩的沒有人影。

「伊莎！」楚天故作陰沉地向後轉頭，看著身後一襲紅衣好像精靈的小燕子說道。

楚天對這個古靈精怪的丫頭也是無奈，但也不是全無辦法，在這幾天他發現一個對付伊莎的絕招，只見他裝出一副嚴肅的樣子說道：「看來伊莎的小屁屁又該打幾下了。」

一聽這話，伊莎本來賊賊的臉上立刻安分下來，兩朵胭脂般的紅暈爬上了她的香腮，白裏透紅，誘煞旁人。

「這小姑娘，還真是個美人胚子。」楚天暗吸了口口水別過頭去，他是怕出醜，不同於吉娜的聖潔溫婉，也不同於伊格納茨的大氣睿智，還不同於伊美爾的純真高雅，更不同於赫蓮娜的冰冷高貴，這個小丫頭好像一個精靈，總會給大家帶來歡樂。

這樣一想楚天腦海裏不可抑制地出現了另外三個女孩的身影，伊格納茨不知道在神殿過得好不好？伊美爾回去後會不會有什麼事情？赫蓮娜，她暈了這麼久居然還沒有醒來的跡象。

三人中最讓楚天魂牽夢繞的當然是伊美爾，這個丫頭和楚天出了地下世界後就與他分道揚鑣，說是族中傳訊有要事，急得竟然只和他說了聲再見，搞得他有些摸不清頭腦。

兩個人的對話若是看在一般人眼裏，絕對會以爲楚天是不是神經病，但吉娜卻好像沒有什麼問題，因爲她已經知道了伊莎的存在，只是由於她無法看到和聽到伊莎的話，經過這兩天的消化才逐漸適應由楚天做傳聲筒的談話方式。

說來奇怪，楚天也試過將精神傳遞給吉娜等人，但她就是無法看到伊莎並聽到她的聲音，按照伊莎說，這種天賦是赫蓮娜所獨有的。

無奈下楚天只能等赫蓮娜醒來，但這個丫頭這麼幾天竟然沒有一點反應。

兩鳥一魂就這樣打打鬧鬧地走回了他們居住的地方，吉娜去張羅吃食，而伊莎則因爲本質需要練功吸收天地間的靈氣。

備感無聊的楚天只好翻出以前的無數戰利品，打掃一下，正在清理，卻見門被打開，一聲熟悉的叫聲傳進了耳朵裏：「媽媽！」

「崽崽！」楚天手中的物事「啪」地掉在地上，他猛地從椅子上站了起來，抬頭向門口看去，就看到了那具很有男人氣概的身體正張開雙臂向自己撲過來。

「怎麼……沒變……」楚天有些發蒙，這崽崽也太大了吧。正當他想著的時候，崽崽已經撲了上來，抱住了他，在他懷裏扭動著叫「媽媽……媽媽……」

楚天感覺自己心底冷颼颼的汗水漉漉下淌，兩個大男人，居然做出這種動作，讓地球上的傢伙看到，不說他們是背背山上的來客，也絕對是ET外星人僞裝的。

正當楚天在想怎麼把已經長成大人的崽崽推開時，崽崽的眼睛裏色彩一變，本來的天真善良變成了大氣睿智，然後猛地把楚小鳥推開。

楚天根本沒有防備，所以被這一推給搞得蹲在了地上，隨後在他詫異的眼睛中，崽崽蹲下身將他剛才掉在地上的東西撿了起來。

是一軸羊皮卷！

「咦?這是?」這聲音一聽就知道是帝雷嗚的，他滿臉驚疑地看著手中的東西叫道。

「帝雷嗚，你個渾蛋到底想幹什麼?」楚天簡直要被氣死了，他懷疑剛才是不是帝雷嗚想占他便宜才故意裝成崽崽的樣子，所以他此刻很有殺人的衝動，從地上猛地躥起，他臉色都變青了。

「幹嗎？」感覺到楚天身上爆發出的氣勢帝雷鳴才將注意力從羊皮卷上收了回來，他急急忙忙說道，「知道這是什麼玩意兒嗎？」

「你當我傻啊！」楚天露出一口白色的牙齒，一副要嗜人的表情。

「這是一幅藏寶圖。」帝雷鳴臉上掛著賊賊的表情，他現在已經擁有了與崽崽共用記憶的能力，故而他知道楚天對寶藏的癡迷程度。

「什麼寶藏？」所謂「江山易改本性難移」，大盜的性子早就融入了楚天的骨子裏，一聽到藏寶圖他立刻露出興奮的神色。

「你是不是以爲我對你有什麼興趣啊？你放心，我就是喜歡男人，也不會看上你這種見到就恨不得將胃吐出來的傢伙，剛才的思想確實是崽崽，我之所以突然冒出來是因爲我們融合還不完整，等崽崽恢復一下，我就不能想出來就出來了。」一看楚天來了興趣，帝雷鳴倒不急了，他一屁股坐在床上，蹺著二郎腿緩緩說道。

「這個渾蛋！」楚天在心中恨罵了一句，他何等狡黠，一看帝雷鳴的樣子，他哪能不知道這傢伙是故意想氣他。

「想玩是嗎？我還真沒怕過人。」楚天心中發狠，一張粗獷的臉上卻堆起了笑容說道，「原來是這樣，那你們這種共存方式可夠奇怪的。」

「是啊……」兩個在鳥族社會，不，在整個世界都算得上高手的傢伙就這樣，好像閑來無事的婦人們扯起了不著邊際的廢話。

最終，還是挑起事端的帝雷鳴受不了了，他其實很想知道羊皮卷的事情，要不然他也不會那麼驚訝了。

看著一臉常色的楚天，孔雀大明王吧嗒了兩下嘴巴最終乾澀澀地問道：「你不想知道我爲什麼突然出來嗎？」

「肯定是感覺憋得慌了，想出來透透氣嘛。」楚天表現得大大咧咧，其實心中早就腹誹開了：「你個渾蛋，終於肯開口了！」

「你傻了嗎？我都憋了萬年了，難道這短短的幾分鐘就受不了了！」帝雷鳴很生氣地瞪大了眼睛說道。

「那就是你挺閑的，想跟我閒聊。」楚天嬉笑著說道。

「我香蕉你個葡萄！」帝雷鳴真是氣急，連罵人的話都出來了，不過他迅速就壓抑了自己的情緒，他也明白楚天的想法，只是這麼多年了，好不容易找到這樣一個好玩的人，他實在是忍不住想逗一逗，結果把自己差點氣出心臟病來，想想自知理虧，孔雀同學也不搞什麼虛頭八腦的東西了，直接說正題，「你這羊皮卷從哪裏得來的？」

第五章 迷失之城

「你不想玩了，可有沒有徵詢我的意見啊！」楚天心裏狂叫連連，他摸著自己的嗓子邊揉邊說道：「呃……我口很渴，腦袋有些亂，若是有人給我倒杯水的話……」

帝雷鳴終於表現出與剛才楚天相同的暴走形態，但他最終還是將捏得發青的拳頭放開，正當他要說話的時候，後面突然傳來聲音說道：「楚大哥，你這麼半天沒有喝水，一定渴了吧，我給你倒了杯水。」

隨著輕柔溫順的聲音，門被輕輕打開，吉娜款款走了進來。

「咦！你是……」關於崽崽的事情吉娜已經知道了，所以她突然見到大明王卻不知道這具身體裏是哪個靈魂佔據主導。

「我是帝雷鳴。」大明王臉上簡直都快笑出花來了，「沒想到這個丫頭這般知趣。」心中得意，孔雀仁兄竟然忘乎所以地大笑起來：「哇哈哈。」

吉娜奇怪了，她看看自己身上，沒有穿錯什麼啊。

楚天深吸了口氣，不想爲難吉娜，讓她把水端過來後又說道：「哎喲，我腿又不舒服了，這連累我腦子裏也不清楚，什麼都記不得了，要是誰能給我捏捏的話……」

「哈……咳咳！」帝雷鳴一口氣沒上來，差點把自己給嗆到，他看著楚天剛想說他得寸進尺，吉娜卻臉色紅紅地開口了：「楚大哥，那我給你按按好不好？」

「不好！」楚天下意識就喊出來了，他是想爲難帝雷鳴的，並不是他真有問題，但話剛出口他才發現不妥。

抬頭小心翼翼地向吉娜看去，結果就見這位美人臉色發白，眼圈泛紅，一副受了莫大委屈的樣子。

楚天感覺他比竇家的娥還冤呢，只能苦笑著站起身走到吉娜身邊拍了拍她的肩膀說道，「吉娜，我是說你也累了，咱們帝雷鳴先生反正閑著也是閑著，就讓他給我按吧。」

「吉娜不累的。」純潔的姑娘哪裏知道楚天的小心思，所以她還是很堅持地說道。

「天啊，你降下一道天雷劈死我吧。」楚天心中哀號著，最終搖晃著手說道：「好了，我現在腿好了，不用按了。」

爲了讓吉娜放心，楚天還在地上蹦了兩下，然後才看著在後面「嗐嗐」嘎笑的帝雷鳴說道：「咱們說正事。」

無疑，這次帝雷鳴算是占了上風，但他卻沒有再拿捏什麼，畢竟已經耽誤了不少時間，所以他緩緩點了兩下頭。

「這是我從紅尾鴝拉格那裏得來的。」楚天說的是他剛來這個世界時在白林鎮遇到的那隻羽爵，他簡略地介紹了下這個已經被他消滅的囂張羽爵。

「一個小小的羽爵竟然知道這羊皮卷的秘密？」帝雷鳴摸著下巴做沉思狀，在楚天的催促下他才開口說道，「這是個巨大的寶藏，有多大，就是大雷鵬王和聖鸞城的那些老不死看到都得眼紅，拉格能知道這個，肯定是有什麼人支援他。」

「管他誰支援，反正落在我楚天手裏的東西，除非我願意，否則誰也別想拿走，你別廢話了，快說到底是什麼大寶藏吧。」腦中這般想著，楚天已經躍躍欲試，在這個世界尋寶比地球時可有意思多了。

「天空之城！」帝雷鳴快速吐出了這四個字。

「什麼！」楚天以為自己聽錯了，他揉揉耳朵呵呵笑著說道，「我居然聽成是一座天空之城。」

「不錯，正是一座天空之城。」帝雷鳴點點頭說道。

「啊！」楚天傻眼了。

「不過是被遺棄的。」帝雷鳴隨後說道。

楚天嘴角不自然地抽搐著，他用好像飛刀一樣的眼神盯向了帝雷鳴。

「正因爲被遺棄了才能稱之爲寶藏，若是有主兒之物，那是他人財產，想獲得只有去搶了！」帝雷鳴很理直氣壯地說道。

「……」楚天無語。

「這座天空之城當然是寶藏中最大的一份兒，但它裏面仍然有不低於它價値的財寶。」帝雷鳴用很誘惑的腔調說著。

楚天心中狂流口水，臉上難免有些意動的樣子。

「根據我的瞭解再加上藏寶圖上的資訊，我分析這座天空之城就在北大陸，是在當年的煮海之戰中沉淪的，但，它卻是所有天空之城中最大最堅固的存在，若不然也不會其他沉淪的城市都被時間毀滅，單單留下它了。」帝雷鳴繼續分析說道。

「北大陸的天空之城，還有無數財寶，這不是專門爲我準備的嘛！」楚天腦子裏轉動著這些念頭，漸漸下了決定。

「怎麼?想去找?」帝雷鳴微微一笑，道出了楚天的心思。

「你是孔雀大明王，又不是禿鷹大明王。」這樣說完，楚天在心中又加了一句，「就算你是禿鷹也管不著我，老子是人！」

楚天意思很明確，無非就是暗罵帝雷鳴事兒多，但大明王同學並沒有生氣，他只是敲敲椅子的扶手說道：「對啊，爲什麼我不是禿鷹大明王呢，要不然我就能爲你指點一條去寶藏最近的道路了。」

「怎麼？」楚天剛想問怎麼回事，外面突然傳來一聲呼喝：「楚大哥，楚大哥……」

「是伊莎，出什麼大事了？」楚天「噌」地從椅子上站起來，拉開門就向外衝，結果就被氣喘吁吁的伊莎撞進了懷裏。

「赫蓮娜姐姐……赫蓮娜姐姐……」從伊莎劇烈的喘息裏能夠看出她剛才消耗了很大的力量，也證明，赫蓮娜那裏出了大事。

來不及再詢問，楚天拉起伊莎就向赫蓮娜的房間飛衝而去。

聖鸞城。

被鳥人所瞻仰的高大宮殿上，一層層金色的雲彩好像遊動的鯉魚般在天空盤旋。雲層之上，竟然還有一座袖珍般的神聖之城，相比較來，只有聖鸞城的百分之一大小，但卻更加莊嚴，遠遠看著都能感受到裏面的肅穆氣息。

中心神殿，在這座非凡超脫的建築裏，一隻滿臉青色的鳳凰單膝跪在大殿中央。他，正是僥倖逃脫的裁決所所長奧古忒斯。

「爲什麼？擁有碧翎煮海弩的你竟然還讓他逃過了？」大殿之上，最深處的高大台階上，傳來一位老人語氣威嚴地問話。

在楚天看來還是很英雄的奧古忒斯忍不住打了個哆嗦，他說道：「神使大祭司，請傾聽您忠實信徒的解釋。」

奧古忒斯可真是怕了，他前面這位老人才是鳳凰族權利最大的人物，也是當年鳳凰煮海時的神殿大祭司，據說實力已經超越王級，而在鳳凰族的傳說中，這位活了數萬年的老人也被神化了，據說是今次於鳥神的鳥族，所以稱之爲神使。

一個人可以不懼怕其他人，但他不可能不懼怕神。

「說。」深處的高台上，七彩煙霧繚繞，嫋嫋之間，傳來老人低沉的聲音。

「是……」奧古忒斯不敢隱瞞，將那天所發生的事情統統說了出來。

「混賬，他哪裏是什麼混血兒，這根本就是……」就是什麼，神使大祭司沒有說，卻已經明白事情到底是怎麼回事了，在奧古忒斯的戰慄下揮手讓他去懲戒所受罰，神使大祭司作出了決定。

鯤鵬城。

據說是當世高手最雲集的所在，也是當世最具殺威的城市，恢弘，雄威，一眼望去震撼人心，更有朝聖者竟在看到後屈膝而跪。

話並沒有誇張，鯤鵬城確實當得起這「望城屈膝」的說法，城牆比大多數山脈還高，除了真正善飛的鳥族，其他根本飛不過去。

在這座城牆遮掩了陽光的天空之城中，那座最豪華的宮殿中，偉大的鯤鵬王也在傾聽著手下的報告。

手指有節奏地敲擊著由精金打製的座椅，這一代的鯤鵬王問下面的三百六十三位官員道：「你們現在對這個楚天有什麼看法？」

「大雷鵬王。」說話間一位身穿盔甲，一身殺伐氣息的粗獷男人從椅子上站了起來道：「我認爲這人留不得，養虎爲患啊，短短幾個月時間，就已經能將擁有翎爵實力外加借助碧翎煮海弩的奧古忒斯打敗，再這樣任由他發展下去，我怕……」

「怕什麼？」大雷鵬王的聲音低沉好像一聲悶雷，震得人發暈。

「大雷鵬王，呼迪馬提爾是擔心這楚天將來羽翼豐滿威脅鯤鵬城的地位。」一位滿頭華髮，頷下生絡鬚的瘦弱老人不顧旁人的拉拽，從椅子上站起來說道。

一看老人出面，所有的人都鬆了口氣，這位大雷鵬王什麼都好，但就是見不得長他人志氣滅自己威風，只有三朝元老鯤鵬壽星雅麥喋敢這樣說話。

「雅老兒，您這怎麼又長他人志氣了，我偉大的鯤鵬王族難道還能被一隻小小的禿鷹嚇怕嗎？」大雷鵬王語氣裏頗是無奈，這位老壽星算是他的祖輩，對鯤鵬王城貢獻頗多，就是他也不敢對其稍有不敬。

「哼，小小禿鷹，當年的天禽也是你口中的小小禿鷹。」雅麥喋真是一點情面都不留，他口不留情地說了句後才嗟然一歎說道，「我問你，你有沒有想過這楚天小子所用術法的奧妙。」

「嗯……」大雷鵬王被問住了，他確實沒注意這個。

「能模仿獸族、海族、其他鳥族的種族異能和靈禽力術法，你以為他會是多種族混血嗎？你還記不記得曾經有一個人，也有這樣的能力！」雅麥喋顯得氣急，他越說越激動，到最後身子都顫抖起來。

「您是說……」這次不止大雷鵬王了，其他人也從椅上站了起來，一臉震驚的樣子。

「快，立刻派出雷神鳥，讓他們立刻去綠絲屏城。」大雷鵬王失聲下達了命令後，也不管大殿上的百官了，下來拉起雅麥喋的手就向後殿走去，邊走還邊說道，「雅老，快跟我去請太祖，快跟我去！」

在鳥族波亂漸生時，被眾鳥族稱之為天塹的折翼海最東方，淪陷的縹緲城。

雲山霧罩方顯縹緲色，在現存的十座天空之城中，這座被背叛者所控制的縹緲之城是最美麗的。

現在，這座好像遮面處子般的城市卻被劃分成了很多區域，但最主要的還是貴族區和貧民區。

貴族區裏除了少量的海鳥族高層外，其他則都是海族親貴，對於他們來說，能在鳥族至高無上的天空之城上居住，那是一種可以炫耀的資本。

貧民區則是萬千鳥人的居所，這裏的鳥人都是海鳥的部族，但因爲被海族統治著，他們都被貶爲了賤籍，成了飽受苦難的奴隸。

站在豪華宮殿的窗前，迎著海風看著城市的南面，跳入眼簾的是無數黑壓壓的影子，他們大都佝僂著身體，在掙扎求存。阿里法特甚至可以想像這些人的樣子，他們呆滯的眼神，他們皮包骨頭的身體，他們黑漆漆斑禿的羽毛，這些都是自己的族人啊……

「爺爺，你怎麼了？」守在一旁的伊美爾發現了什麼，她輕聲問道。

「沒什麼，海風太大了。」臉上露出慈愛地笑容，一頭華髮的老人扭頭將眼中濕鹹的分泌物抹去後才對伊美爾說道，「那個人很強大？」

「嗯，他很強，比我見過的所有人都強。」伊美爾肯定地點著頭。

「就算他再強，以一個人的實力怎麼可能影響大勢的發展，這個時代不是靠強者就能制衡的。」阿里法特說的話並不由心，當年的時候，一個個王級強者那在戰場上比大軍團還要威風，不過他可不相信自己孫女口中的禿鷹有王級的實力，那可是傳說中的境界啊。

「他也很有勢力的，他的一個朋友就是鴕鳥族的族長，他自己也有很多手下。」伊美爾急忙說道，她是真的想幫爺爺，她知道剛才根本不是海風太大了，爺爺是爲了那些受苦受難的族人而哭泣。

經過了漫長時間的打磨，或許無數鳥族都已經忘記那群被他們遺棄以換取富貴的族人了，但他們沒有忘記，因爲他們是海族裏的王者信天翁！

雖然迫於無奈，投降了海族並將族人化成了海族的奴隸，但他們時刻都在想辦法去解救族人，只是，時不我待，海族實在是太強了，強得他們沒有辦法去抗議，而想拉外援，又因爲他們叛徒的身分無人願施以援手。

這次出門歷練，終於碰到了一個有實力的男人楚天，所以無論如何她也想試一試。

「鴕鳥，禿鷹，這本來就是獲罪的種族，他們哪裏有勢力幫我們？」阿里法特苦笑著說，其實心中卻有些波動，畢竟這都是當年鳥族的強悍種族，如果真的行那麼……

楚天並不知道他已經成了幾大種族口中常言的大人物，他此時正氣惱無比地看著眼前發瘋的女人，卻偏偏又無可奈何。

揍她一頓嗎？若是在吉娜等女人不在場的情況下，楚天或許會破了自己的原則，將這個瘋婆娘狂扁一頓，但這個時候可不行，大家都看著，要是把她揍了，那太損害他在眾女心目中偉男子的形象了。

「呼……你們把我劫持了，到底是想幹什麼？」可能是撒潑式地發洩了半天，讓身體裏的邪火瀉得差不多了，赫蓮娜在伊莎的拉拽下坐在了用純羽絨製作的軟床上。

聽著羽毛被擠壓發出的「沙沙」聲，看著高軟的床陷下去一個巨大的凹度，楚天很懷疑自己當初為何要把這個婆娘安排到如此舒適的房間裏，早知道她這個樣子，就把她直接扔水牢裏面去。

楚天惡毒的怨念中，伊莎忍不住開口說道：「楚大哥，你勸勸赫蓮娜姐姐吧。」

「這婆娘還真是有御下的好本事啊，若不然她對伊莎那個樣子，這小燕子怎麼還對她這麼好。」楚天心中有些歎服，來到赫蓮娜身前，居高臨下地望著她。

「……」赫蓮娜被楚天氣勢一壓，下意識地向後一傾身體，但下一秒她已反應了過來，再次坐直身體，用一雙明媚的大眼睛死死盯著身前的男人。

若是電影或者動漫中，兩張相對的臉龐間應該已經出現了「滋滋」作響的電流，但這是現實，所以在對望了半天後楚天第一個感覺眼睛發澀發酸，忍不住開口說道：「你們人魚就是這樣對待你們的救命恩人的，虧你們還自詡為最知天地人倫，將三綱五常作為治族根本的高等種族呢。」

「你……你怎麼知道這些的？」並沒有理會外人的反應，赫蓮娜眼睛和嘴巴都張得老大，她隨後才發現問這種問題明顯弱了她的氣勢，所以又開口說道，「要不是你一開始打擊了我的精神力，我怎麼可能讓人偷襲！」

楚天感覺自己滿頭黑線，好半天他點著頭說道，「好，公道自在人心，你既然感覺你有理，我什麼都不說了，你可以立刻走人。」

赫蓮娜心高氣傲，一見楚天滿臉鄙視的樣子，她的心就跟被放進熔爐裏一樣，半碗形的胸脯劇烈地起伏了兩下，隨後咬著銀牙說道：「就算是你害我被偷襲，但救我卻是事實，我們人魚恩怨分明，你想讓我怎麼報答你吧。」

只是話裏雖說要報恩，但赫蓮娜那雙黑白分明的大眼睛卻恨不得變成小刀子兒，將楚天刺死。

楚天冷冷一笑說道：「我可不敢，人魚公主人嬌身貴，要是出點什麼問題我可賠不起，而且看某些人的態度，委實難以讓人相信。」

「你放心，我說到的一定能做到，既然你救了我的命，除非是與我族條令有悖，否則我一定答應。」赫蓮娜一臉堅決之色，看樣子就跟赴刑場就義般。

楚天心裏那個得意啊，他眼見該做的都做得差不多才說道：「我要你做我的保鏢，除非有一天我說不需要你了，否則你就得跟著我。」

「好！」赫蓮娜感覺自己的嗓子眼都冒煙了，她緊咬的銀牙中擠出這樣一個滿含火藥味兒的字。

「貼身保護哦。」看到赫蓮娜吃癟的樣子楚天很爽，爲了他高質量的精神享受，他不介意給火上澆把油。

「你欺人太甚！」赫蓮娜胸膛起伏跌宕。

「哈哈，謝謝。」楚天笑呵呵地說著，卻聽後面有人突然開口。

「你這次去，帶上她會有用的。」聲音不羈，卻掩蓋不了話中的威嚴，不用猜，肯定是有些老頑童似的帝王帝雷鳴。

「嗯？」楚天額頭擠出三道皺紋，隨後點點頭。

一夜無話，隨著公雞族更夫「咯咯咯」的打鳴聲，地平線的最東方，一輪紅彤彤的圓盤自地下蹦了出來，而正是這一天，鳥獸海蟲四族的歷史篇章被掀開了新的一頁，後世史學家將這一天稱之爲「新日」。

不得不說，在平時的楚天是很懶的，這麼重要的一天他也是被人從床上拉起來的。

「特洛嵐，你幹嗎？」楚天看著恢復精神，修爲更進一層的鴕鳥有些鬱悶，甩開了他拉著自己的手。

「大家都準備好了，就等你了，你說你也太不負責任了。」特洛嵐皺著眉頭說道。

「這次都是我的班底，卡迪爾、金剛、赫蓮娜以及挑選出來的幾隻靈體，他們有人敢嫌我起晚了？」楚天很奇怪，這可都是他手下的人啊，但沒等他開口，他已經看到黑壓壓的人群。

「這麼多人？」楚天不禁稍稍吃了一驚，而一旁的特洛嵐沒有說話，而是走到了站在最前方的帝雷鳴面前說著什麼。

楚天沒有心思偷聽兩鳥的談話，他現在腦子裏還在適應這個場面，幾百個整裝齊備，殺氣森然的鳥人成方隊站立，前方，一個高大寬敞的石台上，帝雷鳴等人穩穩端坐。

「閱兵啊這是！」楚天瞬間就反應過來這場面在哪裏見過了，但沒等他想明白這是爲啥時，特洛嵐已過來拉他。

「帝雷鳴，這群人不會都要跟我去吧？」楚天一來到帝雷鳴跟前就急急說道。

「當然……不是。」帝雷鳴故意來了個大喘氣後說道，「他們只是爲了歡送你。」

「喂，你搞這麼大動靜是想讓全世界知道我要去尋寶嗎？」楚天靠近帝雷鳴嘴巴湊到他耳後咬著牙說，這根本就有謀財害命的嫌疑啊，大張旗鼓去尋找一座天空之城，被人知道了還不群起而攻啊。

「你以爲我傻啊，我是用這些人作勢，裝作送你出城去北大陸讓某些有心人看的。」帝雷鳴也咬著楚天的耳朵說道。

「我就是去北大陸啊。」楚天不解。

「你別管了，我肯定不會害你，要不然與我用同一個身體的崽崽怎麼可能讓我出來呢。」帝雷鳴篤定地說道。

楚天一想也是，崽崽肯定是不會害他的，所以他也就按捺下心中的好奇，等著帝雷鳴揭開謎底。

歡送儀式很熱烈，無數綠絲屏城的花季少女深閨怨婦五旬老太全數走上前去，送花的送花，餵飯的餵飯，獻吻的獻吻，場面極爲熱烈，整個就是「參軍將士上戰場，父老鄉親揮淚送」的感人場面，整得楚天差點將昨天的隔夜飯嘔出來。

按照帝雷鳴的安排，他先做了一番送別朗誦，然後與楚天喝了祝勝酒，隨後才送楚天等人入伍，在綠絲屏城人的夾道歡送中浩浩蕩蕩向城外行去。

半路上，已經有安排好的孔雀族人走上前來，將楚天等人僞裝一番，領入小道兒，左轉右拐，秘密進入了孔雀明王府。

「噓……搞得跟特務一樣。」楚天抹了把因爲裏三層外三層的衣服而捂出的汗水，問帝雷鳴，「我知道你是想分散別人的注意力，但這同樣已經暴露我們的目標了啊。」

「你小子閱歷淺，不知道情況就不要瞎說。」帝雷鳴一副老成的模樣說道。

「你說誰小子？」楚天眼睛瞪大要吃人的樣子。

「我問你，知道傳送陣是什麼不？」臉上掛著「吃定你」的表情，帝雷鳴搖頭晃腦地說道。

「傳送陣！」失聲叫了出來，說話的卻是特洛嵐等人。

楚天也叫了，不過是在心裏，他尋思這種魔法世界裏最具奇幻色彩的東西難道也真的存在嗎？如此想著，面上卻說道，「知道。」

「什麼！」這次輪到帝雷鳴失聲了，不過隨後他才好像明悟般地點點頭說道：「你腦袋裏有天禽的傳承，能知道這些秘辛倒也不足爲怪。」

「咦？」楚天口中輕呼，他搜尋了下腦袋裏禽皇的記憶，果然發現了傳送陣的事情。

原來，在每座天空之城，都有一座與其他天空之城相通的傳送陣作爲特殊通道。

楚天一下就明白帝雷鳴的心思了，這傢伙是用外面那群孔雀作幌子，這樣就算有人要阻止他，也會把他們達到北大陸的這段時間當做準備期，誰能想到他其實已經提前到了北大陸呢！

到此時，楚小鳥不得不佩服帝雷鳴確實很有天賦，很會玩陰謀，怪不得能獨力拿下綠絲屏城的統治權呢。

「好了，現在大家快隨我走，免得耽誤時間被其他種族的探子發現你們還在，那這大費周章的準備可就白費了。」帝雷鳴面上表情瞬間變得嚴肅。

耳聽如此，所有人收起了心中的震驚，謹慎地跟在帝雷鳴身後向孔雀明王府正殿的後方行去。

走廊高大筆直，雖有無數圖案般的梵文，盡顯莊嚴肅穆之色，大異於孔雀族一直追求的華美精緻。

看出楚天心中迷惑，帝雷鳴身形後撤幾步微微一笑說道：「這些梵文就是爲傳送陣汲取能量所用，根本無法裝飾華美。」

楚天點點頭，示意明白。

一行近十人，走在走廊裏卻不再多言，首先是因爲要見到傳說中鳥神親自製造的東西而緊張，二是這裏的環境有些讓人壓抑，好像有什麼力量讓人無法開口。

說起來楚天還是有些奇怪的，按照帝雷鳴所說，這傳送陣是由鳥神親自製造的，而這傳送已經算是空間學的範疇了吧？難道這隻來自另一個世界的傢伙，真的已經擁有破開虛空的能力了嗎？還是說他們本來的那個世界已經擁有這樣的空間技術？

楚天心中疑問著拉了拉卡迪爾，將後面的疑問映在了他的腦海裏。

卡迪爾的回答非常乾脆，直接搖搖頭。

得到答案正要再次分析一下這件事情，帝雷鳴卻開口了：「到了。」

原來，楚天剛才只顧想事情卻忘記了看路，此時已經走出了那條恢弘的灰色走廊。

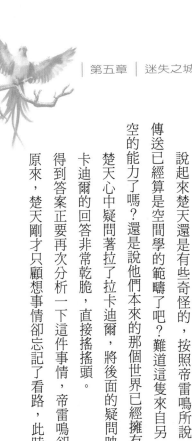

眼前是一個巨大的圓形石台，青白色，上面雕有無數好像蚯蚓蝌蚪複合起來的花紋，密密麻麻，遍佈整個石台。

石台大小若籃球場般，高五六米，在四周成直角搭建了四條階梯通道，階梯兩側各築有五個奇特雕像，雕像不高，只有常人大小，卻五官分明，雕刻生動。

「這就是傳送陣的陣基，陣心在上面。」帝雷鳴隨後說著，已先一步踏上台階，隨著「嗒嗒」的腳步聲，他帶頭上到圓台之上。

楚天上來一看，第一眼看到就是坐落於石台正中間的一座巨型門框，由三塊看起來讓人感覺很有威壓感的巨大石塊組成，兩長爲邊，一短爲頂，相接緊密，竟似沒有縫隙。

兩側石塊上雕刻著相同的人像，楚天已見過多次，正是那位傳說中的同好，也是被這個世界所推崇的人——鳥神！

卡迪爾一看到雕像立刻呼吸一滯，幸虧楚天不留情地在他腿上踹了一腳，要不然還真要叫出聲呢。

除了好像門神般的鳥神雕像外，在當做門頂的巨大石塊上也雕有一塊浮雕，卻無法分辨清楚是什麼，只感覺很縹緲，好像熟悉的某個地方，而這個感覺所有人都有。

好一會兒時間，眾人才在震撼中反應過來，將目光從這浮雕上脫離出來，楚天晃蕩著腦袋向四周看去。

他這一看才發現，石台之上並不如他所想的那般也佈滿扭曲的雕刻，大部分只是刻畫出無數的橫豎溝壑，看起來如圍棋的棋盤般，只有在最週邊，有一圈很像甲骨文的圖案。

當大家還在觀察這個神跡之地時，帝雷鳴已經從懷中拿出兩顆石頭，這石頭顏色一金一銀，形狀卻是好像太陽和月亮。

「這是啟動傳送陣的鑰匙。」帝雷鳴隨口解釋著，身形已經凌空飄起，飛到了高約十數米的傳送門頂端，將日月石頭放到了縹緲的世界之上，頓時，世界有了光彩，一個栩栩如生的塵世好像在眾人眼前流轉。

週邊的那圈甲骨文字首先亮了起來，散發出好像月亮般的縹緲神秘銀色，不知道是不是錯覺，楚天等人竟感覺上面還有星星在流轉，而那鳥神雕像的眼睛也亮了起來，散發著太陽一般赤灼的亮度，讓人感覺不敢逼視。

本來空蕩蕩只有空氣的門中發出好像生銹軸承被轉動的「咯吱」聲，轉頭看去，只見那裏隱約出現了綠色的波動，好像一團氣體，一汪被石頭剛剛擊打的清水。

「好了，大家快些進去吧。」帝雷鳴的聲音將所有人的魂魄喚了回來。

楚天眨巴了下眼睛後對大明王點點頭，率先一步走了進去。

就彷彿瞬間從黑夜來到白晝，楚天的眼睛都幾乎沒立刻適應過來。

本來恢弘的殿堂建築直接被取而代之，出現在眼前的是一片鬱鬱蔥蔥的原始叢林，剛出來的時候，一隻倒楣的不知名動物還被楚天踩在了腳下，「吱呀」叫了聲，反身就向楚小鳥腿部咬來，卻被這傢伙直接一腳踢飛出去……

「這裏就是北大陸？不是說荒涼無比嗎？」楚天納悶地說道。

「這還不算荒涼啊，一看這片叢林就知道很少有人來。」開口回答的是一隻獸族的靈體，劍齒虎，一個非常勇猛的種族，擁有先天的自然氣息。

「堅尼豪斯，你懂得挺多嘛……」因爲已經算是死過一回了，所以楚天就讓這些人全數拋棄了過去的姓名，按他自己的喜好給這些傢伙重新起了代號，這位劍齒虎同學，正是叫「堅尼豪斯」。

「不過你確定這裏沒人來？」楚天誇獎的話剛過卻立刻轉了口風，瞇著眼睛笑嘻嘻地看著堅尼豪斯。

「當然，俺確定！」好像是受到了什麼侮辱，劍齒虎同學幾乎是跳起來說道，「你看這片地面上的落葉，一點被壓斷的痕跡都沒有，樹枝這樣密集，也沒有被砍伐或者碰折的樣子，怎麼可能有人嘛！」

第六章 長尾雉部落

堅尼豪斯剛把話說完，地面上的樹葉立刻發出「沙沙」的響聲，隨後，無數黑壓壓的人群已經將楚天等人圍了起來，他們身上圍著青樹葉編製的草裙，手中拿著木材削製的武器，嘴中胡七亂八地吆喝著什麼。

楚天看了堅尼豪斯一眼，卻沒爲難他，早在剛才問話前他就已經感受到這些人的存在，不過由於他發現這群人實力並不高，所以他也沒放在心上，如此才有了現在這一幕。

四周鳥人的德行跟楚天剛來這裏時完全一樣，渾身毛茸茸的，走動起來搖頭晃腦，好像一群大螃蟹。

如此，楚天清楚了兩點，一是這群鳥人整個就是原始部落土著；二是這群土著是陸禽，不會飛。

不過有一點楚小鳥還是非常震驚的，他們雖然境界都低得可以，但靈敏度卻決然不差，竟然在走路的過程中能將自己的身體扭動得跟蛇一樣，這也是爲什麼堅尼豪斯說森林裏根本沒有人的原因了，因爲他們根本不曾破壞這裏的一草一木，三根尖尖的爪子在即使踩在地上，也是穿過了樹葉間的縫隙。

如此好的平衡控制力，楚天如何不驚訝？

雖然自信就是自己不出手，手下在半個小時內也能將這近百人解決掉，但楚天卻不想這樣做，他很想看看，這群土著要怎麼對付他們？是否像地球電影書籍中刻畫的某些土著那樣，有吃人或者火刑等行爲。

楚天揮手示意其他人也不要動手，他腦袋不動眼球卻滴溜亂轉地打量著這群人。

這群鳥人雖然身上塗著一些亂七八糟泥巴樹汁一類漿液，但無可否認，這是群漂亮的鳥類，他們體型高大，擁有很長的尾羽，色彩斑斕，有藍白條紋的，有金黃相間的，有紅白條紋的，也有純白色的……不單尾羽多變，就是身上羽毛也是羽色絢麗，大體爲棕黃色，卻佈滿紅、白、黑、褐等色斑紋，好像一幅用色複雜的油畫。

一看這個，楚天終於知道他們的身分，這也是地球上珍稀物種之一，俗稱長尾野雞，學名長尾雉，是鳥綱雉科動物。

楚天之所以知道這個是因爲當年他曾去偷盜過一副古代京劇武生名家的頭冠，上面的裝飾品就是雄性長尾雉的兩根尾羽。

在楚天打量這些長尾雉的同時，他們已經將包圍圈縮小，一個在頭頂上戴著個用野花編製的花環的鳥人走了出來說道：「呼啦……嘰哩呱啦……唧唧喳喳……」

「什麼東西？」楚天傻眼，他可沒想到會語言不通。

「我……我……」正當楚天決定將他們全部扔得遠遠的，身後一個聲音突然弱弱地鑽進了他的耳朵裏。

腦袋往後一轉，楚天就看到一個長著大眼睛的女孩子，這個女孩看起來很小，只有十五六歲的樣子，一頭金黃色的長鬈髮下有張圓圓的臉蛋，本來也算有幾分可愛的美秀了，可那張臉上卻滿是雀斑。

不知道哪個偉人說過「自信者最美」，女孩雖然長相弱了點，但要是有自信也會讓人喜歡嘛，但這個丫頭卻一副小時候受虐過多的樣子，見誰都好像見了大灰狼的小白羊般，就差沒尖叫了。

若不是伊莎非常維護她，楚天根本就不想讓她出鳥神宮殿，而這次帶她出來也全是伊莎這個小丫頭的鼓動。

「你想說什麼？」楚天聲音有些陰沉地問道。

「他問我們是什麼人？爲什麼來到比利牛斯大森林？」女孩看了楚天一眼，又立刻垂下頭，用細弱蚊鳴的聲音說道。

「咦？」楚天愣了下後，明白這女孩是在翻譯剛才那酋長的話，他有些奇怪。

伊莎在一旁用得意揚揚地口吻解答了楚天的疑問：「我們瑟琳娜可是位博學的學士，她是蜻蜓族的大學者。」

「學士？」楚天嘴巴有點哆嗦。

「當然了，我們瑟琳娜對當代南北大陸的各個種族和地理環境，甚至天文曆法術數人文都有涉獵，其中種族物種研究和地理環境研究更是她的專長，能知道這些人的語言也不足爲奇啊。」伊莎小臉兒上掛著花一般的笑容，好像吃了蜜糖一樣。

楚天用很意外的眼神看向了小蜻蜓瑟琳娜，正想誇她兩句，這丫頭又驚恐地低下頭。

「我長得很抽象派嗎？用不著表現得這樣激烈！」楚天瞬間失去了誇獎人的心思，他轉頭對那隻長尾雉酋長說道：「你們是什麼人，爲什麼攔住我去路？」

瑟琳娜雖然膽子很小，但職業精神還是不錯的，她很快就將楚天的話翻譯了過去。

「呼啦……嘰哩呱啦……唧唧喳喳……」酋長同志看起來很激動，他邊說邊噴口水邊揮舞著翅膀，圍在四周的鳥人們立刻向中間圍來。

這下小蜻蜓渾身都打起了哆嗦，她結結巴巴說道：「他們說現在我們是他們的俘虜，必須先回答他們的問題，否則……」

小丫頭雖然沒把話說完，但楚天已經知道後面是什麼了，無非是一些要挾的辭彙。

「今天要不是還不熟悉情況，想陪你們玩玩，就憑你們這話也早就回鳥神身邊了。」楚天心中陰鬱地想著，臉上卻表現出恭維地笑容說道：「我們是遊人，本來在一處遺跡參觀，可不知道怎麼回事，突然就感覺眼前白光一閃，然後就來到了這裏。」

聽了如此拙劣的謊言，瑟琳娜猶豫地看了楚天一眼，被他一瞪才趕忙把話翻譯過去。

沒想到，這位酋長並沒有他表面看起來那麼白癡，他有些憤怒地大喊著，四周的鳥人們也呼喝起來，很像古代見官時那些衙役的「威……武……」

「他們說我們說謊，他們要處死我們。」瑟琳娜圓嘟嘟的臉蛋都變作了青色說道。

「不行嗎？那就不要怪我了，誰讓你們裝聰明呢。」楚天一看這樣已決定動手，但沒等他下命令，週邊的長尾雉突然讓出了一條道路，一隻看起來很瘦弱蒼老，彷彿風稍微大一點就會被吹倒的老鳥從外面走到了酋長身邊。

老人身上穿著用各種羽毛編製的羽衣，翅膀上有一些骨頭製作的飾品，脖子裏還戴著一條用各種動物頭骨串成的項鏈，頭上戴著一頂牛頭面具。

他走到酋長身邊大聲地呼喝了一句，酋長猶不甘心地看了楚天等人一眼後走到了老人身邊，低頭傾聽著什麼。

「他叫了一聲伊庫那赫，這應該是這位酋長的名字。」翻譯了一句後瑟琳娜就不再說話了，因爲她根本聽不到兩隻長尾雉的耳語。

老人與伊庫那赫咬了會兒耳朵，隨後酋長用看賊一樣的眼光看著楚天等人喊了一聲。

「他說要我們跟他們走，不許耍花樣。」瑟琳娜盡職地翻譯道。

「大家都別動手。」楚天決定將這群長尾雉當做探路石，所以囑咐大家。

楚天本來是想讓金剛馱著自己走的，但他剛上去就被伊庫那赫給趕了下來，這傢伙在金剛面前轉了兩遭，看樣子是想上去，結果金剛一齜牙齒發出一聲震天的吼聲，他嚇得頓了個屁股墩，再也不敢有這個念頭了。

秉著做事要謹慎的原則方針，楚天示意瑟琳娜，讓她對五隻靈體所用的群體顯形術抽弱，這樣一隻叫做哈比爾的紅隼族鳥人就在眾人的眼睛裏消失了。

好像根本不怕楚天等人跑掉，長尾雉們對他們的看管並不怎麼嚴密，所以哈比爾的消失他們根本沒有發現。

讓哈比爾做了探子，楚天等人也算安穩下來，隨著長尾雉在原始叢林裏穿梭著。

偶爾有些沒有靈智的鳥類被眾人的步伐驚動，「唧唧喳喳」飛上天空，還有小動物被嚇跑，見眾人不追趕又停下腳步，用著好奇的眼睛看著眾人。

這裏的樹木顯然根本沒有人砍伐，濃濃密密的葉子好像屋頂一樣交織在眾人上方，除了偶爾的晃動引進一絲絲陽光外，整體感覺有些陰森。

地面上的高度逐漸上升，楚天得到哈比爾的回報，他們是在向一座山上行走，山很高，下部長滿翠綠的樹木，大部分是闊葉樹種，越往上樹木的葉子越小，而最上面則因爲海拔關係不再生長樹木，只留下白色的皚雪山頭。

「這座山很高啊。」楚天尋思既然山頂有不融化的冰雪，這就說明海拔至少在五千米以上了，要不然絕對不會有這種情況。

「是阿尼塔斯山脈，我們到了阿尼塔斯山脈。」在哈比爾說話的時候瑟琳娜就一直在沉思，直到他說完女孩才驚叫一聲，結果引得四周的長尾雉全「呼啦啦」圍了上來。

「沒事沒事，她很怕蟲子，剛才被嚇到了。」楚天將兩隻手張開示意大家別激動，隨後解釋道。

臉色紅紅的，瑟琳娜接受了楚天編出的理由，對長尾雉道歉。

「呼啦……嘰哩呱啦……啷啷喳喳……」酋長好像很鄙視地看了眾人一眼，隨後才命令族人繼續前行。

楚天並沒有讓瑟琳娜翻譯這次伊庫那赫的話，想來是說眾人膽小鬼一類的，他走到小蜻蜓身邊輕聲問道：「你說什麼阿里瓜斯山脈？」

也許是這次楚天聲音實在是太溫柔了，小姑娘終於怯生生地抬起小腦袋瓜說道：「是阿尼塔斯山脈，這是北大陸最著名的山脈之一，除了其峰頂萬年不融的冰雪外，最主要的還是位於主峰頂西側的阿瑞斯山，它是當世最偉大的奇蹟之一。」

一看小姑娘要絮絮叨叨介紹起環境來了，楚天趕忙阻止道：「這麼說來你知道這裏的地形了？」

「是啊，阿尼塔斯山脈位於北大陸最東側，東接萊斯特拉河注入折翼海，西接比利牛斯大草原，在其東南方，就是昏鴉城了。」瑟琳娜說話非常有條理，幾句話就已經說出了眾人所在的位置。

楚天蹙眉思索，記憶在腦海裏的地圖上似乎有這幾個名稱，遺跡之城就在萊斯特拉河入海口的奇瑞特斯海灣。

不過雖然有地圖，但這裏的物種和地形還是需要進一步探索的，所以楚天並沒有準備立刻去尋找遺跡，他決定還是按一開始的計劃，先去這個土著部落「修養」幾天再說。

因爲是陸禽，這群長尾雉並不會飛行，他們的翅膀只能像雞一樣，在其跳躍的時候做下輔助，但他們的速度卻一點不慢，即使是在雜草密佈的山脈上，仍健步如飛。單論速度，若不用靈禽力的話，楚天都不一定是這些人的對手。

就在這些亂七八糟地想法中，時間過得飛快，眾人已來到了山脈中上段的叢林裏，而在這裏，隔三差五開始出現人工化的建築，雖然粗糙無比，但也總算有點營地的樣子了。

這裏的建築物，大都是完全用樹木搭建，有外面用樹葉包裹的三角形房屋；有搭在兩棵樹間的稻草木屋；更有些甚至直接將巨樹挖個半空的小居所……只要你能想像到的，可以利用樹木和稻草所建築的房屋，在這裏應有盡有。

可能是爲了給這群長尾雉生活，這片叢林所生長的土地竟然是一個純天然的平台。

在四散的樹屋中間，有一片伐去樹木的平地，楚天等人就是被帶到了這裏。

此時天色已黑，平地中間燃起了紅彤彤的篝火，酋長等人坐在用樹藤編製的躺椅上，享受幾隻雌性鳥人端來的水果和烤肉。

楚天等人則被困在了平地一側，每人兩邊還有兩隻鳥人看守。

「不會吧，看這情形就是非洲土著要祭神祠啊。」楚天心中「咯噔」一聲，他當然不是怕，而是感覺無趣，本來還以爲有什麼好玩新鮮的東西呢，沒想到卻是這樣。

「呼啦……嘰哩呱啦……唧唧喳喳……」果然，在吃飽喝足後，鳥人們將楚天等人從樹上解了下來，酋長伊庫那赫說了一大通東西後，所有蹲坐在地上的鳥人都站了起來，他們圍著篝火跳起了某種舞蹈。

那個頂著扭頭面具的老人則肅穆地站在篝火一旁，神神道道地朗誦著某種咒語。

「他們要用我們祭送他們的神靈，說他們要許願驅除佔據了阿尼塔斯峰頂的妖怪！現在那個老祭司在念祈禱的咒語。」瑟琳娜的圓臉蛋被火映得紅彤彤的，不知道是不是錯覺，楚天感覺她現在很漂亮。

正當楚天對這件怪異的事情產生點好奇時，老祭司的祈禱已經完成，他拿著獸骨手杖的手高舉過頂，然後猛地落下，口中叫了一句。

「他要把我們扔進去……」瑟琳娜聲嘶力竭地翻譯了一句，就被其他人抓起扔進篝火中，而楚天等人隨後也跟下鍋的餃子般，一個接一個被扔了進去。

「這群人，還真是不懂憐香惜玉啊。」楚天看著連瑟琳娜都被扔了進來，他忍不住笑著搖頭，竟然不管將他包圍的火焰。

連鳳凰祭出的火焰都沒讓楚天出現什麼損傷，他會怕這些凡火？其實不止是他，這裏所有的人都不擔心，卡迪爾實力不俗，在進入火焰前已經布起了防護罩，而其他人都是靈體，怎麼會怕物理火焰呢？只有金剛，雖然皮糙肉厚，但在烤了一會兒後仍是號叫起來。

楚天等人的表現落在長尾雉眼裏可傻了，他們瞪大了眼睛，不敢相信的看著在火中好像洗澡的眾人。

「嘰哩呱啦！」也不知道哪個第一個反應了過來，大吼了一聲，後面所有人終於回過神來。

「他們說我們是妖怪！」瑟琳娜第一個反應了過來，

所有人都慌了，他們大叫著四散而逃，只有少數人在幾分鐘後鎮定了下來，他們呼喝著其他人，讓他們不要驚慌。

呼喊最響的是那個祭司，他揮舞著獸骨手杖嘴裏嘰哩哇啦地對那些四散而逃的人叫著。

在這裏，祭司好像比酋長伊庫那赫還要有威望，在他的呼喚下，長尾雉們很快將慌亂制止，在一些頭領的帶領下聚集到了一起。

「那老頭兒說什麼？」楚天忍不住問瑟琳娜。

「他……他說要打倒我們這些惡魔。」瑟琳娜猶猶豫豫地說道。

「惡魔，哈哈。」楚天感覺很鬱悶，他們哪裏與這個詞兒掛得上鉤？誰見過他這樣英俊瀟灑帥得天崩地裂的惡魔！口中乾笑兩聲，他點著頭說道，「好，我就讓你們見識下惡魔的手段。」

楚天剛準備走出篝火堆，卻見祭司站在外面再次跳動起來。他身體兩側站著四個大漢，在他跳動的時候將各自手中的盆潑向了他。

是血！只是不知道是什麼血，很腥氣。

血潑了祭司一身，他卻恍若未覺地繼續跳著舞，直到鮮血順著他的身體下流，在他腳下匯聚成了一個巨大的四角星。

「阿里巴巴……吉他呼呼……哄！」嘴中念著咒語，祭司高舉法杖，奇怪的是，楚天竟然在上面感受到了能量的湧動。

只見祭司法杖上一點油綠的光亮了起來，隨著他咒語的結束，光好像被引爆的炸彈一樣，四射開來，準確地射進他前面的長尾雉群中。

綠光變成許多好像碎玻璃片般的光點，分別鑽進了長尾雉的身體裏，然後這些長尾雉就好像喝了藥一樣，眼睛充血，渾身肌肉外凸，尖喙猛地張開，露出裏面的一圈細密三角牙齒，並帶起一條條鮮紅色彷彿血液的涎液。

楚天只感覺這些人身上的氣息跟放在溫水裏的溫度計一樣，成直線上升，不一會兒，本來感覺一隻手都能隨意捏死的長尾雉們竟然變成了一隻隻殺神。

眼前的這種情形，楚天有些熟悉，這分明就是獸族的狂化啊。

正當楚天感覺驚疑不定時，眼睛外凸，肌肉暴起的長尾雉們已經狼嚎著衝了上來，他們眼裏沒有恐懼，沒有懷疑，只有冰冷的殺氣和嗜血的戾氣。

「噹！噹！」兩聲脆響，是卡迪爾打在長尾雉身上的聲音，這些傢伙，骨頭竟然變得比鐵還堅硬。

這下楚天還真是感覺失策了，他實在料不到這些長尾雉竟然也有這樣的實力，不敢再托大，他命令赫蓮娜她們出動。

這幾天這位人魚公主可能是還在氣頭上，所以根本不與楚天說話，但雖然如此，她還是很巾幗的，看到楚天讓她出手，十分乾脆地對五隻靈體擺擺手，幾個人就衝了上去。

撤去了群體顯形術，幾個人都變成了無形無影的靈體，在後方祭司和酋長瞪大的眼睛裏，他們衝到發狂的長尾雉面前開始了攻擊。

「啊……！」

「救命……！」

「妖怪……！」慘叫聲接踵響起，在這黑暗中更加讓人恐懼。

「阿伊札馬祭司，現在怎麼辦？」伊庫那赫渾身顫抖著拉住老祭司的胳膊，有些驚恐地問道。

現在這個老祭司也不知所措，他不知道爲什麼百試百靈的巫術爲什麼不管用了，而不同於那些狂化的族人，清醒的他在這混亂中是能感覺到恐懼的。

「噗……」亂糟糟的場面在持續了幾分鐘後陷入了寧靜，在祭司和酋長感覺頭皮發麻的時候，一聲沉悶地響聲突兀響起。

「啊！」兩個人都忍不住叫了起來。

楚天將手指上燃起的火苗移到一根乾木柴上，用紅彤彤的火把照著兩位長尾雉突然大喝道：「你們這些渾蛋知道自己在做什麼嗎？」

本來就如驚弓之鳥的兩個人被這大吼嚇得直接坐在地上，他們就著火光已經看清，所有的族人都已經倒在地上不知死活。

「啊，我的族人……」嘴中哀號一聲，老祭司就想跑過去看那些長尾雉，但因爲受驚過度，一個沒站穩，摔倒了。

阿伊札馬向倒地的長尾雉爬去，伊庫那赫卻是呆傻了會兒，隨後跪伏在地抱向楚天的大腿，一把鼻涕一把淚地哀求著。

雖然聽不懂伊庫那赫在說什麼，但楚天卻能猜出個大概，他眼中露出厭惡的光芒，卻並沒有依性子將他殺死，而是對瑟琳娜晃晃下巴。

想了下，瑟琳娜開始重複楚天剛才告訴她的話。

原來楚天已經對長尾雉族人口中的妖怪產生了興趣，所以他就想冒充神使之類的東西從他們口中問出事情的來龍去脈，這樣做可比用武力要挾好多了。

「你們這群有眼無珠的信徒，爲什麼要攻擊真神的使者？你們難道不知道這是對真神的褻瀆嗎！」楚天想好的說辭在瑟琳娜說出來那真是差了太多氣勢，不過由於剛才他們表現出來的神秘實力，被嚇破了膽的伊庫那赫和悲傷過度的阿伊札馬還是選擇了相信他們。

「他們都沒有死去，但爲了懲罰他們的不敬，神使小小地懲罰了他們。」瑟琳娜繼續忽悠著酋長和祭司。

這下阿伊札馬眼睛亮了，他的族人沒死！他真的信任楚天等人了，要是不是神使的話，怎麼可能還留下他們的性命。

不得不承認，這些土著很淳樸，楚天也失去了勒索他們的興趣。

楚天不想勒索了，但阿伊札馬等人卻不幹了，他們將自己的族人喚醒後就齊齊跪倒在楚天腳下，嘴裏說著「萬歲萬歲萬萬歲」之類的恭維詞語。

「咦？這種帝王大禮我居然也能享受得到。」楚天心中稍顯得意地想著，嘴上卻讓瑟琳娜告訴他們起來。

楚天正想讓瑟琳娜問他們關於峰頂被妖怪佔據的事情，阿伊札馬卻與伊庫那赫走過來請求他們享受勝果。

勝果是一種長成鳥形，顏色像雪梨的水果，吃起來又脆又甜，金剛面前放了五籮筐，但沒一會兒就被他消滅完了。

眾人近一天沒吃東西了，這個時候自然是敞開了肚皮吃，看著眾人吃得開心，阿伊札馬也是樂得眉開眼笑。

「這個好吃，楚天，這個香……」因爲言語不通，眾人也不怕長尾雉們聽出什麼，他們互相嬉鬧著，開心得不得了。

近一個小時，眾人才吃完，而這個時候阿伊札馬突然神神秘秘地告訴瑟琳娜，說請楚小鳥隨他去一個地方。

老頭不傻，一眼就看出楚天才是這群人的頭領。

楚天看了眼身上還有血腥味的阿伊札馬，點了點頭。

籐椅「吱扭」一聲響，楚天從籐椅上站了起來，結果其他人立刻停下了手中口上的動作向他望來。

滿意地點點頭，楚天對眾人一揮手說道：「你們在這裏先吃著，我去去就來。」說完話他叫上了瑟琳娜向外走，結果伊莎和赫蓮娜也跟了上來，這兩個妮子一個說是要讓楚天保護，一個說是要保護楚天。

一行四鳥，跟在阿伊札馬身後順著林間特意被開闢出來的小道慢慢行走。

此時時間已是接近子時，月亮正明，雖然枝葉繁密，但光亮程度猶勝剛才。

阿伊札馬蒼老佝僂的身影在前面緩慢地挪移，楚天等人緊隨在後，踩在濃厚的枯葉上「沙沙」作響。

老人步伐緩慢，讓楚天等人有了賞景的時間，這樣邊走邊看，好一會兒，阿伊札馬才停下了腳步。

正當楚天想問爲何止步時，老人突然轉身，一把跪在了地上。

又是一通「嘰哩呱啦」的聲音，阿伊札馬老淚縱橫，看樣子頭上的牛頭面具隨著他磕頭的震動兒掉落地上，露出一張蒼老的鳥臉。

如此可憐的模樣瞬間打動了伊莎還有瑟琳娜這兩個小妞兒，她們本想去將人拉起，卻被楚天喝住，隨後他冷冷地看著小蜻蜓說道：「他說什麼？」

被楚天看得渾身一哆嗦，瑟琳娜嘟了嘟殷紅的小嘴說道：「他說求我們幫助他們，救救族內的千餘族人。」

「問他原因？」楚天一雙星目中射出兩道精光，沉沉說道。

「他沒有回答，他說只要我們肯幫助他，他願意將一件寶物獻上。」瑟琳娜也許是嫌楚天太無情，扭著頭不看他說道。

「咦？」楚天感覺有些驚奇，他本來是不想要報酬的，沒想到這裏居然有寶物。雖然這樣想著，但楚天卻不好露出貪財的樣子，要不然善良的伊莎肯定會恨死他的，他現在有些喜歡赫蓮娜了，多有現實主義的作風啊。

這些當然不敢說出來，楚天只是沉默著卻不說話。

一見楚天不言語，阿伊札馬以爲他不答應，嘴中哀求著，頭更是磕得一個比一個響，幾下後已經有殷紅的鮮血從他額頭留下來，順著蒼老的鳥臉，留下來，滴在草地上，壓得小草一彎一彎的，好不淒涼。

伊莎和赫蓮娜都不忍看了，她們來到楚天跟前拉著他的手搖晃著，因爲楚天的命令，兩個小妞兒也不敢說話，只好拿蒙了層紗帳的眼睛可憐巴巴地看著他。

「唉！」楚天裝模作樣地歎了口氣，心裏早就樂開花了，「這是你們求我的，別說我是貪圖人家的寶物才幫助他們哦。」

「我們的任務是爲了尋找遺跡之城，現在突然出現這件事情，不一定會碰到什麼，或許連任務都做不了了。」楚天的樣子顯得極其爲難，語氣非常沉重，其實他早已猜到是什麼事情了，肯定是峰頂妖怪的事情！

兩個小妮子一臉羞愧之色，眼中那層水霧凝在一起就掉了下來，順著光滑的臉部輪廓下滑，被偶爾閃過的月光一耀，瑩爍出七彩的光暈，幾乎晃暈了楚天。

要是到這裏還不收手，楚天知道自己接下來絕對會穿幫，所以他剛忙一舉手說道：「好了，我答應了。」

伊莎破涕爲笑，躥起來在楚天臉頰上狠狠地啃了一口；瑟琳娜當然沒有那麼大膽，但也是用火辣辣的眼光看著楚小鳥，差點沒把這傢伙瞅得找地縫鑽下去。

「這小妞眼睛也太純了點吧！」楚天是看得內心愧疚，他從沒有見過這樣潔淨的眼睛，沒有任何雜質。楚小鳥有些震撼，他恍惚了兩秒才將目光挪開。

瑟琳娜的眼睛裏閃過一絲黯然，她摸了下臉上坑坑窪窪似連綿山脈般的豆豆，深呼口氣後對阿伊札馬說答應了他的要求。

血污遮蓋了半邊的老臉上立刻露出了喜悅的神色，阿伊札馬再次磕了個頭然後轉身跪爬著向前走了五六米，一對翅膀在青草覆蓋的地面上挖掘著什麼。

「老人家您這是要幹什麼？」伊莎說著話就想去看，卻被赫蓮娜冷漠地攔住了，還別說，人魚公主在這些靈體中的威望比楚天要大，伊莎只是猶豫了一下就停下了腳步。

楚天也沒有動，只是瞪大眼睛看著阿伊札馬。

「刷刷……刷刷……」雖然阿伊札馬身體看起來很殘弱，但實力卻與一般人類大多了，他的翅膀在此刻變得和鐵鍬一樣，一下入地深及五六公分，不一會兒，一個臉盆大小，半人深的土坑出現了。

本來因爲劇烈運動而緊繃的身體打了個哆嗦，隨後阿伊札馬鄭重地從坑中抱出了一件物事。

因爲被祭司乾瘦的身體擋著，楚天並不能看清是什麼，但他已經感覺到失望了，什麼寶物能這樣淒慘地埋在泥土裏！土豆嗎？

正當楚天想拒絕阿伊札馬的「好意」時，老人轉過了身體，結果楚天眼睛猛地一亮。

神器！絕對錯不了！

看著阿伊札馬雙翅抱著的土塊，楚天暗吸了口口水。

上面力量的湧動非常強橫，如此也證明這件神器是一件無主之物。

隨著阿伊札馬向這裏走來，本來被泥土包裹的神器終於露出了它的真容。

這是一件草綠色的服裝，因爲是折疊著，並不能看清它的樣式，卻可以看到上面不斷流動的彩色光暈。

臉上掛著老婆嫁人兒子陪嫁的表情，阿伊札馬一步一步走到了楚天面前。

「這就是你說的寶物啊，原來就是件破衣服。」楚天這話是跟當鋪裏學的，再好的東西也得說成是破的。

阿伊札馬並沒有說話，只是看著手中的瑩瑩發光，被一圈淡藍色籠罩的衣服。

「呃……」楚天自討了個沒趣也不說了，直接動手，想將神器寶衣拿過來。

「咦！」楚天輕叫了一聲，他竟然沒有把衣服拿過來。

用力，用力，咬著牙用力，但衣服還是被阿伊札馬拽在手裏。

「我靠，這老頭怎麼力氣這麼大！」楚天心中叫著，兩腳分開，一前一後，嘴中「呵」叫著，衣服總算是抽了出來，不過因爲用力太猛，他差點沒摔地上。

「自古神器有德者居之，你個老頭要這樣一件東西只能當土豆埋地下，你還想讓它開花結果啊！」楚天心中氣憤，卻沒時間與人爭論，他只是趕忙將衣服打了開來。

「怎麼會這個樣子！」楚天心裏慘叫一聲，他鬱悶了。這竟然是一件女性長裙！

「天水之安穆凱聖衣！」赫蓮娜扭頭看向這裏時立刻發出一聲驚叫，她臉上掛著不敢相信的神色。

楚天一聽就知道這個婆娘知道衣服的來歷，能讓人魚公主這樣吃驚，想來絕對是件超級寶物，可它爲什麼是女性服裝？

草綠色的服裝樣式爲女性大衣，一圈白色的肩領和喇叭袖口顯得即莊重又不顯老氣，白色的收腹巾外面繫一條橘紅色絲帶，下面則是擴口叉開的蓮蓬裙。

整件衣服設計渾然天成，加上不知名卻極柔軟舒適的材質，好像星星般偶爾閃耀的光芒，流動的光河，楚天可以很肯定地說，這衣服根本是給女人的恩賜。

「好漂亮的衣服啊。」伊莎畢竟是小女孩，她第一個叫了出來，雙眼冒著金星蹦到楚天跟前，伸手想摸，好似又怕弄髒了這衣服。

瑟琳娜也是一臉羨喜的表情，不過由於性子使然，她並沒有表現出太過激烈的情緒。最讓楚天注意的赫蓮娜，這位人魚公主只是呆呆地看著衣服，眼睛裏閃爍著讓他都感覺強大的吞噬光澤，卻不言不語。

「赫蓮娜姐姐，你說這是什麼？」伊莎在楚天一拽之後終於將手放在了衣服上，她邊摸著衣服柔軟的材質邊問，隨後又點點頭說道，「天水之安穆凱聖衣是嗎？好好聽的名字，真配這衣服，不過你知道這衣服的來歷嗎？」

問完話等了會兒發現並沒有人回答，伊莎回頭也發現了赫蓮娜的異樣，她趕忙走過去拽住人魚的胳膊說道：「姐姐，你怎麼了？」

被伊莎這樣一拽，赫蓮娜終於回過神來，她對女孩笑了下，搖搖頭說道：「我是因爲這衣服太漂亮所以走神了。」

第七章 始祖鳥

「騙鬼吧你，這衣服漂亮我承認，但就連伊莎這種鄉下姑娘也只是歡喜地驚叫一聲，你堂堂人魚公主，含著金調羹出生的嬌貴人兒，難道沒見過比這還漂亮的衣服嗎？」楚天打死也不相信。

「你知道這件衣服？」楚天想了想，最終還是決定試探一下，他很擔心剛才赫蓮娜流露出來的那種眼神，裏面強大的欲望讓他感覺到危險。

眉頭蹙在一起猶豫了一下，赫蓮娜最終開口說道：「這是人魚族傳說中，海洋女神安穆凱打造的神器，擁有增幅精神力百分之三百的能力，並且其防禦能力是已知各族所有神器中最強的，可抵擋大範圍殺傷術法。」

「這也太強了些吧！」楚天幾乎驚掉下巴，他也不是沒有見過神器，但像這樣用處這麼實際，這麼量數化的神器他還真沒看到過。

用好像被割肉一般的神情看著手中的寶衣，楚天連歎三口氣，最後看看伊莎，看看瑟琳娜，再看看赫蓮娜，最終作出了決定。

將聖衣很鄭重地疊好，楚天走到雖然笑對伊莎卻偶爾將目光投向這邊的赫蓮娜跟前。

「……」本來與伊莎正說著什麼的赫蓮娜猛然閉嘴，抬頭冷冷地瞧著楚天。

「這件衣服，你穿吧。」楚天將衣服遞了上去說道。

猛然一呆，隨後赫蓮娜拿著衣服就又推了回來，香唇輕啓，用不怎麼堅定的語氣說道：「你不要妄想用這件衣服就讓我放棄對你的仇恨。」

「切，說得那麼有氣節，幹嗎用那麼大力氣抓著衣服不放啊！」楚天心裏鄙視，表面上卻是連理都不理赫蓮娜，轉過頭去看著仍然一副失魂落魄模樣的阿伊札馬。

腦中將剛才經歷的事情串聯起來，楚天可以肯定，這群長尾雉，絕對沒有後手了，要知道他也是精神系的高手了，若是到這個時候還分辨不出阿伊札馬情緒的真假，那麼他也不用活了。

如此，楚天也懶得再隱瞞什麼實力，直接將話印在了這位呆滯老頭兒的腦海裏：「老頭兒，你怎麼看出來我們不是神使？」

在耳朵沒有接受資訊的情況下，腦袋裏突然出現了這麼一句話，阿伊札馬的腦子很是停頓了幾秒，隨後看到楚天盯著他的眼神才明白聲音的來由。

一張老臉上露出驚奇之色，隨後阿伊札馬才掃去眼中的心痛之意，對楚天一弓腰張口想說什麼，卻被楚天阻止道：「你直接在腦子裏說話就好了。」

先是苦笑，隨後老人腦中說道：「族中的神靈，本就是我一手建立起來的，有沒有神我怎麼會不知道？剛才之所以做出對諸位不敬的事情，只是想安撫族人的心，因爲我對山頂的妖怪根本沒有對抗的辦法。」

楚天暗自點點頭，總算明白了阿伊札馬做事前後顛倒的原因，不過隨後他又問道：

「那你讓族人狂化的術法是從何而來？」

「這是我父輩傳來下的，在我曾祖父那一輩，他曾出外遊歷，結果遇到火雞一族，從那裏學到了這神奇術法。」阿伊札馬腦中的思維停頓了數秒，隨後才說道。

「這件青裙？」楚天聽阿伊札馬連關係他在族內地位的秘辛都說了出來，也不想再囉唆，問出了他最想知道的問題。

「這是我族中的鎮族寶物，哪輩開始收藏已經無從知曉，只是每位族長在臨終前都囑咐後人要保管好，因爲我祖父展現的強大實力，這個秘密在三輩前由族長守護開始轉爲祭司守護。」果然是不再隱瞞，顯出頹廢蒼老之態的阿伊札馬很詳細地說道。

楚天明面上不置可否地點了點頭，內心裏卻對天水之安穆凱聖衣的來歷還抱有諸多懷疑，但阿伊札馬既然沒有說出來，那麼就說明他並不知道，楚小鳥當然不會再去問。

「每件事情並非一定要知道前因後果，最主要的是，這件神器落在了自己手裏。」楚天想了想，感覺殺死了不少腦細胞，立刻決定放棄這個問題，他讓阿伊札馬帶大家回去。

赫蓮娜聽到眾人的招呼卻沒有動，她如剛才一般咬著牙看著楚天，心中掙扎：「這個渾蛋，竟然又無視我的存在。」

感覺是可忍孰不可忍，人魚公主拿著聖衣就想砸楚天身上，但剛舉起來才想起手中是什麼東西，她眼睛一閉，竟然哭了起來。

「沒……沒這麼……嘶呵……欺負人的……」赫蓮娜邊哭邊抽著氣說道。

有些震驚，楚天沒想到這位好像萬年冰塊黑衣女王一樣食古不化高高在上的女人竟然會哭，還哭得這麼讓人心疼愛憐。

那身冷傲並沒有消失，但就因爲這種氣質的存在，赫蓮娜的哭才能讓人心跳驟停。

楚天幾乎是不能控制自己地走到人魚公主面前，很男人地，不容拒絕地將她抱進了懷裏，不管她的小拳頭如雨點般落在胸膛，也不管她身體蛇一般地扭動。

赫蓮娜的身上有股天然的海洋氣息，卻並不腥，因爲多了種甜甜的味道，抱著她摩挲著她的髮絲，讓人忍不住深深地吸了幾口氣，沁徹心肺。

「不要哭了，乖，我已經把這件衣服送給你了，請求你收下好不好？」楚天都不知道爲什麼會用哄孩子的語氣說如此的話，他邊說話邊用雙手在赫蓮娜的背上輕輕地拍著。

赫蓮娜沒有說話，只是抽泣的幅度小了很多，也不掙扎了，好像一隻小貓般伏在楚天胸膛上。

時間流逝，天上月亮在逐漸西滑，偶爾射下銀色的光芒，好像鐳射燈般照在楚天兩個人身上，倍添幾分甜蜜溫馨。

心裏感覺好像堵了一團棉花，伊莎抬手捂住小嘴兒，眼睛瞪得大大的，但剛才那聲「楚大哥」仍然從嘴裏喊了出來。

楚天被這聲音終於喊回了神，他有些不捨，卻不得不考慮其他人的感覺，慢慢鬆開手想要推開赫蓮娜，但，這個婆娘卻使勁抱住了他，嘴中蠻橫地說道：「不許放開。」

這次命令式的語氣不止沒有讓楚天感覺不爽，他還有些好笑，但卻聽話的將手再次環住赫蓮娜的腰。

過了不知道多久，總之蟲鳴漸息，赫蓮娜才推開楚天笑靨如花地說道：「你剛才說的算數？」

「呃……大丈夫一言。」楚天愣了下後才反應過來赫蓮娜說什麼，他感覺青筋直跳，「這婆娘也太沒情調了，怎麼剛脫離了懷抱就說這樣現實的話。」

「駟馬難追。」赫蓮娜接口後立刻恢復了以往的形象，邁著貴族步伐，挪到伊莎身邊環住了她的腰。

在楚小鳥的狂鬱悶中，一行四鳥順著來路往回走，不大會兒工夫，大家就來到了仍然喧囂的部落中心。

阿伊札馬走到最顯眼的篝火旁，對載歌載舞的族人揮揮手，等大家都停下後他才張嘴說了一大通話。

「他說我們已經答應替他們驅除峰頂的妖怪。」瑟琳娜在一邊翻譯，楚天奇道：「這麼簡單一句話，他怎麼說這麼長？」

「嗯……裏面有一些繁瑣複雜的恭謙用語，用來讚揚我們和訴說神的偉大。」想來阿伊札馬老頭兒說的話比較肉麻點，瑟琳娜臉色有些尷尬的紅暈。

「這傢伙……」楚天剛要說什麼，就被長尾雉族人高聲的歡呼給堵了回去。這些質樸的長尾雉人是發自內心的高興，他們看向楚天等人的眼神都是火辣辣的，這讓自詡臉皮超厚的楚小鳥都有些恨不得落荒而逃的感覺。

歡笑聲，歌唱聲，喧鬧聲，聲聲入耳，直到東方天空泛出魚肚白，興奮了一夜的人們才漸漸散去。

楚天等人被安排在部落中最寬敞豪華的房間裏，其實所謂豪華也不過是相對而論，就是樹屋裏有一些藤木製造了床椅桌，上面有的鋪上了一層稻草罷了。

本來楚天看到這個情況是很不爽的，他出門就想找阿伊札馬換地方，但剛出來卻看到十數隻成年長尾雉臥在大樹之下或樹幹之上休息，他只好又把話咽了回去，悶聲不向轉身走回樹屋裏。

「哎，楚天。」剛進來就聽有聲音自外邊傳來，一回頭，卡迪爾掀起草簾走了進來。

「我出去轉了一遭，你們猜怎麼著，這個地方真夠破的，好多鳥人都擠在一個小房間裏，我真擔心他們把樹屋擠塌了。」夜晚山間潮氣大，草簾子外面已經凝了一層小露水，卡迪爾剛才掀簾的時候沾了一手，他邊說話邊低頭摩擦著雙手。

楚天本來正想往床上躺，聞言身子一僵，眼神不自然地掃過只睡了他和卡迪爾的大房間，再想想其他人佔據的三間大木屋，他晃了下腦袋就向外走。

「楚天你……」卡迪爾看著楚天一言不發就向外走，忍不住叫道。

楚天腳步猛地停了下來，隨後他轉過身掛著小臉說道：「卡迪爾，現在初日始生，正是難得修煉的時候，要不要隨我一起去感受大自然的氣息啊。」

「我可不想，昨天又玩又鬧的累壞了，現在我就想睡覺。」卡迪爾把腦袋搖得跟撥浪鼓一樣。

「如此好景色，沒有人相陪豈非浪費。」楚天說著話回身走過來，架起卡迪爾的胳膊就向外走。

不顧卡迪爾的掙扎，一路將他拽出來，楚天走到一隻距離他較近的長尾雉面前用精神力問他道：「你們祭司在哪裏？」

「在左邊那間樹屋裏。」長尾雉也不睜開眼，就這樣回答一句。

楚天問明情況，二話不說就來到那間樹屋前，一掀門簾，神情一僵。

這間十來平方米的房間裏竟然擠睡著九位老人，楚天連下腳兒的地方都沒有。心中沒來由的一陣煩躁，楚天看準阿伊札馬的位置，將精神力映進了他的腦海裏：「我們今天要修煉，除了給女人們留個房間，其他的都不住了。」

阿伊札馬根本沒有睡著，他一直在想昨天的事情，所以在楚天一到門前時他已經知道了，但因爲不知道這位尊神來幹嗎，他裝作睡著沒有理人。直到腦海裏突然響起這樣一句話，他才身體一震，從鋪著乾草的地上坐了起來，看著楚天，那對有些昏花的眸子裏竟然蒙起了一層水紗……

「我快受不了了，女孩哭就哭吧，那叫楚楚動人，你個老頭兒要是哭的話，我得把胃酸給吐出來不可。」心中鄙視著，楚天和卡迪爾先去了金剛和堅尼豪斯的樹屋，一如對卡迪爾那般，將兩個人拽起來說是邊欣賞朝陽東升邊修煉。

女孩當然不能這樣粗魯了，雖然楚天也想，但思索了下，他最終還是在門外將瑟琳娜和伊莎喊了出來。

理由還是一樣，但結果卻不相同，兩個女孩說爲了自己的美麗打死也不能不睡覺，沒辦法，楚天只好請她們去赫蓮娜那間樹屋：「你們三個在一起，不是也有個伴嗎。」

「可是……赫蓮娜姐姐不喜歡和其他人一起睡的。」伊莎伸出白淨的小手絞著身上的白衣，囁嚅說道。

「都什麼時候了，還有這些貴族小姐的劣品性！」楚天很氣惱，他氣呼呼地說著，拉起伊莎就向人魚公主單獨居住的木屋走去。

想怒罵赫蓮娜一頓的楚天直接掀開門簾就向裏走，不過在來到木屋外面時他好像碰到了什麼東西，但卻沒深想。

「啊！」赫蓮娜已經睡下了，一層精神結界只要有人碰觸就能立刻驚動她，所以她很放心，但她忘記了一個，楚天，這個傢伙的精神力已經超過了人魚公主。

在結界被破掉的瞬間，赫蓮娜已經醒了過來，但楚天根本沒給她反應的時間已經走了進來。

呆！

楚天的意識被眼前白花花的一片被吸引了過去，而赫蓮娜則是想像不到這種情況，所以等了兩秒才抬手護住重要部位，臉色陰沉地說道：「看夠了沒有？」

根本沒注意赫蓮娜的臉色，楚天只是很本能地說道：「沒有。」隨後又反應過來趕忙搖頭說，「不，夠了，不是，我是說……」

「看夠了就請你出去！」赫蓮娜語氣非常冷淡地說道。

「好的。」楚天趕緊點頭，隨後在他轉身的時候，眼角的餘光好像看到了一條紅色的魚尾從衣服下面露了出來擺動了兩下。

「錯覺？」楚天腦中這個念頭一閃而過，隨後他就爲剛才發生的事情頭疼起來。看著泛白的天空，他撓了撓光頭，心中抽搐道：「天啊，我做錯什麼事情了嗎？」

「楚大哥，赫蓮娜姐姐讓我們進去。」伊莎壓抑著情緒的聲音叫醒了楚天。心中哀號著，楚天卻暫時生不出違逆赫蓮娜意願的心思，他做賊心虛的讓其他兩位女士先進，隨後才好像犯錯誤的學生一樣，耷拉著腦袋跟在後面。

「你們找我幹什麼？」赫蓮娜聲音不悲不喜，好像什麼事情都沒有發生一樣。

楚天聽後偷偷拿眼角向前看去，卻正好對上赫蓮娜那要吃人的眼神，趕忙又低下頭。

「我們……我們是想和赫蓮娜姐姐一起睡的。」說話的是伊莎，她吞吞吐吐道。

「你們？」饒是赫蓮娜想裝酷都不行，她掃了眼三個人說道。

「是的，楚大哥帶我們來的。」伊莎並沒有明白赫蓮娜語氣中的驚訝震驚從何而來，故而她實話實說。

伊莎很傻很單純，楚天可是很精明很強大，他瞬間就明白赫蓮娜口中的「你們」指的是誰了，所以趕忙上前兩步說道：「不是不是……」

「是你帶我們來的呀！」伊莎繼續很傻很單純地說。

楚天極度鬱悶，這小丫頭難道沒有看到自己腦門子上都滲出一層水珠了嗎？

赫蓮娜沒有開口，她嘴角擠出一絲冷笑看著楚天，那眼神好似在說「你編啊，編啊，終於看清你色狼的本質了。」

楚天想死的心都有了，眼看再解釋下去非得把他扣上「變態」大帽子不可，他急忙伸出右手抵住左手掌心說道，「暫停暫停，聽我說。」

一看幾個人都停了下來，雖然還是以有色眼光看著他，但楚天也都忍了，他咽了口吐沫說道：「我是想讓伊莎、瑟琳娜來和你一起睡，你沒去外邊吧？那些長尾雉們因爲把房子騰出來給我們住，很多都被迫睡在了外面，就算是有房子住的，也是十來個人住一間，都擠成沙丁魚了。」

一聽這話，赫蓮娜的目光一凝，隨後詫異地看著楚天，眉間掛著思索的表情，嘴角又揚了起來，不過這次可不是讓人發毛的冷笑，而是溫和的微笑。

伊莎和瑟琳娜更加不堪，她們聽了楚天的話幾乎被感動得稀哩嘩啦，只差拿個花圈揮來揮去口中大喊「楚天楚天我愛你」了。

楚天苦笑，他對天發誓，並不是想做個沽名釣譽的好人，他只是感覺讓一群長尾雉睡外面，而他這個已經獲得了足夠好處的「商人」卻睡房間裏很不合適罷了。

經過了這樣一齣鬧劇，所有的人也沒有心思再睡覺了，隨便吃了點野味兒，楚天就要求阿伊札馬立刻派人帶他們去峰頂。

這個老傢伙對於楚天的要求正求之不得，所以他很乾脆地派出三個年輕力壯的長尾雉給眾人當嚮導。

準備好一切，楚天等人在名字爲阿大、阿二、阿三的長尾雉三兄弟引領下向阿尼塔斯山脈最高峰行去。

本來就已經是山峰的中上段，故而沒走多久，叢叢蒼翠之色已漸漸稀疏，偶爾看到一棵參天古木，上面也多多少少掛上了晶瑩的冰掛，隨著愈來愈強的山風作怪，偶爾掉落下來，砸在地面碎成無數晶瑩的碎片。

眾人本來興致還是很高的，因爲不論是地底世界還是白林小鎮抑或海洋世界，這種溫度差異如此明顯的山脈都是很難見到的，但隨著時間的推移，景色就顯得單調起來，一些高原反應也開始出現。

最先出現的是地底世界的瑟琳娜，她長久生活在地下，加上自身實力並不強大，所以難免出現嘔吐無力等現象，緊隨其後的是伊莎，但因為她是鳥族，多少還能克制。

堅尼豪斯、赫蓮娜和卡迪爾情況稍好，他們實力比較強悍，在一開始的不適過後已恢復了常態，這多少讓楚天心中好受些，要不然等會兒真有架打連幫手都沒有了。

楚天命令金剛將兩個女孩馱好，他則走到阿大旁邊向他打聽妖怪的事情：「你說你們原來是住山頂的？」

因為在路上已經聊過天，再加上楚天「神使」的身分，阿大三兄弟對於直接出現在腦海裏的聲音已經沒有了驚奇，他點點頭回答道：「稟神使，我們本來生活在山頂，有屋又有田，生活樂無邊。誰知前不久，妖怪驟出現，搶我們房屋佔據我們田，還把我們統統往下趕。」

「好傢伙，這快板書加搖滾都出來了。」楚天心中汗顏，卻繼續問道，「那你們在下面生活不就好了，幹嗎還要去打這群妖怪的主意？」

聽楚天如此說，阿大還以為他想反悔了，趕忙拉住他，招呼阿二和阿三過來給楚小鳥跪下。

「我的神啊。」楚天服氣，連忙將人扶起說道，「放心，我絕對幫你們除妖怪，我只是奇怪。」

楚天的話讓長尾雉三兄弟鬆了口氣，阿二隨後解釋道：「本來在下面我們也是可以生活的，但所有的水源都是自山頂留下來的，可自從妖怪佔據了山頂，上面的水就越來越少，最近甚至已經乾涸了。」

「原來是這樣。」楚天摸著下巴尋思：「這群妖怪是水怪？要不然要這麼多水幹什麼？」正說著話，他們已經來到山峰的最後一段路程，這裏是入目皆白的世界。

在南大陸是沒有雪這種自然現象的，那裏就跟非洲地區一樣，只有旱季和雨季的說法，所以大家都是第一次見到雪。

雪白的世界上刮起的風都彷彿是白色的，「嗚嗚」的叫聲讓人感覺寒氣直沁心底。

在這樣的環境下，峰頂最中心的黑色建築無疑在瞬間俘獲了所有人的目光。

整體爲巨大的半環型，由長約三米，重達數十噸的黑色巨石砌成；正對著楚天等人的，是十數根高達三十餘米的墨色石柱，遠遠望去，彷彿天神安放在大地上的燭台，散發著凡人不敢仰望的莊嚴氣息。

震撼！所有人看著這件建築都張大了嘴巴，以至於風雪掩蓋了這些個洞口。

一路上最沉默寡言的阿三彷彿明白眾人的感受，他喃喃說道：「我們本來居住在這山頂下面，這座神居是唯一的入口，而至於神居是從什麼時候出現的，已經無從記載了。」

楚天腦海裏迴盪著這句話，他給大家翻譯了出來，卻又是感歎，這個世界上讓人驚奇的地方還真多，要不是肩頭責任太重，就是恢復原來生活，當個冒險大盜也不錯。

「你們看那裏！」正當楚天在懷念過去時，卡迪爾忽抬手指著建築叫了一聲。

倏然，大家都順著他的手望去，一片陰鬱意蘊自建築之上逐漸凝成，外放……

「是他們，他們來了！」長尾雉三兄弟腦袋裏都驟現這樣的話語，身體竟然忍不住顫抖起來。

楚天感覺後腦勺一根神經緊了緊，居然能讓人產生下意識恐慌，這說明對手能力絕對不簡單。

「刷刷刷……」每一腳踩在地面上積雪被擠壓出聲，楚天眼睛越發亮了起來，緊緊地盯著前面的半環形建築。

本來就素黑的岩石上面，一層好像影子般的黑幕在逐漸擴散，在楚天邁出第五步時，黑影已經籠罩了整個建築。

楚天眼睛猛地一瞇，頭倏然向上抬起，看向了幽藍的天空。

天空之上，那絲感覺只距咫尺的靜謐已經完全被打破，就好像被投放深水炸彈的大海，巨大的波瀾霍然驚起。

晴朗不復，一層滾滾黑雲好像被冰糖吸引過來的螞蟻群一樣覆蓋了整片天空，而在奇跡建築最上方的地方，雲層還在不斷地翻騰，最終形成一個巨大的漩渦，一股讓人無法抗衡的能量從漩渦中心激射下來。

地面的雪「呼」地被刮起，圍著建築旋轉起來，並隨著速度的加快變成了一個天然的風力護罩。

天地間的異象並沒有讓楚天的步伐停留，他此刻已經達到了風力護罩的週邊。手進入了風力護罩，「嗖嗖嗖」的聲響頓時傳來，每一聲都帶著一點細微的疼痛，楚天目力驚人，他一低頭就看到手上出現的幾道兩三釐米長的小血口。

「好強勁的力量。」初探感歎一聲，卻並沒有擔心什麼，在剛才，蜕焱金剛變已經用出，同時，一層經過九重禽天變衍化的靈禽力護罩也將他包裹了起來，憑風而成的氣刃刮在上面只發出高低不同的「叮咚」聲。

楚天不想再耽誤，他一個箭步衝進氣場內，感覺有一股熟悉的壓力自上方傳來。

「究竟是誰？竟敢闖入本王的結界內！」聲音包含無上的威嚴，彷彿來自遠古。

楚天抬頭看著聲音的來源，他心中暗驚：「這傢伙究竟是何人，竟然能調用這麼強大精純的自然之力。」

心中的驚訝並不顯之於表，楚天眉宇間帶著一絲強大的自信和正氣說道：「你是何人？爲什麼霸佔他人族地！」

不知是否被楚天這種義士之態鎮住了，烏雲之上的人在停頓了幾秒後才笑著說道：「呵呵，沒想到你個小傢伙還很有正義感，本王喜歡。」

一陣誇張的笑聲讓楚天化身丈二和尚，他摸了摸腦袋沒有說話，他相信這個傢伙絕對還有話說。

「即使如此，你也不能打攪本王的好事。」聲音若春雷般咆哮而下，楚天只感覺一股無法用眼睛識別的巨大能量從天空壓了襲來。

楚天心神一動間，琉影御風變已然施展，他身形突然消失，再次出現時已經來到環形建築的頂端。

就在同時，那股力量也打在了他剛剛站立的地方，「咚」彷彿萬噸巨石從天而降，地面上雪花激濺四射，地面也頓時下陷了半米左右，讓人心顫的龜裂以此爲中心向四周蔓延，整個山頂發出「咯吱咯吱」的聲響。

「嘭！」

一對光翼在背後展開，楚天凝眸注視著突然停止翻騰和旋轉的天空，蹙眉思索對方爲什麼突然停手了？

「真的是九重禽天變？你沒看錯？」一聲驚喜興奮卻充滿威嚴的聲音自雲層中傳來，回答他的是先前說話的人，「絕對不會錯，再怎麼說我們當年也是與他並肩作戰的人。」

「讚美偉大的史伊爾多得，親愛的夥伴居然還活著。」聲音很有些趣味的感覺在裏面，就跟一個頑童般可愛。

楚天腦子裏一驚：「這是什麼人？居然一眼就看出了咱的保密絕招。」疑問生成後沒過幾秒他已經了然：「憑這個情況，絕對是當年的老人，還與天禽並肩作戰過，加上剛才的莫名熟悉感，應該是他了。」

「喂，小子，你與天禽那廝什麼關係？怎麼身上有他的靈魂波動？」頑童聲音雖然還是聽起來有趣，但更多了一種無上的威嚴，話中字字好似叩擊在人的心底。

「竟真是始祖鳥一族！」一聽這聲音楚天愈發確認了心中的想法，他雙腳一盤大剌剌地坐在屋頂之上說道：「史伊爾多得老小子，這麼多年在異空間受苦都沒有把你的舌頭磨斷嗎？」

「真是你天禽小子！」聲音有些驚訝，不過更多的卻是興奮。

「始祖，現在還不能確定。」一開始說話的人開口說道。

「紐斯特蘭弗，做事情不要瞻前顧後的，你說這能運用九重禽天變，知道叫我史伊爾多得老小子，還有天禽那廝靈魂波動的人不是天禽還有誰！」史伊爾多得高聲說道。

楚天聽了這話已經忍不住苦笑起來，這麼多年了，這老傢伙的性子還是沒變，幹什麼都急切無比。唉，但也正是因爲這份熱心，才讓他手下良才勇將輩出，這紐斯特蘭弗正是一員智勇雙全的鳥才，當年天禽可是好幾次都想將其收入帳下，可就連史伊爾多得都同意，這個傢伙還是說一輩子只忠於史伊爾多得。

這些資料都是楚天從腦海中禽皇記憶裏找出來的，他想完之後才一整面容說道：「親愛的史伊爾多得，我並不是天禽，卻又是天禽。」

「不是天禽？又是天禽？」史伊爾多得念叨著這句話，顯然並不明白。

「始祖，我也不明白。」紐斯特蘭弗也是茫然未懂。

「這樣高深，具有禪學玄學以及哲學的話語你們怎麼可能明白？」楚天心中小小產生歪念，臉上卻掛著平和的笑容說道，「我繼承了天禽的意志和思想，卻擁有自己獨立的意識，所以我說既是天禽，又不是天禽。」

「那個老小子竟肯讓別人控制他了！」先是讚歎了一句，隨後史伊爾多得才有些生氣地罵道，「該死的天幕，抑制了我精神的外放，要不就能探查下你說的是否屬實了。」

史伊爾多得的話讓楚天立刻想起了過去的事情，他們不是已經自主傳送到異界了嗎？怎麼可能又在這裏出現？這樣的念頭出現在腦海裏，楚天不由得將疑問說了出來。

「是啊，萬年前眼看四族計劃夭折，我爲了保全族人不得不用種族異能破開空間屏障，帶領族人進入異空間，在那個骯髒兇險的世界一待就是上萬個年頭，我不是不想回來，只是回不來，雖然有一個原因是擔心傻大個和火鳥的報復，更爲主要的卻是因爲無法再次破開空間屏障。」史伊爾多得話中有些隱晦的寂寞。

「火鳥？傻大個？」楚天聽到這名詞在腦海裏轉了一圈，已經猜到指的是什麼了，愛放火的鳳凰以及傳說中背寬三千里的鯤鵬，他對這位可愛有趣的族長可是越來越好奇了。

「嘿嘿，其實以天禽的才智應該一猜就中，這破開空間屏障的異能若是可多次使用，那麼我們早就自立了。」陰陰笑著說了句讓楚天哭笑不得的話，史伊爾多得隨後才解釋他現在的處境，「雖然我的異能被限制了，但在我偉大英明的領導下，我們在五百年前終於發現了一塊空間阻隔最薄弱的地帶，就是這裏，在這幾百年間，我們族人不斷努力，終於破開了百分之九十的天幕，雖然現在人還無法過去，但一定的物理力量和聲音都已經能夠傳遞了。」

聽後楚天大歎史伊爾多得好運，也大歎自己好運，通過在地底鳥神宮殿瞭解的情況，這個世界馬上就要亂了，亂世出英雄，不久之後就是自己大展雄才的時候，而史伊爾多得的出現，不正是給自己這把火添柴加油的嗎？

如意算盤打得劈哩啪啦響，史伊爾多得的下一句話卻直接給楚小鳥頭上澆了盆冰水。

「可這最後的天幕實在是太難開了，我和族人們耗費了不少精力竟然紋絲未動。」史伊爾多得想來是氣急，他說話的時候牙齒都咬得咯咯作響。

「這是什麼意思？」楚天瞪大眼睛問道。

「我們五百年的時間有五分之四用在了打開天幕上。」史伊爾多得苦笑著說道。

「咦？」楚天感覺事情有點棘手。

「不過我研究了這麼長時間還是有一點心得的，如果有兩件可毀天滅地的神器，同時從兩面攻擊天幕的話，它可能會被打開一條縫隙。」史伊爾多得聲音裏有些歎息之意。

「瞧不起人？以爲咱沒神器？」楚天心中恨啊，他神念一動，手上已多出一物，正是那烈火黑煞絲。

「這件東西怎麼也在你手上？」史伊爾多得話中滿是驚訝。

楚天將烈火黑煞絲當鞭子般摔著，口中無所謂的說：「前兩天從路邊撿的。」

彪悍的回答讓天空久久無語，正當楚天感覺自己是不是表現過頭時，上面傳來雷鳴一樣的歡呼：「我們能出去了，我們能回家了。」

「開始！」隨著天空之上傳來的大叫，楚天手中的烈火黑煞絲化作了一條渾身裏滿黑焱的巨龍，咆哮著衝向了漩渦中心……

同時，史伊爾多得也將本命羽器「赤烏天枯翼」放了出來，兩隻枯黃色的翅膀好像開天的神劍般夾雜著明光，劈向困擾了他幾百年的天幕。

「轟！」兩面的攻擊彙成一聲驚天的巨響，守護在四周的烏雲竟被這聲波震得散成無數絲縷，地面之上更是捲起無數雪花，只是吹到楚天那裏就被一層無形的氣勁阻攔，留下他腳下三分地面的寧靜。

「嘩啦啦！」好像有什麼薄脆的東西被生生撕裂，天空一條無影的縫隙出現了……

第八章 重遇星君

楚天在狂風暴雪閃電中彷彿巍峨的高山般凝立不動，看著天空最中央的部位，那是唯一的晴朗，從那裏，無數隻鳥人飛了出來。

眼看四周的災難情景漸息，晴空再次慢慢被烏雲掩蓋，楚天的心被揪了起來，但他卻不敢催促，他無法讓一個擁有博愛的族長放棄他的族人而自己先出來。

就當楚天感覺天空之上的縫隙馬上要閉合時，一道黑色虛影伴隨著高笑自上面傳來：「哈哈，我終於出來了。」

「親愛的戰友，歡迎你的回歸。」楚天也是高聲笑著，張開雙臂對著天空。

虛影速度極快，楚天的眼睛只捕捉到三四個盲點，隨後就看到一個滿頭華髮不怒而威的男人負手站在距離他三四米遠的地方。

臉廓上五官明朗，可以看出年輕時帥哥的模樣，最爲吸引人的，是那一對眼睛，藍色的深邃，夾雜著睿智和玩味兒，讓人一看就絕忘記不了。

身形不高，不過一米七左右，已經是楚天所見過人中最矮的一部分，也不強壯，看起來很勻稱，但任何一個人都不敢小瞧他身體裏的力量，那層實質化的能量就好像針一樣刺扎著人的眼睛。

論外貌，眼前的老男人只能評個普通偏下，但他身上不怒而威的氣質卻讓人不敢逼視，王級，這是王級才有的威儀。

「哈哈哈哈……」楚天看著眼前的老男人，抬起手指著他毫無形象地大笑起來。

史伊爾多得臉色由白轉青，再由青轉白，最終無法維持嚴肅的表情蹦了起來叫道：「你笑什麼，要是你在哪裏生活上萬年，你不見得比我好多少。」

楚天儘量把笑咽回肚子裏，表情扭曲地點了點頭。

「你不相信？」史伊爾多得瞪大了眼珠子，大有楚天敢承認立刻將其碎屍的意思。

「相信。」楚天說的是實話，但史伊爾多得的造型實在是太野獸派了，他忍不住呀！

本來很有威嚴的臉上佈滿青黃黑三色的汙漬，一頭白髮搞得跟金毛獅王一樣，身上裏了兩件黑色獸皮，上面也掛著一些亂七八糟的顏色，要是楚天沒穿越的話，他還以爲見到特種部隊的新戰服了呢！

「我們那裏水非常少，一兩年也洗不上一次澡。」看楚天說得蠻真誠，史伊爾多得收起怒氣哄哄的臉色，很是痛苦地說。

「呃……」楚天抽動了兩下鼻子，果然聞到一股酸鹹腥臊各種異味兒相混合的味道，他翻了兩下眼球，最終直挺挺地向後倒去……

「有的人還真是高手呢，居然能被人給熏暈過去。」剛剛眨巴了兩下眼皮兒，楚天耳朵裏就聽到一聲嘲諷味兒十足的清脆話語。

「伊莎，我睡了多長時間了？」直接無視某人魚公主的挑釁，楚天轉頭看著旁邊的小燕子聞到。

「哎呀楚天，你總算醒了，我都等你半天了。」伊莎還沒說話，一聲高叫已經響了起來，隨後楚天視野裏出現了已經整理好造型的史伊爾多得。

「哎，你站在那裏就可以了。」楚天趕緊坐了起來，抬起雙手對這位少趣翁說道。

少趣翁是史伊爾多得的外號，就跟禽皇被人稱之爲天禽一樣，都屬於別稱或者尊稱。

史伊爾多得確實當得上這個稱呼，活了上百萬年的鳥人了，卻跟一個小孩兒一樣，整天嘻嘻哈哈沒個正經，不過在楚天的腦海裏，天禽和這位少趣翁卻是十分合拍。

楚天的阻止根本沒有見效，史伊爾多得叫著躥到他的身前就給了他個熊抱，當時就把楚小鳥的雞皮疙瘩都給擠了出來。

「哈哈，小楚啊，你身體裏居然真的有天禽那廝的氣息，還有九重禽天變。快，跟我說說，他怎麼這麼大方把老命根兒都傳給你了？」

楚天手掙扎了兩下，最終發現，他與這位最早的王級根本不是一個檔次，所以明智地選擇放棄。強忍著心中動手狂扁的欲望，他將那次對奧斯汀的解釋重複了一遍。

「天禽那小傢伙跟老頭兒我一個樣，心地都太善良了，要不然小火鳥和傻大個哪能贏得了。」史伊爾多得貌似純潔的搖晃著腦袋，一副悲天憫人的模樣。

「咳咳。」楚天一口氣沒吸上來，差點被自己的口水嗆到。

「哎呀，你是不是替禽皇那廝慚愧啊，能和我偉大的史伊爾多得並列好人，他也是這個世界的頭一號鳥了。」始祖鳥族長邊給楚天拍著背順氣兒邊繼續無恥地說著。

「你是想用自己的臉皮把我壓死嗎！」楚天心中苦笑，可不敢再與這位身負厚黑絕學，本性古靈精怪的老人再扯什麼閒話，趕忙開了個比較嚴肅的話題，「你這次出來，有什麼打算？」

「打算？」老人嘴角一揚，擠個輕輕的笑容，從嘴角露出那一口森冷的白牙，「先回去看看自己的兒郎們，失去的總該要回來。」

大笑著連叫了三聲好，楚天才說道：「你回來得很是時候，現在這個世界馬上就要亂了。」不等史伊爾多得發問，他把從赫蓮娜那裏看到的東西說了出來。

「海族和獸族那些傢伙要出頭了，這還真是個契機呢，不過光憑藉咱們兩個還是不行啊。」老頭兒眼裏們出現了一絲興奮卻仍是保守地說道。

「這傢伙，看來也是個好戰分子。」楚天想著，立刻將他與奧斯汀還有阿爾弗雷德兩人的見面，與大明王崽崽的關係一一說了出來。

「獲得了禽皇寶藏後，我還讓飧豹兩兄弟來了北大陸，聯繫血豹一族，要是這裏也成了，咱們又多了一大助力，加上你那群附庸和天禽的族人，對付群起而攻的火鳥和鯤鵬還不是手到擒來？」楚天自信滿滿地說道。

「你這傢伙運氣不錯嘛，有了這些，我們確實有實力與他們一戰了，不過你都聯繫好了嗎？」史伊爾多得對楚天擠巴了兩下眼睛說道。

「呃……還沒，來得太匆忙，而且這次我還有大事呢。」楚天臉上表情僵了下，他確實沒時間，按說來北大陸獅鷲就該來找自己的，但因爲是直接傳送，想他一時不知道自己在這裏，而奧斯汀那裏，也因爲前段時間事情多而忘記了聯繫。

「計劃不周詳就不周詳，哪用找那麼多藉口。」史伊爾多得直接拆穿了楚天的僞裝。

「不說這個了，等下我就可以派人聯繫他們，現在我有個更重要的事情。」楚天臉色難得的一紅，只能晃了晃腦袋換了話題。

史伊爾多得點點頭，示意楚天有什麼直接說。

「天空之城，我是來找天空之城的。」楚天壓低聲音說道。

「遺跡之城？」史伊爾多得左眼眨了下做出個鬼臉說道。

「你怎麼知道？」楚天失聲叫道。

「我可是整個鳥族活得最長的老傢伙，再說，如果是去收復天弋城的話，你身邊肯定有阿爾弗雷德這傢伙做陪襯了。」史伊爾多得眼睛裏睿智的部分開始放光。

「呃……這樣啊。」楚天撓了下頭。

「我這裏發生的事情你都瞭解了，現在給我說說你那裏發生了什麼吧？」楚天對另一個空間非常好奇，畢竟，他也是穿越來的，多瞭解也許能找到他回家的路。

「那裏是個很破的地方，沒什麼可講的。」非常乾脆地封死楚天的話題，老人站起來說道，「時間不能耽誤了，現在我需要回縹緲城，聯繫大嘴巴奧斯汀的事就交給我了。」

「不想說就不說，以爲我稀罕啊。」楚天撇了撇嘴，也站了起來拱拱手說道：「好的，我找到遺跡之城後會去天弋城。」

「一個月時間。」史伊爾多得伸出一根手指說道。

「一個月。」楚天點點頭。

「整個世界將會因我們而改變。」當年的口號再次從史伊爾多得的口中喊出，楚天感覺渾身的血液都燃燒起來，他抬起手也大聲喊了起來。

老人的手大幅度伸出，與楚天的手碰在一起，一圈金灰相容的瑩光自二人身上升起，四散於天地之間。

「世界因我們而改變！」這個念頭在楚天腦海裏盤旋良久，他凝立在山頭，看著始祖鳥消失的方向仰天長嘯一聲，直到渾身火一樣的血液漸漸平復才深吸口氣說道：「下山，出發。」

回到長尾雉的營地，楚天本是想立刻告辭的，但和他們同去山頂的阿大阿二阿三卻將阿伊札馬和伊庫那赫拉進了一間樹屋裏。

楚天出於禮貌，決定等他們出來和他們道別後再走，但卻不想迎來了奇怪的一幕。

「族人們，神使替我們趕走了魔鬼，我們是否應該感謝他？」在阿伊札馬的點頭示意下，伊庫那赫站在高處對下面的族人喊道。

「應該……應該……」所有的長尾雉都高叫起來。

「那我們就奉神使爲主好不好？」伊庫那赫繼續喊道。

「好……好……好……」長尾雉們舉手高叫，聲音巨大，將楚天震醒。

「你把剛才翻譯的重複一遍。」楚天以爲自己耳朵出錯了，他看著瑟琳娜說道。

瑟琳娜還沒等再翻譯，阿伊札馬已經移步走了過來，楚天立刻站到他面前唬著臉問道：「你什麼意思老頭兒？」

「我們決定跟隨天禽。」並沒有被楚天的氣勢嚇到，阿伊札馬鳥眼裏滿是堅決。

「這？」楚天張張嘴，卻不知道說什麼，他心中並非不能接受長尾雉的跟隨，畢竟他們在阿伊札馬的挾持下還是有些戰力的，可這件事情多少有些突然。

「天禽決定接受你們的跟隨。」一看楚天發愣，他後面的赫蓮娜站了出來說道。

「爲了偉大的天禽，我長尾雉族願赴湯蹈火。」口中堅定地說著，阿伊札馬顫抖著向下跪去。

楚天沒有阻止他，他明白這件事情已經是鐵板釘釘，畢竟外面的歡呼他可是聽得真真切切，而且最爲主要的，這個老頭明顯是從阿家三兄弟那裏聽說了自己與史伊爾多得結盟的事情，阿伊札馬明顯不甘寂寞，想分杯羹。

楚天心裏想得粗鄙，卻已經明白阿伊札馬必然是有所圖了，他暗道：「既然你土著不想做，有心思蹚這淌渾水，我就答應了，不過付出代價你可不要心疼。」

念及於此，楚天再不推脫，冷聲命令阿伊札馬站起來，隨後派卡迪爾和堅尼豪斯兩人輔助他整合長尾雉族人。

只選強壯青年，篩選下來不過千數人，但有了阿伊札馬的操縱，這些人還是能頂上一個喙衛千人隊。

從這一千人中找出幾個比較熟悉路況的領路，其他的楚天並沒有與之在一起，畢竟這些傢伙是不會飛的。

「我們先行一步，你們向萊斯特拉河的出海口那裏走，最後在奇瑞特斯海灣會合，也就是這裏。」楚天抬手指著地圖對阿伊札馬說道。

阿伊札馬恭敬地一彎身說道：「我們會很快趕上的。」

楚天笑笑，沒有再說什麼，朝幾個人點點頭，他清嘯一聲，帶著人先一步向前飛去。

自知已經耽誤了不少時間，楚天怕再出波折，所以一路上是緊趕慢趕，終於在第七天看到了北大陸最壯觀的河流——萊斯特拉河！

兩側多長巍峨青山，點綴著河流，讓它看起來生機勃勃，楚天起興，展翅翔於河道之上，感受著兩側之景，真如來到絕色畫幅中。

不單岸上景色怡人，就是河道之中也是處處玄妙，寬處河水靜宜，宛若慈母哄兒，偶有株蔓從水下生出，讓人感覺如來到熱帶叢林般。

水流至窄隘之地，河水卻讓人色變，眼前的母親化作奔騰的怒龍，以開山劈地的姿態洶湧撞擊在河床上，激濺起無數的水花。

楚天坐在青山一木上，搖晃著雙腳享受著這偶至的愜意，眾人中雖然人魚公主和他實力相差並不多，但單論速度，這傢伙無疑是眾人中的佼佼者，剛才景色看得入迷，他就把大家落在了後面。

「這群傢伙也真夠慢的，無聊啊。」楚天嘴裏咬著一根青草，無聊地望著來時的方向，耳朵突然動了動，本來懶散的面容上猛變爲肅然，轉頭向西方望去。

「有人在戰鬥，還是非常激烈的戰鬥。」楚天眼睛微瞇，最終一揚嘴角，瞥了眼後，身形閃動，向聲音傳來的方向激射而去。

一片最起碼有千年歷史的古樹被打成無數碎木片，隨著場中人的氣場盤旋飛舞，絡繹不絕的碰撞聲中偶爾有人的怒喝，地面上也有龜裂的網紋一直擴散到了楚天腳下。

「這群人，打得果然激烈。」楚天眨巴了下眼睛，身體憑空直飛而起，落在一根手指粗細的樹枝上，隨著樹枝的搖晃而擺動著，一對眸子卻好像雷達般凝視那片已經被毀壞的樹林。

「嘿嘿，你們袋鼠族還真是對得起你們祖先啊，連下陷阱以多打少這種招式都用得出來。」一聲讓楚天感覺很熟悉的聲音自氣場中傳來。

「哼，對付你們八大星君，我們不多搞些手段，那不是對前輩的輕視嘛！」說話之人臉皮也實在是夠厚，一番顛倒黑白的說辭能把人氣得吐血。

「八大星君？」楚天聽後一愣，腦海裏浮現出在黑雕城受封後的經歷。嘿的一笑，楚天美滋滋地想道：「居然是百變那糟老頭子，這次碰到我，可有你受的。」

雙眼裏爆發出兩道旭輝，瞬間穿透了各種雜物所布成的氣場，楚天已經將場中形式完全納入眼底。

兩方人，被圍在中間的各個帶傷，除了有過一面之緣的百變星君藍八色鶇外，還有其他七隻老少各異的鳥人，想來就是那八大星君了。

其中五個鳥人長相完全相同，濃眉大眼一臉英氣，國字臉盤闊口寬鼻，絕對是傳說中的老實人。

除了長相相同，五人之間還是有明顯差別的，其中最主要的就是頭髮和下半身羽毛的顏色，白、紅、黃、黑、青，上半身的鎧甲也是以各自顏色而製造，讓人感覺到幾分正規江湖人士味道。

五人相連成圈，各占一角，將其他人圍在中間，隱隱有一種陣式，各自相守，攻防一體。而在五人中間除了藍八色鶇，還有一男一女，他們手中各自拿著金銀雙色的長劍，並靠在一起。

這一男一女與外圈五人實力相若，同樣的上身人形下身鳥形，正是翅爵實力的特徵。

他們頭上都戴著斗笠，身上也裹得嚴嚴實實，所以楚天並不能看到他們的長相。

最後的百變星君比較慘，一頭飄逸拉風的藍髮變成了鳥窩，臉上一塊黑一塊黃，五官裏還掛著血絲，身上的白袍更是化作乞丐裝，這造型，真是要多個性有多個性。

在這群人週邊那人可就多了，五六十隻袋鼠，剛才說話的是最前面那個老人，他一身墨色戰甲，渾身殺氣驚天，再加上他長相醜陋，真是讓人一看就望而生畏啊！

楚天這裏胡亂評價著，百變星君那裏卻又是嘔出半升血來，他一捋沾染在頷下白鬚上的血珠，一對眸子瞪著袋鼠醜老頭兒說道：「馬希比斯，你放了他們，殺你兒子糊南斯的是老夫，與他們無關。」

「嘿嘿。」先是像所有大反派般陰陰一笑，隨後馬希比斯才摸著鼻下的兩抹小白鬍子問道，「你看著老夫像好人？」

「不像！」楚天心裏和藍八色鶇口中同時說道。

「既然不像，你以爲老夫會做好事嗎，落井下石、斬草除根才是老夫的本色。」馬希比斯雖然臉皮厚，倒也夠直爽，他臉色陰惻惻地說道。

「藍老，您別求這渾蛋，就算他們肯放我們，我們也絕不會走。」最週邊的五兄弟中一身白色的鳥人開口叫道。

「紐西姆，你糊塗啊，你們都還年輕，陪老夫做什麼！」藍八色鶇心痛地瞪了他一眼，怒其不爭地叫道。

「死亦死耳，怕他個鳥，大不了碗大塊疤，十八年後老子又是一條好漢。」如此彪悍的話出自一身黑的鳥人口中，聲音跟悶雷一樣，沒有防備的楚天差點震得從樹上摔下來。

「這個傢伙，嗓門怎麼比低音炮還厲害。」楚天揉了揉肉耳朵苦笑。

「紐蘭西，你怎麼也這樣不知輕重，你忘了你們身上的東西嗎？它可關乎萬千同胞的性命啊。」藍八色鶇一臉猙獰地叫道：「等下你們不要再管我，一有機會馬上就走！」

「想突圍，你們行嗎？不怕告訴你們，在四周我早已經布上了化骨結界，別說大活人，就是連隻蚊子，也別想飛進飛出。」馬希比斯聲音好像刮自地獄的寒風，讓人忍不住打個寒戰。

楚天撓撓頭轉身向後看了一眼，果然發現了一層薄薄的能量波動，他吧嗒了兩下嘴自語道：「剛才跑得太快了，居然沒有感覺到這個東西。」

「馬希比斯，你到底要怎樣？」眼睛裏凶光閃過，最終頹廢地閉上眼睛，藍八色鶇儘量壓下語氣裏的憤怒問道。

「我要求不高，留下卷軸，你們自裁給我兒子謝罪就可以了。」馬希比斯聲音恢復了家常閒扯的語氣說道。

「果然有夠無恥，這種要求還不高？」楚天心中暗暗欽佩著，知道快該他出手了。

「你，欺鳥太甚！」藍八色鶇渾身汗毛都豎起來了，他雙手在佈滿碎草葉的地面上一拍，盤坐的雙腿就想站起來，可前面受傷實在太重，晃了三晃沒有站穩，他又坐了下去。

「本族長還就欺你這隻老鳥了。」馬希比斯陰鷙地說著手臂抬起向前一揮喝道，「神拳袋鼠，天下無敵，殺！」

楚天爲如此絕響的口號而傾倒，身體卻好像等待獵食的豹子般開始了戰前的準備，對付這些小雜碎他當然不需要像上次那般渾身緊繃，他只是放鬆身體，調動了三分之一的靈禽力。

境界，一個翎爵頂階高手，與其他境界的差別不單單是數量上，這已經是個完全不同的概念，只要楚天想，他可以秒秒鐘幹掉數十個銳爵。

幾十隻袋鼠確然不簡單，他們並非簡單的群毆，而是有節奏地配合。

分成三個十人隊，他們每人只出兩拳，隨後後退聚集能量，期間第二隊再上，整體以此循環。

不要小瞧這兩拳，十個人同時出拳竟然發出好像雷鳴般的悶響，「乒乓」好像撕裂的空氣，巨大的氣爆讓包圍圈內的空氣瞬間壓縮。

空氣被超頻摩擦發出「嚓嚓」的響聲，有的位置還爆出鬼火一樣的藍光。

包圍圈內所有的生物都似被萬鈞之力壓榨，雖然破碎卻依舊油綠的草葉被擠成黑色，流出黃綠色的汁液；殘斷的嫩枝樹幹被壓榨成了齏粉，在地面上鋪了一層彷彿海灘的銀沙；本來已經狼藉不堪的地面上龜裂之處越發嚴重，更有甚者，出現了下陷的情況。

「轟轟」的震響聲中，圈內的八大星君作爲第一受力者更是感覺渾身的骨骼都被壓斷了，「咯吱咯吱」的響聲自體內傳出來，肌肉因爲受力過重而變形扭曲，他們沒有辦法反擊，他們甚至連戰鬥的力量都在逐漸消失。

「重……力……拳！」不虧是八大星君裏最厲害的鳥人，藍八色鶇雖然口鼻中再次溢出鮮血，但仍然能艱難地開口。

「這就是與鴨嘴獸種族異能相媲美的重力拳，果然有兩把刷子。」楚天心中暗想著出手了，再耽誤下去，八大星君就變成八塊肉餅了。

身形彷彿激射的閃電，剛捕捉到一點影像，人已經來到馬希比斯的跟前。

「你……你……」也許是對自己佈置的結界很自信，也許是爲楚天魔鬼般的速度感覺驚恐，看著突然出現在眼前的光頭男人，老袋鼠同志哆嗦著嘴唇說不出完整的話來。

「我……我……唻！」楚天玩性大發，學著馬希比斯的話楚天突然吐出舌頭翻起眼珠做了鬼臉。

「啊！」楚天這種不按套路出招的方式把馬希比斯唬了一跳，他忍不住叫了一聲後才想起來要將此人拿下。狠咽了口吐沫，他兩隻砂鍋大的拳頭已經夾雜著風雷之勢破空襲向楚天的脖頸。

袋鼠一族，一直是靠跳躍力和拳頭出名，先不論馬希比斯實力非同一般，就是一隻普通袋鼠，若這一拳打實了，也能讓楚天暈上一會。

楚天嘴中輕嘿一聲，腳下瞬間啓動，雖然比馬希比斯晚，但速度卻要快上幾分，也沒有什麼「呼呼」破風聲，他只是用普通成年禿鷹的力量，將那一腳踢在了袋鼠大哥雙腿之間……

「嗷……」一聲激昂的叫聲，馬希比斯雙臂好像煮熟的麵條一般頹然下放，捂在雙腿間發揮袋鼠的另一大優勢跳起十來米高，然後轟然落地，變作海族中最愛反骨的蝦米般打滾不已。

如此驚變，讓場中人所有的動作都不由自主地停了下來，而趁這工夫楚天的身形再次啓動，殘影片片旋轉一圈，所有的袋鼠都已經委靡於地。

重新站在原位的楚天伸著右手食中二指，瀟灑地對上面吹了口氣。

雙指破力功，利用偷襲的優勢，楚天用注滿靈禽力的手指給每隻袋鼠的至陽穴來了那麼一下。這是所有脊椎科動物中最重要的大穴之一，控制中樞神經系統，楚天這一點，讓所有的袋鼠都喪失了力量，別說打架了，要是能站起來那都算是超級異類了。

說來楚天最近感覺腦瓜靈活了不少，尤其是自上次和赫蓮娜的精神對碰以及對抗火鳥後，他幾乎已經能將地球所知的東西融彙進這個世界，而這些東西，也竟成爲他最大的依持，孫子兵法、戰爭論、百戰奇韜、奇門遁甲等，這些要是放在這個世界上，哪個不是天書級別的。

隨著地面上呻吟聲的接連響起，圈內被壓得趴伏於地八人渾身畢露的青筋終於一鬆，渾身無力的大口喘息不已。

楚天手上紫金光芒閃爍，一根手指伸出在虛空畫著圈，不一會兒，一圈圈蠶絲狀白線就自他手指一點點抽出。

這蠶絲好像有思想一樣在天空盤旋幾圈飛衝而下，第一個將馬希比斯捆了個四腳朝天，隨後又好像串糖葫蘆一樣將其他袋鼠綁好。

「多虧大家啊，讓我回憶起那段往事，蟲族雖然實力最差勁，但小手段確實不錯，這蜘蛛族的『絲絲入扣術』很合用。」楚天一臉嬉笑地先看了一遍綁成一個大肉球的袋鼠們，隨後才走到渾身酸軟趴在地上站不起來的藍八色鶇跟前。

雙手扶在膝蓋上，楚天輕輕地蹲下身看著藍八色鶇說道：「老頑童，還記得我嗎？」

半死不活地喘息了兩口氣，藍八色鶇艱難地挪動了下腦袋，終於看到了楚天，他眼眸裏閃過一絲詫異，隨後才斷斷續續地說道：「是……是你……啊。」

「不錯，正是小子，呵呵，真沒想到咱們堂堂的星君大人居然能被幾隻袋鼠弄成這般田地。」楚天搖頭晃腦一副好不歎息的樣子。

藍八色鶇都快活成鳥精了，他怎麼可能聽不明白楚天話裏的意思，他明白，楚天這個小心眼的傢伙是爲了報上次的「仇」，如此他也沒有生氣，只是苦笑了下。

楚天本還要說，那邊低音炮紐蘭西卻大吼：「哥們，你費什麼話啊，趕緊救人啊。」

楚天一頭黑線，這位哥們，真不把自己當外人！

「好的，馬上來。」楚天心中萬般無奈，嘴上卻一時找不到能說的話語，只好應允。手指輕揮間，躺在地上的五色鳥人就好像被人抬著般憑空飄起，搖晃著落在了不遠處一棵大樹下。

在用靈禽力搬那兩個全身包裹得嚴嚴實實的鳥人時，楚天耍了些小心思，兩根手指輕彈，一絲細不可差卻威力集中的勁風就將二鳥的面紗全部打落。

「不錯嘛。」看著二人容貌，楚天暗暗點頭，兩人中拿金色劍的十足一個標準美人兒，一張清秀的瓜子臉上五官絕美，一對彷佛會說話的丹鳳眼，嬌小玲瓏的瑤鼻，薄若純清水的櫻桃嘴，再加上一頭烏黑發亮的長髮，映襯那吹彈可破的玉肌，雖然身上狼狽不已，但就憑這副頗具中國古代女子氣息的長相，評個八十分絕對綽綽有餘。

另一個走的路線完全不同，一頭棗紅色的齊肩短髮，臉蛋圓圓的，肉肉的，一對褐色的大眼睛就跟小燈泡一樣，亮得嚇人，鼻子有些塌，但卻更加可愛，肉嘟嘟的小嘴巴嘟得老高，好像隨時在撒嬌一樣。

楚天這裏對人家評頭論足，兩個女生卻是已經被氣得不輕，她們當然不會以爲會是風把她們的面紗吹落的。

相比來說，長相清美的女孩只是有些羞憤地看了楚天兩眼，而可愛的那位妹妹則是恨不得拿眼睛把楚天吃了。

「用不用這麼看著我，沒見過帥哥啊。」楚天心中暗說，明面上卻是一抱拳說道：「失手失手，萬望兩位姑娘見諒。」說完話他才一揮手，將兩個女孩放在了另一棵樹下。

只剩下藍八色鶇了，但楚天彷彿將這老傢伙遺忘了，他站起身走了幾步，直到百變星君忍不住喊道：「小禿鷹，還有我呢。」他的身體才僵了一下，但隨後又踱起步來。

臉上就跟吃了十幾根苦瓜一樣，都發綠了，藍八色鶇再次大喊：「禿鷹老弟，能不能把我也挪過去，這地上黏兮兮的實在是難受。」

終於有了動作，楚天停下腳步用手指撓撓耳朵，彷彿自言自語道：「有人在叫我嗎？」

「是的，禿鷹兄，請您把我挪過去吧。」藍八色鶇一副吃了什麼不乾淨食物，要拉肚子的表情，心中恨得幾乎要將牙齒咬碎了，但嘴上卻不得不順著楚天的意思來。

「哼哼，當初竟然敢對我這個大天才那般，這次一定要讓你知道後果。」愛記仇的楚天在心中冷笑，雙眼下斜，彷彿終於看到了藍八色鶇般怪叫了一聲說道，「哎呀，老頑童啊，你怎麼還躺在這裏，泡泥巴浴很舒服嗎？」

「我舒服，我舒服，我都快舒服死了。」藍八色鶇強忍著要吐血的衝動心中狂叫了兩嗓子，總算是壓下不顧一切也要將楚天罵個狗血淋頭的衝動，拚命擠出個微笑說道：「禿鷹兄說笑了，躺在這泥湯湯裏怎麼可能舒服。」

「怎麼不可能，在俺的家鄉就有專門的泥巴浴場，一到夏天的時候，就有一大群俊男靚女衝進泥塘，你拿泥甩我，我拿泥丟你，那簡直是最快活不過啊。」楚天說的是實話，泥巴浴在二十一世紀的地球還被譽爲什麼保健浴呢，不過，那個都是純天然水泡泥，和這個樹汁樹末混合在一起形成的黏湯怎麼可能一樣！

「既然這樣，那禿鷹兄也可以躺下來試試，我絕不會介意……」藍八色鶇的眼睛已經是血紅血紅的，他露出被血液染成紅白相間的一口利齒說道。

忍不住打了個哆嗦，楚天笑了笑說道：「還是算了，看老頑童你身體的狀況實在不適合洗泥巴浴。」

「反正還有時間，還怕你跑出我的手掌心啊。」楚天尋思著抬手將靈禽力凝華化成一張薄網，自藍八色鶇身下的泥湯湯裏匯聚，最終將他托起來。

剛把藍八色鶇放好，天空中突然有一朵金色的花朵爆炸開來，點點五顏六色的光輝灑落四周，形成讓人驚歎的美麗瞬間。

「那是什麼，好漂亮啊。」女人無疑是最容易被美麗所俘獲的動物之一，金銀劍組合中的可愛小女子兩隻眼睛變作心形叫道。

「煙花，喜歡的話下次送你兩個。」楚天做出自認爲友好的笑容說著，心裏卻決定先將其他人接過來再說。

這是赫蓮娜他們的訊號，由楚天自主研發的異世界煙火，現在放出來說明他們已經找到楚小鳥留下的記號了。

楚天從口袋裏掏了兩把，拿出一隻瘦長的竹竿，這是他搞出來的口哨，只要吹起來五里之內清晰可聞。

但沒等楚天鼓足腮幫子將竹哨吹響，一聲輕哼突然鑽進了他的耳朵：「你個色狼，要是敢打埃勒貝拉的主意，我會讓你死得很慘。」

眉毛一挑，額頭上擠出一道道皺紋，楚天緩慢地轉回頭看著發話的人久久沒有做聲。

「這個丫頭，我怎麼聽她剛才的話感覺有些奇怪，很像人類對自己專屬事物的維護。」心中打了個突兒，楚天趕緊把這個念頭排出腦海，他安慰自己「姐妹，肯定會互相維護的。」

這樣想著他卻沒有說什麼，將哨子放嘴裏就吹開了。

「怪不得老孔同志說『唯女子與小人難養也』，真真是古人誠不欺我。」楚天將心中所有的鬱悶發洩到了哨子上，頓時呼嘯如山鳴，乍起無數驚鳥。

楚天的報警顯得太急切，也太有震撼力，震撼到了讓人以爲他是否出了什麼問題，所以幾乎是眨眼的工夫，在煙花爆開的附近已傳來了人聲的嘈雜。

「楚大哥……」中間最吸引人的無非是那兩個嬌滴滴的叫聲，隨著距離的拉進，受傷的八人也聽到了，經驗豐富的百變星君更是聽出這群人實力不凡，他瞳孔猛地一收縮，無法想像，才短短幾個月沒見，曾經的小禿鷹已經變得這麼厲害，還有一群種族繁多的朋友或者手下。

第九章 風雲際會

楚天發現不了藍八色鶇的異樣，他只是很得意地瞥了清秀美女一眼，那女人卻連翻白眼的想法都沒有，她眼睛裏放著某種楚天熟悉的光芒，伸長脖子看向伊莎等人聲音傳來的方向。

「不會……我猜對了吧……」楚小鳥感覺心中一冷，不敢再繼續挑釁，轉頭向五色兄弟走去。

現在幾個人身體狀況太差，若是不早些治療，說不定還真有被鳥神招喚的可能。

第一個有幸被楚天運用啄木鳥族特有種族異能救助的，卻是讓他非常憤恨的藍八色鶇，也是無奈，這個老傢伙擁有種族百變的能力，雖然不能模仿各族的種族異能，但簡單的靈禽力轉化應該還是沒有問題的。

雖然藍八色鶇受傷很重，但畢竟底子紮實，楚天並沒有用多少時間，這個傢伙已經恢復了大半的力量。

好像八卦圖般紫金二色來回游轉的眼睛向外一瞥，眼見赫蓮娜等人已經來了，楚天深吸口氣，倒盤在半空的身體好像被掀落的壺蓋一樣，翻了個身落在地面上。

「楚大哥，你沒事吧。」瞬間，一群人就把楚天圍起來，問東問西，讓楚天多少有些感動，但他剛想安撫下眾人，一聲怒氣哄哄的話語突然打斷了這種喧囂。

「你放開她，色狼！」

冷場！所有的人都身體機械地看向聲音傳來的方向，楚天臉色一會兒青一會兒紅，本來拉著伊莎的手放也不是，不放也不是。

「快放開，對一個女人強行拉扯，你是不是男人！」眼見楚天沒有放手，聲音的主人怒氣更勝，言辭也更加犀利了幾分。

「是不是男人！」楚天額角的青筋「突突突」猛跳了幾下，他看著那個女人拳頭忍不住捏緊。

「楚大哥，你捏痛我了。」正當楚天處於暴走的邊緣時，一聲顫抖的柔弱女聲將他的神智喚了回來。

趕忙鬆開，低下頭看著那隻已經發紅的小手楚天心中頓生愧疚之感，他靈禽力搏動，在上面輕輕按摩了幾下，手上逐漸淤積的血液已迅速暢通，再次恢復了白玉無瑕的顏色。

「對不起伊莎，我……」楚天臉上掛著歉意的表情，卻發覺話不好出口，他能怎麼說，被某個性取向有問題的女人氣得要發瘋嗎？

「沒事的，我不疼。」伊莎雖然平時愛找楚天的麻煩，但一看到楚天真正露出負疚情緒，她立刻深明大義起來，這一刻她更是露出成熟女人該有的溫柔，抬起兩根嫩蔥般的玉指就想將楚天的嘴堵住。

若是平時楚天絕對會讓伊莎堵的，說不定還會調笑似地咬上兩下，但現在他可不敢，看了眼某個披著東方美女皮的醋罈子，他趕忙對藍八色鶇喊道：「老頑童，你應該會模仿啄木鳥族的靈禽力運行吧。」

正穩定渾身氣血的藍八色鶇一聽這話當然明白楚天的意思，他在心中暗歎：「這小子，還真是不知道尊敬老人，我老人家剛剛從剛剛從鬼門關回來就給安排任務。」

剛想到這裏腦海中突然出現了剛才的情景，嘴角不自然地抽搐了兩下，藍八色鶇發現楚天只是讓自己救人已經是非常友好的安排了，這樣一想他也不說話，身形一動，身體四周黃色光芒閃爍，他的下半身最終變作了華麗的彩色，那是啄木鳥的顏色。

原來，這作爲啄木鳥鎮族之寶的續命仁醫功除了治病療傷，將只要有一口氣的人瞬間變得生龍活虎外，還有一大特效，那就是可以傳功。救人之人能夠依靠被異化的靈禽力，瞭解被救之人身體內靈禽力的特質和運用路線，以此來鞏固其靈禽力甚至傳授他其他運功路線。

「楚大哥，他們是受傷了嗎？我……我其實也會救人。」一旁的瑟琳娜突然走到楚天身邊，手指絞著衣角囁嚅道。

「什麼？」正想著金銀劍組合的事情，楚天並沒有聽清瑟琳娜的話。

「瑟琳娜是蜻蜓族的，而蜻蜓族是蟲族的戰地醫生。」一直站在週邊，並沒有對楚天表現出丁點熱情的赫蓮娜這個時候冷冷開口說道。

「咦！這樣啊，那你是想去救人？好了好了，快去吧。」楚天拍了下被女人搞得發漲的腦袋，揮手說道。

一張圓臉上露出高興的紅色，瑟琳娜「嗯」了一聲，向森林裏跑去。

有了這神奇的續命仁醫功，楚天並不認爲連禽皇都不注意的蜻蜓族療傷能力有什麼值得他注意的地方，所以他根本沒有看瑟琳娜，但這個丫頭跑向森林裏的身影卻很巧合地落進了他的眼角裏。

「不是去救人嗎？怎麼往相反的地方跑，近視也不用這麼厲害吧。」楚天心中琢磨著立刻抬起了頭，本想喊住瑟琳娜的，卻看到她低下身在挖什麼東西。

「你在幹嗎？」楚天感覺奇怪，只好暫時放下腦中的問題走到瑟琳娜身邊，一低頭看到她正在挖一株長著橢圓形金色葉子的白莖小草。

「我要找些藥草，來輔助我治療他們的傷。喏！這是金銀草，治療外傷效果很好。」雖然生性靦腆，但一說到比較學術類的東西，瑟琳娜還真有地球上大學教授的味道。

「藥草！」楚天聽到這個消息感覺腦袋裏「嗡」的一聲，他心思頓時活絡起來：「藥草草藥，來這個世界這麼久了，確實沒有聽說過草藥這類東西，大部分的療傷治病都是靠鳥族人自身的靈禽力，如果能夠將草藥學和醫學運用起來，那麼……」

楚天臉上頓時掛起了興奮的紅色，他忘乎所以地將瑟琳娜抱起在原地轉了幾圈，口中不知所云地喊道：「哈，真是……謝謝你……我……哈哈……謝謝你瑟琳娜……福星……」

「楚大哥……你怎麼了……」被楚天瘋狂的舉動搞得先是一愣，隨後瑟琳娜感覺臉上好像火燒一樣，連耳朵都布上了一層火燒雲，她幾乎將頭垂到了胸上，好半天才開口擠出兩句斷斷續續，比蚊子嗡鳴還小的話語。

楚天哪裏聽得清這句話，他現在已經沉浸在運用草藥後的情景上了：「奶奶的，要是早想到這些，別說做什麼鳥爵了，不論是經商種田還是當官練武，幹啥啥成，沒有靈禽力，奶奶的，拿草藥換錢，換了錢立刻買幾十個高手讓他們把靈禽力轉輸到自己身上。」

眼見楚天好似沒有聽到自己的話般，臉上各種表情來回變換，瑟琳娜受不了了，誰讓這個死人還抱著她不放呢。

無奈她只好加大音量對著楚天的耳朵喊道：「楚大哥！」

「啊！」楚天驚叫一聲，終於反應過來，轉頭一看，卻發現其他人也都圍了上來。

楚天訕訕將瑟琳娜放在地上，回頭對大家笑了下說道：「運功過度，神經緊張的後遺症。」

幾個人當然聽不懂楚天的話，就算聽懂了也會當做是他的藉口，所以某些人曖昧的眼光不止沒變，還加深了許多。

「看什麼看，沒見過啊。」這下楚天可惱了，他大叫一聲，先一步踹在堅尼豪斯的屁股上，結果大家轟的一聲，全部散開了。

「敬酒不吃吃罰酒，真是賤！」楚天嘴中罵著才回身看向瑟琳娜眼冒奇光。

「楚大哥……眼神好色哦。」被楚天看得心中惴惴，瑟琳娜又不知怎麼「反抗」，只好嚶嚀一聲轉身而去。

「哎，瑟琳娜，你跑什麼，我是想看你挖藥草給大家療傷。」楚天哪裏知道是他的目光把人家小姑娘嚇到了，一看瑟琳娜跑了大是不解地叫道。

瑟琳娜聽了這話停下了腳步，轉過身卻仍然做出警戒的樣子半信半疑地問道：「你說真的。」

「我長得很像騙子嗎？」楚天眼睛一瞪說道。

「不……不像。」瑟琳娜的小腦袋搖成了撥浪鼓。

「那咱們開始吧。」一看瑟琳娜的樣子楚天更氣，這怎麼跟我強迫你一樣，心中鬱悶地想著，他趕忙轉換話題。

瑟琳娜一聽這也恢復了正常的模樣，走了回來繼續挖那棵金銀草，楚天在一旁則問些草藥方面的問題。

時間這樣過得很快，期間藍八色鶇卻是只治好了三個人，畢竟他不是楚天，沒有九重禽天變的轉換，他需要耗費更大的力氣更多的時間才能治好一個人。

正是因爲這樣，被楚天孜孜不倦地請教而耽誤的瑟琳娜才有機會用草藥治療其他的人。

將自己親自採摘的十幾種草藥的莖根葉果分門別類，先去看望了其餘幾個人的傷勢，然後瑟琳娜才從楚天的空間袋裏拿了幾個銀色的鉛鍋。

這就是瑟琳娜從綠絲屏城帶出的行李，放在楚天那裏，當初小楚同志還奇怪呢，難道是準備野餐？這次再看到這些鍋子，他才明白到底是做什麼用的。

「原來是做藥臼用的。」楚天猜想著，瑟琳娜已經將藥草分別扔進了各個小鍋中，拿出一個巨大的棒子搗了起來。

楚天趕忙命令其他人上來幫忙，雖然人手不多，但都是高手，所以很快，幾種散發著苦甘辣酸等不同氣味兒的藥汁出現在小鍋裏。

瑟琳娜很細心地將這些藥汁按幾個人的傷勢混合，然後拿出一個小刷子塗抹在每人的傷處，隨後又用一種很有韌性的草皮抱住傷處。

蜻蜓族的治療跟楚天所見過的地球治病方式很相似，除了外敷還有內服。眼看剩餘的四大星君好像吃毒藥一般將草藥汁吞下去，尤其是金銀劍組合那二位，楚天卻一點幸災樂禍的念頭都沒有，他發現一件很不好的事情，蜻蜓族對草藥認識居然比他還豐富，這不是斷他生路嘛！不過還好，治療手段還是有些欠缺的，當年爲了發生意外有自我營救的能力，他可是狠下了時間學習中醫，裏面的穴位按摩和針灸以及其他奇門治療方法，只要運用得當，那也是巨大的倚仗啊。

「瑟琳娜，你這樣做他們需要多久才好啊？」楚天對於這個問題是非常關心的，他走到擦汗的小蜻蜓身邊問道。

「五天，他們傷得太重，最起碼也需要這麼長時間。」瑟琳娜此時又恢復了靦腆的小姑娘模樣，她細聲細氣地說道。

「五天！」楚天差點驚掉了下巴，地球上有句名言「傷筋動骨一百天」，而這幾個快半死的鳥人竟然能夠在五天內好起來。

「這些人都不是普通人啊。」幸好此時卡迪爾走了過來，他是知道楚天真實來歷的人，所以也些許猜到了他如此驚訝的原因，故而趕忙解釋。

「呼……我忘記了。」剛才對地球的聯想實在太多，以至於楚天竟然有些分不清時空，所以才有了這樣的恍惚。

「妹妹，你叫什麼名字?來，讓姐姐看看。」一聲讓人感覺很熟悉的話語突然穿進了楚天的腦海裏，不過他臉上卻露出了不敢相信的表情，只因為這個聲音是女的。

「流氓，女流氓……」心裏不由自主地想到了這個詞，楚天臉色也跟著一變。

「奧爾瑟雅，不許胡鬧。」一旁的藍八色鶇終於發現了楚天不對勁，雖然不知道為什麼會這個樣子，但百變星君還是迅速地做出反應。

「是。」雖然對楚天以及其他人都一副不理睬的樣子，但奧爾瑟雅卻對藍八色鶇很是尊崇或者說是害怕，她應了一句就趕忙閃到了一邊兒。

「噓……」至此楚天卻是鬆了口氣，他轉眼了下四周，發覺幾乎所有人又再次望向了他，可能是剛才表情太過詭異，連一向黏他的伊莎都站在旁邊不敢靠過來。

「看來這就是我最大的心靈漏洞。」楚天苦笑，他抬手猛搓了兩把臉才一揮手說道，「大家都在這裏休息下，等下繼續上路。」

除了赫蓮娜仍然奇怪地盯了楚天好幾眼外，其他人都按部就班地取出食物和飲水分散開來，在楚小鳥的示意下，伊莎等人也給藍八色鶇他們送去了食物。

吃了一點東西，楚天慢慢走到藍八色鶇身邊，兩人對望了眼，同時問了一句：「你怎麼來北大陸了？」問完，兩人稍愣一下，隨後相視大笑起來。

楚天誇張至極地笑著，手指卻輕輕一屈，隨後一彈，本來張大嘴巴的藍八色鶇立刻好像被人卡住了脖子般，再發出一點聲音，只是臉色發紅地張著嘴巴。

「哼，這才是真正的報仇。」楚天一直牢記當初的奪聲之恨，此刻「大仇」得報終於發出發自於內心的大笑：「哈哈哈……呼呼呼……嘿嘿嘿……」

這邊楚天的楚氏三段笑立刻吸引了所有人的目光，奧爾瑟雅等人立刻發現了藍八色鶇的怪異之處，她這個流氓女立刻表情一變喝道：「你把百變星君老師怎麼了？」看她站起身走過來的樣子，大有楚天一言不對立刻動手的跡象。

「老頑童只是笑得太開心，噎住了。」楚天用眼角看著奧爾瑟雅口中這樣說，意識世界裏卻對藍八色鶇說道，「這是你欠我的。」說完他抬手解了百變星君的禁制。

「咳咳……」本來還想罵楚天一頓，但聽了他的話卻罵不出來了，只好掩飾地咳嗽了兩下對奧爾瑟雅揮揮手說道：「我沒事。」

嫩紅的嘴巴嘟了兩嘟，奧爾瑟雅最終狠狠地白了楚天一眼，又走了回去。

一見小丫頭走了，藍八色鶇才露出個苦笑無奈說道：「怎麼樣？不會還想修理我老人家吧？」

「想倚老賣老？哼哼，反正我該賺得都賺回來了，就給你這個面子。」楚天腦海裏想著微笑點點頭說道：「呵呵，老星君言重了，我可是個尊老愛幼的新時代好青年。」

「呵呵。」面對楚天的厚臉皮藍八色鶇都有點招架不住，他只好裝傻地笑了兩聲轉移了話題，「你怎麼來北大陸的？」

挑眉想了下，楚天感覺藍八色鶇並非與他敵對的人，但爲了保險起見，他還是問道：「你不知道南大陸發生的大事？」

「自那次在黑雕城外的見面後，我就聯絡八大星君的其他人來到北大陸，怎麼可能知道！」藍八色鶇眼中閃過一絲異色說道。

「那我就跟你說說。」楚天開始講述這些日子南大陸發生的大事，當然都是明面上的那些，而且主要人物包括他和鴕鳥等人，全數換成了張三李四等通用假名。

在說話的同時，楚天眼睛死死盯著藍八色鶇的臉，注意他每一絲情緒變化。

「鳳凰們竟然吃了這麼大的虧！哈哈，這也算是鳥族之福。」不論是誰，在接受了這麼多「大消息」後多少都會有些震驚，藍八色鶇當然也不例外，他皺眉思索了良久，才用手指敲著另一隻手的手背說道。

期間楚天的靈禽力湧動非常厲害，感受著藍八色鶇的心理，最終發現這位老人此話出自真心。

「與神權派沒有關係嗎？那就好辦了。」楚天心裏琢磨著還是又問了一下：「老頑童這樣評價神權，想來是王權派的人了。」

「屁，我老人家怎麼可能和那些蛀蟲同流合污，他們都是一丘之貉。」滿臉的鄙夷，藍八色鶇往地上狠狠地吐了口吐沫。

楚天這下肯定了心中的想法，他還是很欣賞藍八色鶇的，所以他點點頭問道：「老頑童，你來這裏又是幹什麼？還搞得這樣狼狽。」

「你還記得袋鼠糊南斯嗎？我殺了他之後，這群賊袋鼠竟然派遣了一個小隊去南大陸將附近的村子全數屠戮，老人家一氣之下就聯合當初教導過的幾個小輩兒，來這裏找袋鼠挑場子，不成想卻知道了一個驚天秘密。」藍八色鶇說到最後壓低了聲音，神情之間也大是緊張。

「這傢伙很豁達的一個人，怎麼這副表情？一定有大事。」楚天暗忖，嘴上卻裝作很好奇地接口道：「什麼秘密？」

「獸族聯合了蟲族，準備反攻南大陸。」真是語不驚人死不休，藍八色鶇表情好像很平淡地說道。

「想看我驚訝的樣子？我還就不讓你看。」楚天內心壞笑。

藍八色鶇嘴角再次不自然地抽搐了兩下，他悲哀地發現，他維持了上千年的平靜之心在眼前的禿鷹面前竟然寸絲不存，心中長歎一聲，他再次提起精神加大音量，挑起眉毛說道：「我是說，獸族和蟲族要聯合打鳥族哎。」說到這裏感覺好像不夠吸引人，他又加道：「到時北大陸肯定是第一戰場，你們禿鷹慘了。」

「伊莎，給我拿塊豬頭肉來。」楚天轉頭對旁邊的女孩招手說道。

藍八色鶇：「……」

「其實說白了，因爲我早就知道這個消息了，你說天大的消息，聽了好多次後，還會有需要鷹軀一震的表現嗎？」楚天邊啜著杯中的清水邊輕聲地說道。

「呃……」藍八色鶇一聽這話，臉色瞬間塌了下去，敢情人家都知道了他自己還當做寶來擺弄。

「不過，難道你們來這裏這麼長時間只探聽到這麼一個消息？」楚天摸著下巴，眼中光芒微閃，他可記得清楚，剛才袋鼠馬希比斯話裏好像提了點好東西。

「好東西？」因爲心智遭受了莫大的打擊，藍八色鶇愣了一下才明白楚天指的是什麼，他反手在耳朵中掏了兩下，一根有頭髮粗細卻不過幾毫米長的白色小棍兒出現在他手心。

若非楚天能力高絕，他還真不一定能夠看清這小東西，此刻他立刻想起了某一隻猴子。

「這就是我們得來的卷軸。」

「呃……這個世界有微縮膠捲這種東西麼？」楚天在心中好奇，臉上雖然極力掩飾，但還是表露出一絲情緒。

藍八色鶇微微一笑，心道總算是有壓你一下的東西了，他對另一個時不時拿大眼睛瞄楚天一眼的可愛妹妹招招手說道：「你知道玲瓏鳥嗎？」

「玲瓏鳥？」楚天雖然擁有禽皇的萬年思想，加上特洛嵐和伯蘭絲的指導，他幾乎已經瞭解了所有鳥族的分類，但這只是幾乎，這些人都是擁有強大戰力的族長級人物，故此他們上心的也只是強戰種族。

從這個社會整體來說，這只是個很原始的社會，不止是生活條件很差，就連謀略思想也很差。戰爭，對於所有人來說，就是誰強誰獲勝，一些小手段他們並不懂運用，因而一些擁有特殊能力的種族就被他們遺忘了。

楚天尋思這玲瓏鳥應該又是一個奇特的種族吧，他對藍八色鶇搖搖頭，承認自己的無知。

藍八色鶇心裏的感覺就跟抹了蜜一般，但可不敢表露出來，對於楚小鳥記仇的程度他可真是心有餘悸了。

臉上表情淡然，百變星君微微一笑說道：「玲瓏鳥只生活在北大陸的羅雅湖畔，一般不離此湖十里之內，別說你了，就是距離其非常近的昏鴉城，也沒有幾人知道這個族種的存在。」

「哦，他們有什麼特別嗎？」楚天知道藍八色鶇這是給他台階下，他應口問道。

「他們擁有一項異能，就是可轉變物體的大小。」走過來的埃勒貝拉在這個時候開口，期間她用那對大眼睛很仔細地打量了一番楚天，那眼神有些怪異。

「縮小放大，不得了！」楚天腦海裏瞬間就想到可變形變色的岩雷鳥，現在又有放大縮小能力的玲瓏鳥，這些種族異能若在戰爭中運用得當，比得上十萬精兵啊。

強壓著心中的激動，楚天也沒顧慮爲什麼這個可愛的小姑娘會那樣看自己，他一抱拳說道：「沒想到世界上還有如此神奇的種族，楚天無知啊。」

「咯咯，那你來這裏又是爲什麼？」小姑娘果然天真，被人一誇立刻笑得跟一朵花一樣，她眉開眼笑地問道。

臉上表情未變，心中卻思緒瞬轉，隨後開口說道：「呵呵，我們是來尋寶的。」

「尋寶？」誰人不貪財，雖然是超脫的八大星君，但聽到這兩個字仍是眼中光芒一閃。

「對，一個關乎這場大戰的寶藏。」楚天話語含糊不清，但卻是實話。

這下就連藍八色鶇都變了臉色，他放下手中的烤肉說道：「具體是什麼？」

「我不能說，我只能告訴各位這寶藏是孔雀大明王說的。」楚天語氣堅定地說道。

眉頭皺了起來，隨後又舒展開來，藍八色鶇已經聽了楚天的經歷，他很相信這句話的真實性。

「另外我得到消息，海族已經開始封鎖海岸線，現在想回南大陸很困難。」看到藍八色鶇眼中的猶豫楚天再添把火，雖然是信口雌黃，但他沒有辦法。他感覺自己帶的人少了，尤其是見識了長尾雉的操縱和袋鼠的組合戰法後，他不知道遺跡之城附近是否有更高的戰力，爲了避免出現意外他不得不找些幫手，現在想回去調人明顯已經晚了。

一對眸子猛地一縮，藍八色鶇看向楚天，似乎想逼迫他收回剛才的話，但楚天是什麼人，他很坦然地喝水潤喉。

「三族聯合……！」咬著牙百變星君臉色發青地一字一頓說道。

楚天緩緩地點了點頭說道：「大明王留下一張寶藏圖，據說裏面的東西可威懾三族。」

「可……」藍八色鶇已經猜測到楚天的意思，他看著手中的微縮卷軸默然不語。

「這裏有什麼秘密嗎？」楚天越發奇怪了。

「是，據我們所探聽，這張卷軸上記載了一種可以擊落天空之城的辦法。」藍八色鶇表情凝重，聲音低沉地說道。

「什麼！」這下楚天可真坐不住了，他猛地站了起來盯著藍八色鶇的眼睛喝道。

「我也不相信，但這話確實是從獸族五王的幾個附庸大族族長口中探聽到的，想來應該假不了。而最重要的是，這卷軸我們根本看不懂，前日也曾抓了獸人來辨認，但他們都說這不是獸族的文字。」藍八色鶇拍拍地上的塵土說道。

「竟然這麼奇怪。」楚天口中叫著，已經向了旁邊綁成一團的袋鼠們看去，也不見他如何用力，只是虛空一招，馬希比斯已經滾到了他的面前。

藍八色鶇的眸子又是一縮，這是王級的力量嗎？

楚天此刻靈識之強，一下就感覺到了藍八色鶇的變化，他微微一笑抬起手拽起一根白色絲線說道：「蜘蛛族的種族異能，控絲術。」

聽到這話藍八色鶇才鬆了口氣，他知道楚天要幹什麼，趕忙讓埃勒貝拉施展異能將卷軸恢復。

只見埃勒貝拉一對水靈靈的大眼睛死死盯著藍八色鶇手中的卷軸，一股無形的能量自她眼中生成傳導到卷軸上，而卷軸上面則蒙起一層好像多面水晶般的藍色螢光，隨後就飛速變大，最終恢復成常人小臂大小的模樣。

楚天看看其他人，發現除了赫蓮娜有些怪異地往這裏望了兩眼外，其他人根本沒有注意。

「看來這種能量又是一種超範圍能量了。」楚天這段時間已經發現，這個世界上的力量構成非常複雜，並非只是三大主流靈力，還有像精神力、祈禱之力、自然之力等很少被人掌握的能量，楚天將其歸類於超範圍能量。此刻埃勒貝拉所用的力量，明顯也是超範圍能量。

在楚天思索的時候藍八色鶇已經將卷軸遞了過來，看著這根很像畫卷的卷軸，楚天多少已經相信了百變星君所說的話，他在卷軸上找到了奇怪的力量。

卷軸是合起來的，只有少數幾個字元的邊緣露了出來，楚天就是從這些字體上感覺到一股另類的力量的。

「看得懂上面寫的什麼嗎？」楚天冷冷地問道。

眼睛翻成七十五度斜角，馬希比斯並不開口。

「好。」楚天卻不再問，直接用精神破開了袋鼠的精神空間，竊取了他的思想，卻遺憾地發現，這傢伙真的看不懂。

將袋鼠扔在地上，楚天用手指輕打著額頭，卻怎麼也想不明白這卷軸到底是什麼。

「算了，不想了，現在最主要的還是搞定遺跡之城。」感覺找不到頭緒楚天只好放棄，再次將卷軸交給藍八色鶇後詢問他是否願意陪他一起去找尋寶藏。

「我們合在一起實力才更加強大，也能更好地保護這卷軸，也別想什麼突破防線了，現在根本沒有機會。放心，我有其他途徑回南大陸，不過要等尋找到寶藏才可以。」看了卷軸的楚天不知道爲什麼，感覺有什麼東西在催促他，直接將全部的打算說了出來。

被楚天連珠炮般的話說得呆了幾秒，等消化了這些東西後，藍八色鶇才慎重地點了點頭。

「好了，都給我起來，加快速度向目的地進發。」楚天確實是急了，作爲他這樣的高手，非常不喜歡此刻心中的感覺，他要將那個給他壓力的傢伙揪出來。

時已過午，天上一輪赤日肆無忌憚地散發著它過剩的精力，彷彿要將這個世界烘烤乾涸，偶爾歌唱的小蟲乘涼去了，捕蟲的小鳥也休憩了，就連碧草綠葉也受不了這蒸騰的溫度，耷下腦袋，只露出狹窄的一線……

但就在這能將人烤熟的天氣裏，一隊二十人左右的各族聯軍仍然在樹林間前行著，前面開路的幾隻長尾雉看來對這片林子很熟悉，他們手中拿著開山刀，時而揮舞，砍去路上的障礙物。

這行人，正是前往遺跡之城的楚天等人，他們在行進了七天之後，終於來到了阿尼塔斯山腳下，據五隻長尾雉中的首領菲尼莫斯介紹，只要再走過一座橋，他們就能到達奇瑞特斯海灣了。

「這鬼天氣，將我這一身華麗的皮毛都烤掉了。」因爲對自然之力的熟悉，堅尼豪斯被安排到了長蛇縱隊的第二階梯，他拿著開山刀邊砍邊罵道。

「大家聽！」後面的卡迪爾擦了把頭上的汗就想應上一兩句，但沒等他開口奧爾瑟雅突然叫了一聲。

「警戒。」以爲遇到了什麼突發情況，藍八色鶇立刻叫了起來，整個隊伍雖然驚愕卻並不慌亂，

強大的精神力量瞬間散發，楚天擰著眉頭，好一會兒才說道：「沒有什麼東西啊。」

奧爾瑟雅看著大家緊張的樣子忍不住笑了起來，隨後又聽到楚天的話立刻板起了臉說道：「我有說是什麼東西嗎，我是說這裏的水流聲變緩了。」

對於這位赤日星君，楚天早已無奈了，一路上只要他和伊莎或者埃勒貝拉靠得太近，她立刻就會發飆。楚小鳥只好無視她的存在，喃喃重複了一遍「水流變緩了」，隨後才一舒眉頭叫道：「已經到了出海口嗎？」

被楚天這樣一提醒大家才反應過來，這一路上水流都很急，只有到了納百川的出海口，才有可能變得緩和。

所有人臉上都露出了喜色，這蒸籠般的日子終於到頭了，歡呼一聲，大家飛快地向河道跑去。

果然，在穿過重重綠紗帳後，眾人就看到了一面鋪在地面上的巨大藍色鏡子，陽光照射間，一點點磷光撩撥著人的眼球，偶爾有各種海鳥在連成一片的海天之間飛翔，讓這片藍色的世界倍添生機。

「嘩啦……嘩啦」一波波海浪在沖刷沙灘的同時也洗滌著楚天等人的心靈，這一刻的美麗觸動了人心中最柔軟的那根琴弦。

「將來，我就在這裏安家了。」楚天臉上掛著安逸的笑容，拍拍手就想坐在沙灘上，但卻被藍八色鶇拉住了。

「我的小祖宗，你就別再歇息了，咱們快點找到寶藏，解救萬千鳥族子民吧。」一臉苦澀的表情，藍八色鶇拽著楚天說道。

「呃……我給忘記了。」楚天抓了下腦袋，說了句讓人恨不得扁死他的話。

「好了，阿大，你們和金剛在這裏等你們的族人，我和其他人先一步過去，等有什麼事情我會派人來通知你們的。」楚天也知道耽誤太久時間了，所以這下很爽快地安排了人手，隨後就飛向萊斯特拉河的北岸。

「堅尼豪斯，感覺做靈體比實體有好處了吧。」看著不用憑藉翅膀就能飛在空中的劍齒虎，楚天笑呵呵地問道。

「是不錯，不過也有很多讓人不爽的地方。」堅尼豪斯邊飄邊說道。

楚天知道他說的不爽的地方是什麼，作爲靈體他們不用像普通種族那樣吃東西，不用排泄，不用休息，雖然省了不少事情，但也確實蠻麻煩的。楚天張了張嘴，想安慰下堅尼豪斯，但卻被人打斷了。

「你們看。」大叫的是奧爾瑟雅，她在這些人裏居然是六識最爲敏捷的，據藍八色鶇說，奧爾瑟雅是天生的遊俠。

順著遊俠的小手看去，眾人就見到了一座座木屋，很多人影自木屋裏進進出出。

楚天的瞳孔瞬間擴大，他忍不住叫道：「這是什麼！怎麼會有人在這裏居住？」

「奇怪啊，居然有海族還有獸族，他們怎麼會在這裏聚集？」藍八色鶇還算比較冷靜，他掃了眼人影，發現他們竟然並不屬於一個種族。

「會不會是他們已經發現了？」赫蓮娜漂浮在空中輕輕開口說道。

「我看有可能。」卡迪爾邊搧動翅膀邊說。

「管他什麼可能不可能的，咱們抓個人問問不就知道了嗎！」堅尼豪斯有些不耐煩地說道，卻迎來了伊莎和瑟琳娜的大白眼兒。

「不可魯莽，我們要從長計議，先找個隱秘的地方落腳再說吧。」作出這種慎重決策的是紐烏刺，一身青色的他是五兄弟中最成熟的一個，據藍八色鶇介紹，他是穿木星君，其四人分別是天寒星君紐西姆、地焱星君紐蘭西、御鑫星君紐貝克、裂土星君紐利南。

第十章 王級力量

「好了，都別說了，就按紐烏剌說的做吧。」楚天阻止其他人開口，作出了安排。

由堅尼豪斯和奧爾瑟雅兩人偵測地形，最終選中了一片低窪的水林區域，在楚天的命令下，所有的人都降在了那裏。

這是片經常被河水淹沒的水窪地，根本不可能生長普通的植物，大部分都是水生植物，無可避免地在空氣中生成了一種水腥味道。

「讓一位女子在這種地方隱蔽，這是整個世界最大的罪過。」埃勒貝拉看來極不喜歡這裏，她平潔的額頭擰成了麻花，口中非常不溫柔地說道。

若是原來，楚天說不定還調笑兩句，此刻卻是一點心情都沒有，他趴在潮濕的地面上，頭微微抬起向那些小木屋看去。

木屋建在整片區域唯一的高地，是採集附近的樹木所搭建，所以也根本沒有什麼美感和諧性之類的東西，看起來就跟地球時的難民營般。

木屋搭建得很密集，方圓一里多大的地方，竟然密密麻麻搭建著五十多座。

這些木屋中不時有人影進出，楚天粗略地計算了一下，竟然有不下一千人，而這一千人也並非普通人，大部分都有喙衛級別的能力。

不過有一點很奇怪，這些人並非融洽地生活在一起，他們涇渭分明地分成了兩個部分，左邊居住的是獸族，右邊居住的是海族，而在他們中間則有一個巨大的坑，兩族都分出一部分人看守著這個地方。

「我很希望，這些人是來度假的。」楚天看了眼蔚藍無雲的天空，最終把目光集中到了中間的大坑上，按照烙印在腦海中地圖的指示，那裏，就是遺跡之城的入口。

「這情況可真不好辦了。」楚天拍了下腦門，最終翻過身靠在緩坡上思索著後面的事情，但突然間，他腦中的某根神經被觸動了。

臉上表情瞬間變得凝重，他身體一僵，卻沒有任何動作。

「好龐大的殺氣！」渾身的汗毛都立了起來，楚天感覺他的心都跳到了嗓子眼，他不敢動，因爲他知道，只要一動，接下來就是雷霆一擊！

風好像停了，水也不再流動，樹葉慢慢靜止，一滴汗水自光亮的頭頂下滑，順著額頭鼻樑一直流到下巴上。

「噠！」汗水脫離了有些鬍子渣的下頜，「滴」地落在潮濕的地面上……

「哄！」楚天腦海裏好像爆炸了，一股滔天的氣勢在無聲中接近了他，在腦海裏炸開，然後所有的一切又開始了流轉，不過卻好像電視機裏被加速的鏡頭般，「刺啦刺啦」快得異常。

「精神攻擊，這不是已經熟悉的人魚波動，這……這他媽是王級！」楚天喉頭湧動，連吞幾口口水，卻感覺渾身仍然異常乾澀。

汗水將衣服黏黏地黏在皮膚上，非常難受，楚天卻不敢挪動一分，剛才的精神攻擊已經證明，他不是來人的對手，雖然此刻感覺四周已經恢復了常態，但面對這種變態人物，他怎麼也放鬆不下來。

「果然還沒走！」楚天心中叫著，一股好像潮水般的力量已經包圍了他，不，是包圍了他的精神，剛享受了精神爆破的腦袋好像要爆開了，但他卻只能緊咬著牙齒不敢稍有放鬆。

「不就是王級嗎！我可不怕！」在心中狂嚎著的楚天眼睛裏光芒四射，包圍他的氣息竟然在此刻有了幾分鬆動。

「咦！」一聲細微不可尋的輕呼穿進楚天的腦海裏，隨後那精神又退了回去。

「呼……這到底是在搞什麼？」楚天狠狠地喘了兩口氣，頭卻猛地抬起，看向了前方。

一條黑色的人影正緩步向這裏走來，他身形不高，但所有看到他的人都感覺他腳踏著大地，頭卻頂著藍天，他走得不快，但每邁一步，身形就自原地消失，當邁下一步時，他才出現，只是，此時已經距離他剛才的位置百米之遙……

「就是他！」楚天將眼睛瞇成一條細縫，儘量不讓心中的想法外泄。

緩緩地從地上站起來，楚天站直了身子等待著那人。

「你的精神力不錯，不虧是天禽選中的人。」不止實力驚人，話也是非常驚人，那人還沒來到跟前，話語已經響起。

好像被風加工了一遍，這聲話語裏有股朦朧的感覺，但卻清晰無比，只是聽起來好像從四面八方傳過來的。

如此神奇的傳話，楚天這邊所有的人都警覺起來，他們向四周張望著，顯然是在找說話的人，只有赫蓮娜和藍八色鶇發覺了前方神奇的身影，露出緊張的神色。

「竟然是王級！」藍八色鶇盯著來人看了兩秒，終於忍不住叫出了口。

所有的人都渾身一震，也看向了前方，瞬間露出了不敢相信的表情。

「你是什麼人？」楚天儘量壓抑著內心的波動問道。

「本王非勒斯特。」聲音如若海嘯，澎勃而發，震得人耳膜嗡嗡作響，天地間也彷彿受到了他的感召，朗朗晴空中一圈血紅光芒升起，映照在非勒斯特身後，彷彿來自地獄的魔神。

心跳瞬間停頓了幾下，「非勒斯特，血豹王？坎落金、坎落黑呢？」楚天心中思緒輾轉，在上次自聖鸞城逃出後，他就已經預料到世界要出現動亂了，因而先一步派血豹兩兄弟來北大陸聯繫血豹王，希望可以與之結盟。

按照當初從奧斯汀還有禽皇那裏得來的資訊，血豹王是個值得信賴的英雄人物，也是非常有眼光的一個人，所以楚天才敢那麼做，不過看今天這情況，根本就是來找碴的，這不是說明……楚天不敢想了，他眉毛一挑，悍氣頓生彪呼呼地問道：「坎落金兄弟呢？」

「哼哼，他們？」冷笑一聲，人影終於不再如柳絮般之字形飄蕩，而是直接閃到了距離楚天十來米遠的地方。

雖然距離如此近了，但楚天仍是無法看清這位王者的相貌，他的全身都被包裹在一團紅色煙霧中。

「你對他們怎麼了？」楚天的表情瞬間變得猙獰，他「噌」地從窪處蹦到了非勒斯特面前，一抬拳已打向紅霧的上部。

紅霧被巨大的拳風激得一陣翻湧，但卻並沒有散開，而楚天更是奇怪，這一圈按照位置應該是打在非勒斯特的脖子附近，可事實卻是什麼都沒有碰到，彷彿打在了空氣中。

「糟了！」這是楚天第一秒鐘的想法，他心中雖然充滿怒火，卻不是完全失去了理智，這一下其實有試探的意思，可現在明顯是將自己的身體完全暴露在非勒斯特面前了。

想法剛升起，楚天腦後一涼，已經作了反應，靈禽力在身體裏流動的速度瞬間加至三四倍，直接影響了四周空氣的成分，他的身影消失了！

楚天已經猜到，當到達一定境界後，人力已經可以控制空間，好像赫蓮娜和奧古忒斯，但這些空間卻是虛擬空間，也就是更像一場幻境。真正的破開空間，別說是翎爵，就是王級也是不可能的，史伊爾多得的種族異能明顯是個意外，要不然他也不會在憋屈了萬年之後才在楚天的幫助下回到這個世界。

剛才非勒斯特的閃現只是速度過快，給人產生的視覺假像而已，而楚天現在的表現也正是如此。

高速的挪動讓楚天身影瞬間超過了眼睛的最大捕捉畫面速度，但卻無法逃脫王級靈識的探查。

在楚天身體閃動前零點零一秒，紅霧的一塊凸了起來，根本看不到它的運行規律，等楚天感覺到時，他的手已經被紅霧裏的某種東西抓住了，不是手，因爲它沒有觸感，沒有溫度。

「好快！」楚天腦中只來得及生成這個想法，他體內的靈禽力已經向手腕湧去，想衝開非勒斯特的限制。

足以開山裂石的力量全數擊在了禁錮楚天手腕的物體上，但卻沒有如預料中那般鬆開。正當楚天感覺奇怪時，紅霧後面的地面上突然爆發出一聲巨響，一條裂縫快速地向前方開去。

「斗轉星移！獸族七大絕技之一！」正所謂當局者迷，旁觀者清，後方的藍八色鶇又是一位博學之士，看到楚天的情況他忍不住驚叫出聲：「楚天，快撤，你不是對手。」

「老頭兒，你鬼叫什麼，難道你以爲我願意站在這裏嗎！」楚天腦中苦笑著，感覺到一股禁錮的力量逐漸壓在了他的身體上。

好像被萬鈞巨山壓身，他腳下的地面發出「蹦蹦蹦蹦」的響聲，一蓬蓬灰塵騰空而起，那片地面逐漸下陷！

楚天卻沒有心思管這些，他全部的心力都放到了紅霧之上，只見霧氣好像醞釀著什麼東西，沿著他的手臂一點點地向他身上蔓延生長。

「吞噬大法！」楚天腦海裏悚然出現了這麼一個詞語，獸族七大絕技排行第二的超級術法，只要抓住敵人就可以用吞噬血霧吞噬其身體，只要血霧蔓延至全身，那麼敵人的所有力量就會被施功者吸收。

「王八蛋，竟然有這樣的東西！」楚天忍不住暴粗口，他臉色漲得通紅，五官都擠到了一起，渾身力量凝聚，卻怎麼也無法擺脫禁制，甚至連召喚羽器的能力都沒有了。

「這麼簡單就被人幹掉了，還要被人吞噬了，我不要啊……」楚天心中淒厲地叫著，嘴巴很艱難地張開喊出：「啊，你給我閃開。」

紫金色的眼球逐漸布上了一層血絲，楚天渾身青筋畢露，他不相信，不相信這樣簡單就被一個人打敗了，即使這個人是王級！

腦海裏一些曾經經歷的畫面快速劃過，已經口鼻溢血的楚天感覺腦海裏一陣暈眩，彷彿有什麼東西從裏面衝出，融進了他的身體裏，與原本的靈禽力彙聚在一起，遊走周身。

身上的力量彷彿沒有那麼重了，逐漸擴散的血霧也在肩膀的位置停了下來，四周的一切變得很自然，可以嗅到野草的氣息，泥土中孕育的生命，水被蒸發的味道，一幅活靈活現的畫面展現在楚天腦海裏。

「你已經合格了。」紅霧裏傳出縹緲的聲音，隨後渾身的壓力完全消失，被抓住的手也放開了。

楚天並沒有如以往一般暴跳如雷，揮舞著手臂大叫報仇，他眼中很平和，嘴角掛著笑意輕輕地一彎腰說道：「謝謝血豹王。」

「不用謝本王，是你自已打通了腦海中的枷鎖，要是你打不開的話，本王會將你吞噬。」血豹王的血霧好像被風刮動般後撤五六米，有些感歎地說道：「只要一小步，你就不用再對本王恭敬了。」

「那麼我現在有和你合作的實力了嗎？」對於血豹王的說辭，楚天沒有一絲惱怒的樣子，他仍是笑呵呵地說著，但那身威壓，卻逐漸與非勒斯特有了分庭抗禮的趨勢。

「不行！」非勒斯特拒絕得很乾脆。

楚天的臉色終於變了一下，隨後他才平靜地說道：「我想知道原因。」

「本王不是說不和你合作，只是說你實力還不夠。」血豹王說完話，血霧後面的一個位置凸了起來，指著被數十隻海獸兩族戰士守護的大坑說道：「你掌了遺跡之城，本王再與你談。」

楚天皺起的眉頭舒展開來，他點點頭說道：「一言爲定。」

「不要把事情想得太簡單，本王欽佩天禽，今天就給你這個傳人一點忠告，海族在遺跡之城擁有很強大的防衛力量。」血霧翻騰間，血豹王拋出了一句話。

「果然！」楚天心中暗歎了一聲，不過卻沒有表現出來，他對非勒斯特說道：「這遺跡難道很久前就已經被你們所知道了嗎？」

「是海族先知道的，要知道，這裏在以前可是他們的勢力範圍。」先是大統地說了一下，血豹王又說道：「但因爲他們並不能完全開發這座天空之城，所以才與我們獸族合作。」

「你提供給我這樣重要的資訊，難道就不怕我……」楚天話並沒有說滿，但相信血豹王已經知道了。

「呵呵，你說會有人信嗎？」好像聽到了什麼好笑的事情，非勒斯特身周的血霧一陣翻湧。

「呵呵。」楚天也知道自己問的這個問題很白癡，但他是故意的，所以他根本沒有生氣，而是語氣堅定地說道：「我們很快就會成爲夥伴。」

「本王期待著。」非勒斯特話語裏仍然是滿含笑意，他隨後說道：「在那邊的草原上，本王發現了一群你們的同族，他們好像也是爲遺跡之城來的。」

「嗯？」楚天抬頭就想向四周看去，但他最終忍住了，朝非勒斯特拱下手說道：「多謝，說不定能用到。」

「呵呵，好小子，本王預祝你成功。」口中大笑著，非勒斯特的血霧翻騰不已，卻越來越淡。

「喂，坎落金他們……」楚天並不相信坎落金兩兄弟已經遭遇了不測，他忍不住喝問道。

「他們都是我一族的好戰士，可惜……等你掌控了遺跡之城，本王會派遣他們來找你的。」聲音越來越遠，在最後一個字時已經不甚清晰，但卻字字烙印腦海中。

「楚天，你沒事吧？」等非勒斯特的血霧完全消失後其他人才從低窪處跑了出來，聚集到楚小鳥身邊問寒問暖。

「這個時候才出來，剛才的時候怎麼沒有一個上來幫手。」楚天心中詛咒著某些人，臉上卻是笑呵呵地說道：「沒事，和血豹王聊了會兒天，他說想跟我合作。」

「是嗎？」除了伊莎和瑟琳娜，其他人臉上的表情明顯是不相信。

「咳……我這樣一個高手用得著騙人嗎！」楚天大叫一聲隨後說道：「立刻向那邊前進，注意隱蔽。」幾人點點頭，隨即再次進發。

幾個人都是高手，尤其是藍八色鶇更是隱匿這方面的專家，所以很輕易地瞞過了那些巡邏的海獸兩族戰士。

「藍老，剛才楚天和那位血豹王明目張膽地站在人家眼皮子底下對話怎麼就沒被發現啊？」感覺渾身裹著一層蔓草實在是難受死了，卡迪爾抗議了好一會兒藍八色鶇都不同意去一點兒，所以他忍不住抱怨。

「這麼簡單的問題你還問我？」好像遇到多麼吃驚的事情，藍八色鶇瞪大了眼睛說道：「人家是王級高手，隨便動用點什麼法術糊弄這群傻傢伙還不是輕而易舉。」

「這樣啊……」卡迪爾臉上紅了一下，也不敢再提將身上的草取下來的事情了，但就在這時，同樣抹了不少泥巴的楚天突然貓腰走了過來說道：「卡迪爾，感覺難受是不是？」

「是啊是啊。」卡迪爾好像小雞啄米一樣猛點頭。

「那你去河對岸報信吧，讓長尾雉他們過來。」楚天被泥巴抹得黑漆漆的臉上露出一個笑容說道。

「呃……」卡迪爾感覺很鬱悶，要接這群不會飛的傢伙，那就必須往回走啊，穿越赤緯大橋，在他們來的時候上面有很多獸族戰士把守，所以才沒有過。

「你不是說避免被獸族發現蹤跡，不走赤緯大橋了嗎？」路途實在是太遙遠了，卡迪爾臉色發苦地說道。

「避免，避免個毬，快去。」一提這事兒楚天就鬱悶了，大明王當初還搞出那麼多懸疑招式，本來以爲該順順利利的，誰想到，這寶藏早就人盡皆知了。

不明白楚天爲什麼擺出一張黑炭臉，但卡迪爾知道，這個時候可不能再惹他了。暗歎一聲勞累命，他灰溜溜地半俯著身子向旁邊走去。

在低窪泥水地東側，是一片半人多高的茂盛草地，隨著清風的拂煦，一波波碧浪跌宕起伏。

楚天等人的目的地正是這裏，他們好像爬戰壕的士兵般，緊縮著身子，快速地前行，身體大面積與地面摩擦發出沙沙的聲音，幸虧楚小鳥有先見之明，讓幾位女士統統待在原地，若不然肯定又是一通抱怨。

身體一個滾地翻，楚天等人已經進入了草地裏，身體壓塌不少茅草，發出「吱吱」的聲音。

隱藏的這批人並不簡單，他們一下就發覺了有人靠近，草叢間的波動多了不少，那是有人在飛速靠近和撤離。

位於最後的紐家五兄弟剛趴好身子，紐貝克突然被什麼小蟲叮了一下，他輕叫了一聲。

「嗡嗡嗡……」

破空聲瞬間響起，聲音極速移動，最終射向紐貝克那裏。

「小心！」眼看自己兄弟受襲，紐利南立刻叫了起來，同時手臂輕揮，四面土牆出現在他們兩人身前。

「咚咚咚！」

發射來的利器全數擊在了土牆上。

「靠！」楚天忍不住罵了聲，這群鳥人不分青紅皂白就是一通亂射，真是不給面子。

雖然有碧草的遮掩，再加上距離不近，但楚天是何許人也，他還是清晰地把握到剛才是什麼東西，全數的羽箭，但卻沒有什麼靈禽力，這證明了一件事情，那就是這群人裏沒有什麼高手。

「非勒斯特那傢伙爲什麼騙我？」回想剛才血豹王說話的語氣，這群鳥人應該對自己是有幫助的啊。楚天心中琢磨著用精神告訴其他人不要出聲，同時放出精神向四周偵查。

「一個、兩個、三個……一共二十四個鳥人，中間只有一個喙衛級別的，其他都是平頭百姓。」不大會兒工夫楚天已經探察好了，可得到的結果實在是讓人哭笑不得，他怎麼也想不到這裏會有一批平民，還想攻擊自己。

「好了，大家不用那麼緊張了，快點行動，抓兩個人來問問他們這些百姓在搞什麼名堂。」楚天鬱悶的聲音在眾人的意識裏響起，他若不是怕驚動海獸一族的守衛早就衝上去將這些人放倒了。

幾個人一聽楚天這話立馬鬆了口氣，卻不敢耽誤，身形快速挪動著，不一會兒，附近的草叢裏就響起輕微的悶哼。

楚天都還嫌慢了，對付幾個面朝黃土背朝天的老百姓都這樣，若是對付高手還不得等死啊。

「逮了三個。」幾個呼吸的工夫，紐蘭西的身影出現在楚天的眸子裏，他邊說話邊把三隻鳥人扔在了草地上。

「我說怎麼這麼慢，原來這群傢伙知道是百姓都懶得動手，只讓紐蘭西出馬。」楚天一下就想明白了大家的小算盤，不過此刻他也不想說什麼了，他要瞭解情況！

將三隻被打暈的鳥人拽到跟前，楚天手掌在他們身上輕拍，靈禽力瞬間進入他們的身體，刺激他們幽幽醒來。

趁這個工夫楚天打量了他們兩眼，完全跟楚天剛來這個世界時一個樣子，一點都沒進化。

第一眼讓楚天注意的是他們的翅膀，這三隻鳥人的翅膀上竟然好像蝙蝠一樣長了兩隻爪子，看上面的彎鉤應該還非常鋒利，不過卻用厚厚的肉蹼連接了起來。

他們的喙也很奇特，不彎，不尖，扁扁的，看起來好像一把鐵鍬。

除了這兩點，他們渾身羽毛成土黃色，腦袋瘦長，身體瘦長，有些燕子的感覺，卻非常小巧，身高只有一米左右。

「你們是什麼種族？」楚天看其中一個眼睛比較靈動的傢伙醒了立刻粗聲問道。

先是緊張地向四周看了兩眼，見都是鳥人後這個傢伙才吸了口氣說道：「你們不是獸族的嗎？」

「呵呵，我們看起來像獸族嗎？」紐貝克笑嘻嘻地問道。

「那你們爲什麼來破壞我們的計劃。」那人眼珠子轉了半天後問道。

「我在問你呢，你是什麼種族？爲什麼在這裏？」楚天簡直氣壞了，這傢伙難道不知道他已經被抓了嗎？竟然還一副在自己家的樣子。

「你憑什麼問我？難道你不知道你們已經被包圍了嗎？」本來半坐在地上的鳥人眼中掛著得意的表情，而在他話語落地後，四周的草叢中一陣嘩響，十幾隻張著長弓的鳥人露出了身影。

楚天眉毛挑了一下，他確實沒有感覺到這些人包圍他們，他腦中現在已經被怪異的感覺占滿了。

「喂，你們最好不要動，我們的箭可沒有長眼睛。」一直說話的鳥人坐在地上站了起來拍了拍翅膀上的爪子威脅大家說道。

楚天被氣樂了，這些傢伙看不出他們這群人都已經有明顯的進階特徵了嗎？最差的也是上半身成人了，他居然還敢拿一堆樹枝削成的箭威脅眾人？

「你笑什麼笑？嚴肅點，你們已經被俘虜了。」小黃鳥很生氣的樣子快步走到楚天面前就想打他，卻被楚天一把抓住了手。

「哎喲，你還敢還手，兄弟們，給我放箭。」嘴中痛叫一聲，小黃鳥下達了命令，但楚天卻沉聲說道：「別動，誰要是敢放箭我就掐死他。」說完話還將手放到了小黃鳥的脖子上。

「你……你別亂來，要不你肯定會被射成馬蜂窩的。」小黃鳥渾身打著哆嗦，在楚天捏到他的喉嚨時突然哭喊道：「我放你們走，你就放了我吧。」

「我先問你個問題。」楚天被小黃鳥腦殘式的行爲弄得哭笑不得，他輕聲說道。

「你先放我，放了我我就說，求求你，放了我吧。」小黃鳥臉上一把鼻涕一把淚地哭喊道。

「你再哭我立刻掐死你。」楚天受不了了，惡狠狠地叫道。

這一下小黃鳥立刻不哭了，他「咕嘟」一聲咽了口唾沫使勁點了點頭。

本來包圍眾人的鳥人有一個偷偷向後走，楚天發現了卻沒有阻止，結果就看到小黃鳥眼中一閃而過的狡黠。

楚天暗裏一笑，臉上卻惡狠狠地問道：「你叫什麼名字？」

「小的叫舒克貝，大俠不要虐待我，我什麼都說。」眼中水汪汪的，好像一副很委屈的樣子，舒克貝壓抑著哭腔說道。

若不是剛才楚天捕捉到他眼中的情緒，還真相信這個小傢伙的純良，但此刻楚天只是佩服這傢伙的演技。

「虐待！！！」楚天腦袋裏生出三個大大的感歎號，他嘴角抽搐了兩下，隨後才問道：「你們是什麼種族？」

「我們是鑽地鳥，身上沒有一點好地方，我們整天生活在地下，身體都是發霉的，大俠不用對我有非分之想。」舒克貝臉上表情越來越委屈，好像面對匪徒的小姑娘。

「非分之想！！！！！」一連五個大感歎號在楚天腦海裏生成，他用手摸了摸自己的臉，心中哀號一聲：「他居然認爲我會對他有非分之想？」

「不許胡說，舒克貝，你要是再這樣看著我，我立刻掐死你。」楚天牙齒咯咯直響，極有衝動將小黃鳥吃肉吞骨。

「是是是，一切聽大俠的，我再也不敢反抗了。」舒克貝眼中出現決絕的表情說道。

楚天無語問蒼天，手從舒克貝脖頸間滑下說道：「好了，我不問你了，你走吧。」

「楚天兄，你這……？」楚天的行爲立刻引起了紐烏刺的疑問。

楚天揮揮手說道：「你看他們這種情況會知道什麼嗎？」

「呃……」看看楚天，再看看舒克貝和他的族人，紐烏刺不說話了。

舒克貝可是鑽地鳥一族中公認的腦子好使，一看楚天二鳥的表情他立刻明白了其涵義，這是瞧不起自己啊，瞧不起自己也就算了，還瞧不起自己的族人！這就不行了。

「你們別拿四十五度眼光看鳥，我們可都是英雄。」舒克貝一挺胸膛說道。

楚天皮笑肉不笑地「呵呵」兩聲，直接將目光從舒克貝身上移開，想找藍八色鶇商量下怎麼打破海獸兩族的防衛。

「嘿，別不信，知道我們在這裏幹嗎？我們在……」舒克貝音量微微調高，故意拉長了音兒。

「打洞！」紐蘭西很乾脆地做了結尾，結果差點沒把舒克貝嗆住。

「咳，我們是打洞，但打的不是普通的洞，哼哼，我們找到了一個被獸族佔據的地下城，我們打洞就是爲了引入河水淹死他們！」舒克貝簡直氣壞了，再也不賣關子直接把目的說了出來。

「那還是打洞啊。」紐蘭西還是不屑地說道。

本來正愁眉苦臉的楚天和藍八色鶇卻是眼睛一亮，齊聲低呼：「地下城，獸族。」

「舒克貝。」

正當楚天快速閃動想抓住舒克貝問個明白時，一個威嚴的老人聲音突然傳了過來。

楚天清晰地聽到這個聲音了，也知道聲音從哪裏傳來的，還感覺到舒克貝身體一陣僵硬，但他卻根本沒有管這些，而是激動地問道：「你說清楚，獸族佔據的什麼地下城。」

很奇怪，剛才還恨不得讓全天下人都知道他們在挖洞的舒克貝竟然不說話了，不止如此，他的眼中還閃爍著堅定的光芒，剛才的油滑之意消失無蹤。

「快說啊。」焦慮的楚天激動過頭，他很用力地搖晃著舒克貝。

楚天力量何其強大，就是沒動用靈禽力也不是一般鳥族能夠承受的，何況本就瘦小的鑽地鳥，搖晃了沒幾下舒克貝就因五臟移位而口溢鮮血。

「你就是殺了他，他也不會說的。」隨著這個聲音，本來已經將箭弦拉近的其他鑽地鳥都聚集到了一塊兒，好像在保護聲音的主人。

「誰？」遺跡之城的事情關係太過重大，以至於楚天都有點心魔了，他語帶殺氣地喝問著猛轉過頭。

「都讓開！」圍在一起的鑽地鳥中傳來一聲老人輕喝。

聚集在一起的鑽地鳥你看我，我看你，最終沒有動，仍然拿上弦的箭指著楚天等人。

「好啊，你們竟然不聽麥斯爺爺的話了。」自稱麥斯的老人有些生氣地說道。

「麥斯爺爺，您走吧，這些傢伙交給我們對付，放心，我們絕不會再洩露一句族中的秘密了。」本來一臉決絕之色的舒克貝，看著聚集在一起的鑽地鳥說話了。

「你們是這些大俠的對手嗎？他們都是翅爵級別的高手啊。」圍成一圈的鑽地鳥中伸出一根黃色的樹根拐杖，隨著拐杖用力地向兩邊擺動，一條縫隙終於出現了，透過縫隙，楚天看到一個長著超級長鬍鬚的老鑽地鳥，他的鬍鬚竟然直接搭到了地上……

「翅爵！」除了老人自己，其他鑽地鳥都被這個詞給驚呆了。

「諸位大俠，請原諒我族人的冒犯，小老兒在此給諸位道歉了。」麥斯老人趁著眾人發僵的機會自保護圈裏走了出來，邊說話邊鞠了一個大大的躬。

楚天眉頭快速地皺了一下，隨後他才說道：「好了，我們不會計較這些的，我們就想問下剛才舒克貝說的地下城是什麼東西。」

麥斯老人有些渾濁的眼中閃過一絲異色，沉默了下他才說道：「小孩子不懂事，哪裏是什麼地下城，只是一個熔岩洞穴，有些倉鼠佔據了那裏，爲了生活我們不得不想出引水淹灌的方法。」

「嘿！」楚天冷笑一聲，一對紫金色眸子死死盯著老人。

麥斯深切體會到了那股殺氣，他感覺呼吸有些困難，胸膛大幅度地起伏，但卻沒有一絲服軟的意思。

早已知道麥斯身上一點靈禽力都沒有，楚天怕再用氣勢壓迫會將老人壓死，只好將氣勢收回，他深吸了口氣後說道：「好，我們也很討厭倉鼠，能不能去看看你們挖掘的洞口？」

「可以。」麥斯老人一下都沒有猶豫就答應了。

楚天奇怪地挑了下眉毛，將舒克貝交給堅尼豪斯，走到了麥斯身邊。

麥斯瞟了堅尼豪斯一眼，嘴角微不可察地揚了一下，轉身向來的方向走去。楚天本想緊跟其後，卻被藍八色鶇拉住了。

「麥斯不會領我們找到正確的入口的。」藍八色鶇表情鄭重地說道。

「嗯？」楚天愣了一下才想及鑽地鳥既是以鑽地爲生，那他們肯定鑽了不止一個洞。

「哼，要是不帶我去，那我只好大開殺戒了。」楚天可沒心思陪這些人玩藏貓貓，他不知道獸族和海族對天空之城掌握了多少，若是啓動了，那他就痲煩了！

「不需要，你難道沒有看出來嗎？麥斯老人根本是擔心我們是其他種族的探子，才這樣防備的，只要我們證明我們是要對付獸族，他絕對會告訴我們入口的。」藍八色鶇眼中閃爍著睿智的光芒說道。

「防備什麼？我們都是鳥族啊。」楚天奇道。

「堅尼豪斯，你也不是鳥人形態。」藍八色鶇皺了下眉頭，最終說出了問題所在。

楚天愣了下，苦笑著點點頭，他離開藍八色鶇，走到麥斯身邊真誠地說道：「老人家，我們是鳥族，這位獸人是我的手下。」

本來有條不紊的步伐亂了一步，麥斯大有深意地看了楚天一眼卻不說話。楚天無奈，只好冒著被發現的危險啓動變身，只見他身上紫金色光芒大放，等光芒消失後，他已經變成了醜陋的禿鷹模樣。

麥斯老人眼中出現了驚訝的神色，他看了楚天半天才顫抖著說道：「翎……翎爵。」

「是的，我正是黑雕城冊封的翎爵。」爲了增加可信度，楚天將事實誇張了一點。

「你們爲什麼來這裏？」過了良久，麥斯才平復了心中的情緒，他看著楚天問道。

「我們是來找尋遺跡之城的。」在這會兒工夫楚天已經相信了麥斯老人，所以他根本沒有任何推脫就說出了此行的目的。

「遺跡之城。」蹙眉重複了一遍，隨後麥斯老人才瞪大眼說道：「難道是地下城？」

楚天點點頭說道：「正是，我們本來是想從獸族和海族守候的入口強行進入的，但希望不大，而正在苦惱時卻突然發現這裏有同族活動的跡象，故而來這裏想尋些幫手，沒想到你們居然打通了另一條通道。」

麥斯老人抬頭直視著楚天的眼睛，彷彿要看透他的心靈，楚天問心無愧，眼中神情坦蕩蕩。

「我信你，你們跟我來吧。」麥斯老人眼中閃過一絲堅決，本來停下的步伐再次啓動，不過卻微微轉向東側。

「幸虧你將真實身分說了出來，要不然就算你和那位先生逃得了，其他人也得交代在這裏。」邊走麥斯老人邊說道。

「什麼意思？」楚天跟著老人問道。

「麥斯爺爺是說你們剛才走了趟鬼門關，在剛才的道路盡頭是我們族中爲了防禦外敵而建造的屍骨洞穴，只要陷進去，神仙也難救。」已經被堅尼豪斯放開的舒克貝一副牛氣哄哄的樣子說道。

「這麼厲害！」楚天看向了麥斯，眼中透露出一股欽佩之意。

「當然了。」又是舒克貝這個小傢伙，他躥到楚天身前說道。

楚天心中焦急，哪有心思理這個小傢伙，所以根本沒有理他。

舒克貝很鬱悶，他本來是想勾起楚天的興趣，好要些修煉的法門，他一生的志願就是做個高手，而眼前這位光頭大叔竟然是傳說中的翎爵級高手，他如何不眼饞！

眼見楚天不上鉤，舒克貝也忍不住了，他上前抓住楚天的手說道：「禿頭大叔，您是翎爵是吧？」

「禿頭大叔！」楚天心中大爲無奈。

「我不生氣，我是翎爵，頂級翎爵，怎麼可以和小孩子一般見識。」楚天狂安慰著自己，但臉色已經變得有些像沒長熟的茄子了，又長又青。

「舒克貝，不得無禮。」幸好麥斯老人聽到了二人的話，他沉聲呵斥道。

「麥斯爺爺……」雖然眼含不甘，但舒克貝仍是鬱鬱地閃到了一邊，卻不時拿眼睛幽怨地看著楚天。

渾身起了層雞皮疙瘩，楚天不敢回頭只好將目光投向了四周的茅草上。

「楚天，我們似乎忘了一件事情。」正當楚天有些如坐針氈的感覺時，藍八色鶇突然踱過步來說道。

「什麼事情？」楚天思索了下後問道。

「赫蓮娜她們……」藍八色鶇臉上掛著奇怪的表情提醒道。

「啊！慘了。」楚天失聲驚叫，他已經能夠想像這幾位女大王級人物知道他將她們忘記後的情景了。

「哈哈哈哈。」這下眾人再也忍不住了，在藍八色鶇的帶領下哄笑起來。

楚天臉色一沉掃向四周，果然，紐烏剌不見了。他咬著牙齒說道：「藍八色鶇，你是故意的！」

「呃……麥斯老人，距離入口還有多遠啊？」藍八色鶇倒吸口涼氣，趕忙轉移話題。

楚天深呼幾口氣，決定秋後算賬，他已經想明白了，肯定是藍八色鶇趁剛才他被舒克貝看得魂不守舍時，讓紐烏剌回去叫赫蓮娜她們了，然後又故意整他。

第十一章 種族異能

麥斯雖然不明白楚天等人爲什麼熱鬧起來，卻知道他們性情不錯。看著這群英雄高興，他也露出了微笑指著前面說道：「前面就是了，剛才我已經讓人都轉移了。」

「轉移？」藍八色鶇有些奇怪地問道。

「嗯，我們鑽地鳥一族除了本能鑽地外，還附帶另一種異能，氣味通信，在剛才我就已改變了身上的氣味，讓所有的族人回地下隱蔽。」麥斯老人臉上有些不好意思地說道。

楚天等人明白，這是因爲怕自己等人再傷人，結果他們臉色更尷尬。

「到了。」舒克貝的叫聲打斷了大家的談話，他指著一片與其他地域根本沒有區別的草地說道。

楚天這邊的人全數露出了奇怪的神色。

「呵呵，作爲我們的本能，我們當然擁有一些特別的地方了。」麥斯笑著對跟來的鑽

地鳥一揮手杖，幾隻鑽地鳥立刻躥到那片草地的一側。

楚天等人瞪大眼睛，只見他們在草地上摸索了幾下，然後渾身用力，那塊草坪，竟然就好像布一樣被捲了起來，一個直徑五米左右的洞口出現在眾人視線中。

「怎麼能這樣？」楚天喃喃自語。

「呵呵，我們鑽地鳥鑽地的特別之處就是可以在不破壞地表物體的同時開鑿洞穴。」麥斯老人很和藹地給大家解釋，隨後才說道：「洞穴已經打通了，你們趕緊下去吧，不過你們只有三個小時的時間，三個小時後河水上漲，這裏就將被淹沒。」

「三個小時？」楚天臉上掛著一絲擔憂。

「是的，我們根本沒有想到你們會來。」麥斯老人臉上有些爲難地說道：「要不你們就不要下去了，等河水淹過退去後再進去。」

「不行，等不及了。」楚天斷然拒絕，隨後看向剩餘的五大星君說道：「你們在這裏等著吧，我和堅尼豪斯下去。」

「你說的是鳥語不?俺這次當沒聽到，下次一定打得你滿地找牙。」紐蘭西甩著膀子走到楚天面前甕聲甕氣地說道。

「對，打得你滿地找牙。」剩餘的紐家三兄弟也走了上來橫呼呼地說道。

楚天欣慰地笑了下，歎了口氣說道：「行，那我們就下去，麥斯老人，您可不可以派個人在這裏守著，等我的夥伴來了讓他們都別下去。」

麥斯老人看看楚天等人點點頭說道：「我一定會的。」

「好，咱們走。」楚天大笑一聲就想往下跳，舒克貝突然開口說道：「等一下，我也下去。」

「你個小孩子，不要搗亂。」楚天臉色微沉說道。

「你別瞧不起人，這下面的通道並非是直線的，有很多分叉，沒有人帶路，你們三個小時就全耽誤在路上了。」舒克貝腦袋一揚說道。

很不捨地看著舒克貝，麥斯老人沉默了一會兒才說道：「他說的是真的，下面洞穴四通八達，有些地方更是跟迷宮一樣，需要有人帶路。」

「可是……」楚天還想說什麼，但在老人讓人觸動的目光下，他最終把話咽了下去而換成了：「放心吧，我一定將舒克貝生龍活虎地帶回來。」

「好好好，去吧，去吧。」老人臉上掛著相信的神色擺擺手說道。

「大家出發。」楚天不再猶豫，口中叫著，抬手架起舒克貝縱身跳入了洞穴中。

「大家這邊走！」舒克貝看了兩眼前方的四個分叉口，又抬起爪子在上面摸了摸，最終指著最左邊的一條洞穴說道。

楚天等人快速前行，不敢稍有耽誤，正如麥斯老人所說，這地下洞穴有很多岔路，若不是有舒克貝帶路他們早就迷路了。

「這段路和前端不一樣，大部分洞穴都是天然的石洞。」舒克貝還是個孩子，又沒有靈禽力支撐，所以就由紐蘭西背著走，省力的他就趁工夫給大家上起了地理課。

「噓……有聲音。」在最前面的楚天突然開口，他手伸到背後向下揮揮手，示意大家隱蔽。

身形挪動，在烏黑的洞穴裏幾個人就好像幽靈一般閃進了洞穴的角落，沒有發出一絲聲響兒。

「啪嗒啪嗒」連續的腳步聲在洞穴裏傳出回音，隨著聲音的加大，楚天等人心漸漸提了起來。

「無力瓦拉幾絲模考那……」一陣奇怪的話語自洞穴的前方傳來，楚天聽不明白。

「是海族，這是海族語。」楚天用精神將幾個人的思想連接在一起。

「果然是博學，老頑童你能聽懂是什麼意思嗎？」楚天用意識詢問道。

「俺懂。」紐蘭西突然插嘴說道。

「你懂個毬，我怎麼不知道你懂海族語。」紐貝克很不給面子地說道。

「俺確實是懂，他們在說是不是聽錯了，剛才有聲音的，怎麼突然消失了？」紐蘭西有些急切地說道。

「咦？」藍八色鶇輕叫了一聲。

這個聲音讓楚天等人瞬間呆愣了，他們不傻，當然明白這聲叫證明紐蘭西翻譯正確。

「你什麼時候學會海族語的？」紐利南驚奇地問道。

「嘿嘿，俺可沒說俺會，是舒克貝告訴俺的。」紐蘭西很憨厚地說道。

「沒想到舒克貝居然還懂海族語，不簡單啊。」楚天不吝嗇地誇獎道。

「那當然，我本事大著呢，怎麼樣？你把我變成翎爵，我教你海族語。」舒克貝非常得意地說道。

「又來了，還變成翎爵。」楚天有些後悔了，他怎麼能誇這個傢伙，將舒克貝的話從左耳朵聽進來，右耳朵放出去，他忙轉移話題說道：「誰出去將這兩位海族兄弟請來？」

「我去吧。」一路上基本上沒有開口的紐西姆這個時候冷冷說道。

「好，你去吧。」楚天很爽快地答應了，他已經用精神探查了巡邏的這兩個海族戰士，都只有高級喙衛的實力，所以他並不擔心。

「喂，禿頭大叔，你考慮得怎麼樣？這我可是吃虧哎。」舒克貝的聲音又在「公眾頻道」裏叫了起來。

楚天直接將舒克貝禁言，將他從連接裏踢了出去，全部心神放到了基本上融入黑暗的紐西姆身上。

紐西姆的身影很輕靈，好像點水的蜻蜓，快速，卻沒有任何聲響。

本來在洞穴前方的海族戰士拿著火把向洞穴中照了兩下，最終好像沒有看到什麼，嘟囔了兩句就往回走。

正在這個時候，貼在洞穴頂上的紐西姆以迅雷不及掩耳之勢攻向了二魚。

二魚畢竟還有喙衛的實力，他們在紐西姆及身之時終於聽到了身後的響聲，他們想回身反抗，可惜，晚了！

「咚咚」兩聲悶響，紐西姆手成刀勢砍在了二魚的脖頸之間，體內靈禽力瞬間發出，封閉了他們體內的靜脈。

本來僵硬的身體瞬間變軟向地上倒去，紐西姆的手掌卻提前下放，接住了二魚。鼻間吸入一口氣，身體再次飛出，只是因爲多了兩個人而慢了一點。

「又有人來了！」楚天的聲音在眾人腦海中響起，隨後紐貝克和紐利南已經飛起接應紐西姆。

幾個呼吸間，三個站著的，兩個躺著的就已經隨楚天等人撤回到一個橫向的洞穴裏。

兩個魚人，一個渾身青墨色，長著黏兮兮的表皮，並沒有鱗片，一條尾巴中間分了叉，變成兩隻扁平的腳，三塊鰭進化成了手狀，兩隻在體側，一隻在背上，腦袋比較奇怪，三角形，眼睛還長在兩邊，嘴巴長在額頭，上面還有兩根黑色的觸鬚。

另一個紅色，有些像地球上的鯉魚，比較胖，一層紅色的鱗片蘊含著晶瑩的光芒，他手比較多，竟然有五隻，腦袋也很奇怪，嘴巴四周有很多麥粒一樣的浮腫。

感覺觀察得差不多了，楚天點點頭，一旁的紐蘭西一步跨到昏迷的二魚前，腳踢在了兩人的小肚子上。

「噢……」聲音變調地呻吟著，兩魚變成了海族最多的小生物——蝦米！

「別裝死，快給俺起來。」紐蘭西可夠狠的，嘴中罵著雙手分別揪住兩魚的腦袋就給硬生生拽了起來。

「咦…………呼呼！」兩魚都叫了起來。

「他們說『疼』。」舒克貝翻譯道。

楚天被這句翻譯搞得一笑，抬手拍了拍舒克貝的腦袋，卻被他躲開了。

「想打我就把我變成翎爵。」舒克貝側著脖子說道。

「我嘿！」楚天叫了一聲又無奈地放下了手，看來鑽地鳥族根本不知道什麼叫翎爵，他以爲那是在市場裏買菜啊，不單種類多，還可以隨便挑。

不再招惹舒克貝，楚天直接蹲在了兩魚面前眼睛瞪著他們，將話語直接映在了他們腦海裏：「你們是這裏的守衛？」

「對，你是誰？」緊張地對視了一眼，長著兩條觸鬚的青魚在腦海裏回應道。

「我是誰是你問的嗎！記住，我現在掌握著你們的生死，如果想活的話，就老實回答問題。」通過楚天的連接，紐貝克冷冰冰地說道。

「你們是什麼族的？」紐利南瞪著眼睛兇狠地盯著兩魚問道。

「我是青墨魚，他是金瑤魚。」被紐利南看得直哆嗦，青墨魚趕忙回答道。

「你們海族在這裏一共有多少人？」藍八色鶇摸著頷下鬍鬚，問出了第一個比較有用的問題。

「我們……」青墨魚張嘴想要回答，卻被紅瑤魚推了一把。

「不能說！」紅瑤魚大聲地喝止青墨魚後，用憤怒的眼神看著楚天等人說道：「你們這些賊鳥人，我們偉大的海族戰士是不會向你們低頭的。」

「是嗎？」楚天眼中凶光一閃對紐蘭西點點頭。

「嘿嘿。」嗜血地笑著，紐蘭西一腳踩在紅瑤魚的小腹上，手一拽，拽下幾片紅鱗。紅瑤魚的尾巴在劇烈的疼痛下抽搐著，本來眼白比較多的眼睛更是全數變成了白色。

「現在可以說了。」堅尼豪斯在一邊沉聲說道。

「咯咯咯咯……」牙齒顫抖著，青墨魚扭頭看了眼半死不活的紅瑤魚，吞了口口水說道：「我……我不能說。」

「嗯？」楚天眼睛向大地睜了睜，最終決定不再用這些小招式，太麻煩了。

「看著我的眼睛！」猛地一聲沉喝，讓青墨魚渾身打個哆嗦的同時忍不住抬起了頭，與楚天對視。

只見楚天的眼睛裏泛蕩起七彩的光澤，好像一個漩渦般不斷旋轉，將人所有的注意力吸了進去。

青墨魚的目光變得呆滯，臉部的表情也僵硬了好多。

「好了，你現在要回答我的問題。」楚天的聲音彷彿有某種魔力，敲打著人的耳膜讓人產生昏昏沉沉的感覺。

除了堅尼豪斯和藍八色鶇，其他四大星君都感覺心神搖曳了一下，隨後趕忙拍打或搖動腦袋才將那種感覺排出腦海，但他們再看向楚天的眼神已經變得有些畏懼了。

青墨魚僵硬的臉部掙扎了一下，就連眼睛也一陣翻動，但就是不說話。

「不行嗎？難道這攝心奪魄術只能對鳥族施用嗎？」楚天之所以一開始不對二魚動用這禿鷹族的種族異能，就是因爲禽皇並沒有用這招對付過海族或者獸族，但現在見攝魂術無效，也顧不得什麼了。

正當楚天準備再次出手時，青墨魚的身體又變成了呆滯的模樣死板地點了點頭說道：

「是。」

本來有些暗淡的眼睛再次亮了起來，楚天眼中奪目的光彩再次吸引了青墨魚，他儘量平靜地問道：「你們族內有多少戰士在遺跡之城？」

「兩千，好像是兩千多，我不清楚。」臉上出現思索的神色，青墨魚好像很痛苦地一連說了三個答案。

楚天搓了下手指，再次開口：「這些人大部分都是什麼境界？」

「大多是鱗兵級別。」青墨魚語氣很僵硬地說道。

「看來海族是能被催眠的，但催眠後太死板。」楚天邊暗暗點評著本族異能的優劣邊問道：「那其他的呢？」

「還有不少達到了鰭士級別，最後有一小部分是腮長。」青墨魚臉上出現了一點表情，他好像在抗拒回答，但最終還是說了出來。

「他說的是海族獨有的境界區別，最低的是鱗兵，相當於我們的喙衛，鰭士相當於我們的爪爵，以此類推，上面還有腮長、鬚師、水將、海王，不過我並不知道他們具體分境界的方法。」看出楚天心中的疑惑，藍八色鶇在意識裏解釋道。

楚天點點頭，再次問青墨魚：「那獸族有多少人？」

「一千多人。」青墨魚這次回答時很乾脆，一點都沒有猶豫。

「他們都是什麼境界的？」

「大部分是赤色戰士，也有少部分的橙色大戰士，其他就不知道了。」

「又一種境界分類。」楚天伸出舌頭潤了潤嘴唇看向了藍八色鶇。

「獸族崇拜七色彩虹，認爲彩虹是他們的保護神，再加上正規的獸族戰法會誕生不同的顏色，所以他們分類是以彩虹七色劃分的，由低向高分別是赤橙黃綠青藍紫。」皺眉思索了下，藍八色鶇才解釋道。

「這個分類我倒很喜歡，簡單，好記。」楚天點點頭又問青墨魚：「你們是怎麼劃分佔據區域的？」

「我們佔據左側，獸族佔據右側。」可能是回答了半天，已經突破了心中的枷鎖，這個時候青墨魚回答得非常流利。

「對於遺跡之城，你們已經控制了多少？」楚天表情平定地問出了下一個問題。

「大部隊還沒有進入內城……」青墨魚還想說什麼，卻突然被人推醒了。

「紅瑤魚！」看著臉色發青仍然忍痛將青墨魚弄醒的渾蛋，楚天幾乎要暴怒了。

「你個叛徒，怎麼能告訴他們我們的秘密呢！」紅瑤魚一臉正氣地指責青墨魚。

「紐蘭西！」楚天眼冒凶光地瞪向了地焱星君。

「俺看他疼暈過去了，所以……」一臉委屈和愧疚，紐蘭西搓著大手囁嚅說道。

「算了算了。」楚天無奈地揮了揮手說道：「反正已經得到大部分資訊了。」

「我愧對吾王啊。」聽了楚天的話，紅瑤魚一臉悲痛之色，他慘叫一聲身體猛然一僵，轟然倒地。

「紅瑤魚，紅瑤魚……不要啊。」被一把推醒，還有些茫然無措的青墨魚看到紅瑤魚的樣子，立刻撲到他身上大叫起來。

「自閉心脈。」楚天看著這一幕有些奇怪的感覺，他忍不住歎道。

「好了，隔聲結界也快消失了，將他們處理了吧。」楚天皺著眉，轉過頭不看二魚。

「怎麼？不忍心了？你也應該是經過殺伐屠戮的人了，怎麼還有這種感覺？」藍八色鶇走過來說道。

「不，我沒有不忍心，只是奇怪，三大種族究竟有什麼深仇大恨，以至於不能在這個世界上共同生存。」楚天眼睛裏有一絲迷茫，他其實只是想在這個世界上混得好一點，哪裏想到會捲入越來越複雜的種族爭鬥中。

藍八色鶇額頭上出現了四條深深的皺紋，他沉默了好一會兒才說道：「我無法回答你，這或許是天性使然吧。怎麼？不想去找尋遺跡之城了？」

扭頭深深地看了藍八色鶇一眼，楚天明白了他話裏的意思。

「我想我該坦白地告訴你，在一開始我並沒有說實話，找尋遺跡之城並非鳥族安排的，而是我自己來的。」楚天盯了藍八色鶇良久，最終扭開頭說道。

眼睛瞪大了不少，思緒撚轉許久，藍八色鶇才明白楚天要說的事情。

「你是說遺跡之城是你自己想要？並不爲鳥族服務？」藍八色鶇臉色瞬間陰沉了下來，他聲音裏壓著無數的怒氣。

「是的。」楚天很乾脆地點頭，隨後又說道：「我殺了鳳凰大祭司的兒子，還滅掉了他們的雕鴞集團軍，在綠絲屏城也追殺了不少的鯤鵬王城護衛軍，你說我會幫他們嗎？」

「你……」嘴唇上瞬間失去了血色，藍八色鶇抬手指著楚天說不出話來。

「想跟我動手？」楚天臉上露出個不是滋味的笑容，他無視藍八色鶇的指責蹙著眉毛說道：「我說我不幫他們，並非不幫鳥族，我只是看不慣他們的作風。」

本來有些無奈的表情變得猙獰，楚天提高音量吼道：「每年有多少所謂的異族鳥人被神權的裁決所屠戮？每年有多少鳥人因爲王城的逼迫而遠走他鄉？海鳥族、禿鷹、始祖鳥，他們爲什麼會反？海族和獸族爲什麼如此仇恨鳥族？這都是爲什麼？你說。」

被楚天突然爆發的氣勢壓得倒退了兩步，臉上佈滿驚訝表情的藍八色鶇卻一句反駁的話都說不出來。

「嘿嘿，就是因爲這些統治者錯誤的領導，才會有了現在的事情。」楚天臉上神色堅決地說道：「今天，我們或許可以滅掉海族還有獸族，但只要他們還控制著鳥族，那麼還會有人出來反抗。」

本來震驚的臉上出現了思索的表情，藍八色鶇兩次都張開了嘴，卻又閉上，他無法說什麼。

「這個世界，該變一變了！」楚天眼中噴湧出一股讓人無法呼吸的強大自信，燒灼著四周的一切，包括藍八色鶇那顆跳動了幾千年的心。

一股澎湃的熱血從心臟噴射向全身，藍八色鶇的眼睛也燃燒起來，他露出一個微笑說道：「哈哈，活了這麼久，終於有件真正讓人心動的事情了，楚天，我會支持你。」

眼中帶著異彩看著藍八色鶇，楚天沒有說話，只是露出相同的笑容。

楚天和藍八色鶇實力都是頂呱呱的，故而他們在潛行的同時還能探討後面的計劃，其他人可就慘了，小心翼翼不說，還不敢走得太快。

運動的加速可產生風力，在這種地下洞穴中，一丁點的空氣流動都會引起人的注意。

儘量壓抑著身形，四周的空氣裏逐漸潮濕起來，有些地方的岩洞上方還會有凝成的水珠滑下，「滴答」落在地上。

空間裏緊張的氤氳在擴張，沒有任何聲音，連心跳呼吸都被降到了最低，若不是靈識過人，楚天也不會發現人的存在。

「嘩嘩嘩！」盔甲的響聲打破了寧靜，還伴隨著金屬武器的碰撞聲以及人的喝叫。

「怎麼回事？」大大的疑問生成於楚天眾人的腦海中。

「大家都別動，堅尼豪斯，你去看看。」楚天並不敢動用精神力掃描，畢竟這裏有無數的海族，而他們中有好幾個種族是玩精神力的行家，若是出一點小差錯那就是被幾千人包圍的後果，更爲主要的，不知道有沒有增援部隊，所以楚天不能冒險。

「是。」堅尼豪斯應著，身影已經虛擬化，最終消失了蹤影。

「這是？」包括藍八色鶇在內的星君們都十分驚奇。

「呃……是堅尼豪斯特有的種族異能。」楚天一時敷衍，他實在不知道怎麼回答，難道說是靈體特有的能力嗎？那肯定得引出一大堆的問題。

「隱身術嗎？還真是強大的能力啊，很有做殺手的潛質。」紐利南有些羨慕地說道。

「殺手？」楚天對這個詞感覺很奇怪。

「他們五兄弟的第二身分就是刺客。」藍八色鶇在一旁微笑著解釋道。

「啊！」楚天十分驚訝地張大了嘴巴。

「你難道不知道？他們五兄弟是探鳥，這個種族的異能非常適合做刺客，他們一直是各大族中高價收買的秘密武器。」藍八色鶇給楚天詳細地解釋道。

「這樣，那你的第二職業呢？」楚天將話題延伸道。

藍八色鶇臉色微紅，卻一閃而過道：「我沒有，倒是埃勒貝拉、奧爾瑟雅兩個丫頭有，前者是親自然鳥，天生擁有自然之力，所以她算是植物操控者，奧爾瑟雅你已經知道了，她是遊俠，都是熱愛大自然的種族，所以她們才那麼合拍。」說完這些他老臉上露出安慰的神色。

「我以前怎麼沒聽說過這些東西呢？」楚天確實很奇怪，他也算是經歷了不少事情了，怎麼到現在還不知道這件事呢。

「當然了，知道這些事情的除了超級大族，剩下的就是一些極小的人物才瞭解，因爲他們根本不是主流種族，在我們鳥族，最廣爲人知的還是靈禽力者。」藍八色鶇知道楚天的無知，所以很仔細地爲他解釋道：「靈禽力者就是你現在的身分，也是我的身分，是所有鳥族人的身分，只有一些特殊的種族，才擁有第二能力，開發出第二職業。」

「那我有沒有第二職業？」楚天眼睛放光地說道。

「我哪裏知道，這個外人看不出來的，只有自己慢慢發覺，不過據我所知，禿鷹所有種族中都沒有第二能力。」藍八色鶇一悶棍將楚天打的頭濛濛。

「不過……你別以爲擁有第二能力是件好事，正所謂『百事通不如一事精』，擁有了第二能力需要分散很大的心神，這就導致這些第二職業者很難提升境界。」藍八色鶇這個老傢伙很精通「打一棍子再給你甜棗兒」的說話技巧，兩句話已經讓楚天享受到了一會兒火焰，一會兒冰山的味道。

「其實我們也是第二職業者，我們都被叫做礦工！」正當楚天在消化這件事情可能對自己發展產生的影響時，一個得意的聲音響了起來。

楚天已經猜測到下一句話是什麼了，他趕緊轉移話題說道：「那海族和獸族是什麼樣子的？」

「呵呵。」看了眼舒克貝，藍八色鶇微微一笑說道：「海族是一個奇特的種族，他們肉體力量非常脆弱，但卻擁有呼風喚雨的能力，我們稱他們爲控法者，哦對了，我們靈禽力者的叫法也是從海族流行開來的。」

「至於獸族嘛，他們是天生的純戰士，肉體力量一直是最強悍的，所以就叫他們原始戰者。」藍八色鶇摸著頷下鬍鬚，爲這場種族瞭解課劃下了句號。

「這樣啊，沒想到居然還有這些。」楚天點點頭說道。

「這是近萬年內才流行起的東西，所以很多人還不是太瞭解。」

「對了，那蟲族呢？」楚天猛然想起趕忙問道。

「蟲族是沒有自我能力的種族，他們是天生的模仿者，所以能力比較雜，我們將他們稱之爲畫皮者。」藍八色鶇剛解釋完，外面突然有了動靜。

金屬碰撞的聲音戛然而止，只留下凝重的呼吸，好像被大力推動的風箱刺激著人的聽覺神經。

「是海族和獸族在對練，一共二十人。」腦海裏響起堅尼豪斯的聲音，楚天將精神對接，已經通過他看到了那些人。

「他們的鎧甲好像很強大。」楚天看著這些人身上一片片白色金屬鱗組成的鎖子甲挑了挑眉毛。

「是海族的，他們的鍛造技術是這個世界最強大的。」藍八色鶇的聲音在眾人腦海裏響起。

「海鳥族。」楚天突然想起了當初伊美爾的話。

詫異地看了楚天一眼，藍八色鶇點點頭：「是的，自從海鳥投靠海族後，他們的鍛造技術才上升到頂點。」

楚天暗暗一歎，最終沒再就此事說什麼，他讓堅尼豪斯回來，隨後對大家說道：「不要驚動他們了，我們繞道走。」

身影全數歸於黑暗，幾個人按照舒克貝的引導向另一條路潛去。

已經耽誤了不少時間，楚天等人不敢再拖拉，後面一路上走得極快，沒多久已走出了洞穴通道。

本來黑暗的空間豁然開朗，一座超級大的城牆展現在楚天等人面前，這城牆因爲泥土的遮掩已看不出本來的顏色，但它的高大恢弘仍然讓楚天等人心神搖曳。

「太高了！太雄威了！太偉大了……」楚天腦中「太太太」了一大票讚歎語，其實相較來說，根本沒有鳥神宮殿宏偉，但有一點，這地方可是他自己的，誇自己的東西那有什麼錯！

「這就是完全屬於我的天空之城，真是讓人震撼的建築啊。」楚天狂吸著口水心中暗暗地叫道。

「喂，咱們怎麼進去啊？快點吧，俺肚子都餓了。」紐蘭西憨厚的叫聲打斷了楚天的意淫。

某鳥白了紐蘭西一眼，同時抹了把嘴角的水漬，扭頭看向了藍八色鶇。

百變星君仰頭看著已經完全和上面的地皮連成一體的城牆，再向左右看看，發覺根本到不了頭兒，他皺眉說道：「向兩邊走我擔心遇到海獸兩族的人。」

「還是我來吧，你們真是無能，我直接鑽個洞，把城牆打通就行了。」舒克貝鄙視地瞄了眼楚天，隨後拍著胸脯說道。

「你能將這城牆鑽通？」紐貝克有些驚訝地拍了拍渾厚的城牆，感覺質地十分堅硬。

「哼，我可是俺們族中的鑽地鳥王，而我們鑽地鳥更是無所不鑽，就是金剛石，我們也能鑽通。」舒克貝一臉牛氣哄哄的樣子，還時不時拿「你求我，求我就教給你怎麼鑽地」的眼神瞄楚天。

「那好，你就試試吧。」雖然還是有些不敢相信，但藍八色鶇最終仍是點下了頭。

「得令。」舒克貝口中叫著深吸口氣，晃著膀子就向城牆走。

「不行！」剛走到牆根楚天卻攔住了他。

「怎麼了？好像就這一個辦法。」藍八色鶇奇怪地問道。

「呃……」楚天一時無語，他攔住舒克貝意思很簡單，這天空之城是他的，若是損壞了他自己還得修，那不是吃飽了撐的沒事找事兒嘛！但這個理由並不好說，故而他想了下後才說道：「咱們不知道城牆那邊有沒有人，若是鑽通後碰到人怎麼辦？」

「……」幾個人無語。

「所以我看還是向兩邊走吧。」楚天嘿嘿笑著說道。

對於楚天怪異的舉動，大家都在心中暗暗揣測著，卻也沒有反駁。

「不用，你既然擔心那個，我們可以從上面動手，海獸兩族都不會飛，他們肯定不會在上面的。」舒克貝抬手阻止眾人，指著上面的泥土說道。

「哎，對啊，我們可以從上面啊。」眾人點點頭。

得意地白了楚天一眼，舒克貝對他勾勾爪子說：「把我送上去。」

楚天愣了下，隨後說道：「好的。」

畢竟舒克貝也算想了個兩全其美的辦法，所以雖然知道這是故意捉弄自己，但楚天仍然答應了，不過一分多鐘後，他深深地爲這個輕率的決定感覺到了後悔。

「禿頭大叔，你就答應我唄，把我變成翎爵。好吧，我將你介紹給娜斯菲爾姐姐，她可是我們族中的第一美女哦，怎麼不說話，要不我給你我的收藏，十五個圓滾滾的泥蛋蛋，這可是我的命根子，我就靠它們打贏了族裏所有的人，獲得了滾泥蛋蛋王者的稱號……哎，你手別哆嗦，我站不住了。」上半截身子已經進入剛打的洞穴裏的舒克貝一邊挖土一邊說。

而在他身下演高腳凳的楚天卻是一邊迎接從洞穴裏挖出來的土，一邊聽著好像蒼蠅一樣的叫聲，他感覺自己都快併發帕金森綜合症和少兒癲狂症了。

「喂，禿頭大叔，你怎麼回事？連手都不穩，要是再這樣我可沒辦法幹活了……啊哈哈……哇哈哈……」正掏土的舒克貝感覺托著他的手搖晃得越來越厲害，忍不住將頭扭出來說，但第一眼就看到成了泥人的楚天，他忍不住大笑起來。

楚天感覺他的臉色變化得很快，青紅藍綠紫這會兒工夫就換了一個遍。

「舒克貝啊，你感覺這個很有意思是不是？」楚天聲音非常縹緲，顫抖個不停。

渾身打了個哆嗦，舒克貝好像預測到地震的老鼠立刻閉嘴縮進洞裏，邊飛快地挖洞邊說道：「不是不是，我挖洞，我挖洞。」

第十二章 大混戰

嬉鬧中，眾人順次鑽進了被打通的大洞裏，其出口正好建在城牆防衛夾層的一個入口上。

所謂城牆防衛夾層是為了防禦敵人的襲擊，而建立在城牆中的一些小藏兵洞，這些洞裏面多者可駐兵十人以上，少者也在三人大小，可儲藏糧食和軍械，如果有人攀城牆，可通過暗口刺出長槍等兵刃攻擊敵人。

很明顯，這種設計是為了對付海獸蟲這些不會飛的種族。

楚天等人匍匐爬進了一個比較大的藏兵洞，隨後找到了藏兵洞的另一個入口。

「噓，沒人，我們出去。」既然是最擅於隱藏行跡的刺客，楚天若是不利用豈非傻子，那排在首位的紐利南靠在出口左側的牆壁上，蹲下身將一片羽毛從門口下面的縫隙裏慢慢送了出去，幾秒鐘後站了起來說道。

「這是含羞鳥身上的羽毛，它非常敏感，只要有生物走到它方圓十米內，它就會自動彎曲。」紐貝克知道楚天和堅尼豪斯不知道，所以解釋了一句。

楚天聽後詫異地看了他一眼，有些奇怪爲什麼連這種隱秘的事情都告訴自己。

「呵呵，別這樣看著我，其實這個東西根本不是秘密。」紐貝克笑著說道：「大部分鳥族都知道的，除了你……」

楚天的臉瞬間陰了下來，這不是說他很無知嘛！

抬手從衣服中拿出一根枯黃色的樹葉，紐利南兩手用力將其碾碎，隨後把粉末灑在門軸之上。

楚天看到這一幕笑了下說道：「這是爲了讓門開關時不發出聲音。」

「咦！你竟然也知道這些小知識？」紐貝克顯得很驚訝，不過隨後他又問道：「那你知道這是什麼樹葉？」

「……」楚天咧咧嘴沒有說話。

「呵呵。」紐貝克開心地笑了兩聲後說道：「這是大地樹的葉子，枯萎之後碾碎可變成非常潤滑的黃粉，可以減少摩擦。」

「這麼多神奇的東西！」楚天真是有些歎服了。

「楚天別聽他忽悠，其實這些都在鳥族人生活中有應用，不過探鳥是個細心的種族，他們最擅於將這些小東西運用到任何方面。」藍八色鶇看到楚天吃驚的樣子，忍不住在一旁插嘴說道。

「那也很強大了，社會處處是學堂。」楚天沒有任何不滿，反而更加歎服地說道。

對楚天的表現很滿意地點點頭，藍八色鶇不再說話。

「好了。」紐利南輕手輕腳卻非常迅速地將門打開，並閃電般探頭向兩側看了看，然後用意識說了句，然後翻身一滾出了大門。

楚天等人迅速跟上，結果再次一呆。

眼前是一座超級宏偉的城市，各處亭台樓閣，精美別致，大氣恢弘者有，小巧精緻者有，二者分區而建，錯落有致，橫豎成行，第一眼，楚天就知道建造這裏的人是個完美的城市規劃師！

入目順眼，卻暗藏殺機，攻防皆可，堪稱集建築之能事於一身。

整座天空之城都因爲深埋地下而不見陽光，只有一些零落的地方有昏紅的火光在搖曳，將這座天空之城映襯得好似仙宮，又好似魔地。

只是匆匆一瞥，楚天已經將這座自己的城市看了個大概，這座城市絕對比他見過的所有天空之城都要完美。

按照大明王當初開啓藏寶圖並告訴他走法後，楚天已經牢記了所有步驟，天空之城最主要的核心是在內城的城主府內，那裏有三塊能量晶石，是啓動天空之城的鑰匙，其他還有一些東西需要進入城主府後才能運行。

分析了一遍，楚天將計劃傳進紐利南的腦海裏，後者點點頭，示意明白。

爲了避免被發現，一行人不敢靠近有火光的地方，靠著牆角前行，在楚天看來，頗有幾分樑上君子的味道。

「有人！」紐利南示警的聲音在幾個人腦海裏響起，眾人趕忙竄進各個角落隱蔽。

整齊的邁步聲從小胡同的前方響起，楚天悄悄挪出一隻眼睛看了下，正好看到一群拿著閃光長槍的獸族豹子士兵整齊走過。

「不行了，這樣走下去非被發現不可，這段路上已經是第七個巡邏隊了。」堅尼豪斯聲音充滿了鬱悶之意。

楚天無語，而其他人，包括藍八色鶇在內都是點頭認同。

「那大家說怎麼辦？這已經快到內城了，巡邏肯定多嘛。」楚天擰著眉頭，感覺也是沒有辦法。

「從剛才看到的那條路！」舒克貝眼睛瞪大說道。

「嗯？」幾個人都看向了鑽地小鳥。

「絕對可以，剛才那條路上一個巡邏兵都沒有出現過。」鑽地小鳥一臉肯定地說道。

「可是……那裏距離火光太近了，而且應該有高手。」堅尼豪斯邊想邊說道。

舒克貝畢竟是小孩兒，他一聽這話不知道怎麼說了。

「近就近了，以我們的實力應該不會被發現。」楚天一甩手，最終下了決定。

堅尼豪斯口中的火光是在商業街的中心，那裏有兩處特別的地方，是兩座巨大的庭院式宮殿建築，在其他小三層樓兒的拱衛下顯得非常闊氣。

不知是獸族還是海族，將這裏當做了暫時居住點，裏面火光映照，喧囂無比，顯然有不少人，但不知爲何，這裏卻沒有任何士兵巡邏。

「只要過了那兩處位置，我們就安全了，前面就是內城的入口。」抬頭掃了眼前方比剛才見到的城牆還要高大的灰色牆壁，楚天給大家打著氣。

潛行看似簡單，實則最耗費心神，需要注意方方面面的事情，還要總將心提起來，這種精神壓力不是一般人能夠忍受的。

這會兒大家都已經有些累了，楚天不得不用蘊含精神力的言語引導大家。

靠著牆壁，張頭探望一眼，見沒有情況後，紐西姆才快速躥到前面的牆角處，終於來到了兩處外族集聚點。

裏面應該是在辦什麼宴會，酒杯的碰撞聲，菜肴的爆炒聲，甚至粗人吃東西「吧嗒」

嘴的聲音……聲聲入耳，刺激得人將心都提到了嗓子眼兒上。

「大家跑！」努力讓精神冷靜下來，紐西姆探查了好一會兒，才在眾人的意識裏大叫道。

「呼……」終於跑過了那兩處聚集點，幾個人相互對望，彼此微笑，可就在這個時候。「咕……咕！」

巨大的響聲好像針一樣扎進了眾人的耳朵，左側聚集點某個上廁所的獸人聽到了這個聲音，從庭院裏探出頭來……

「俺餓了……」罪魁禍首紐蘭西臉色很尷尬，但還是實話實說。

「跑啊！」來不及責怪這位食神，楚天大叫一聲的同時將靈禽力化虛爲實，變作一把飛刀射向了探頭的獸人。

這聲叫，這把刀，瞬間將獸人被酒精腐蝕的腦袋瓜給淨化了，他扯開嗓子吼道：「有鳥人！」

本來的喧嘩聲瞬間停頓，隨後就是怒喝和叫罵，左側的門口裏衝出無數獸人，右側的門口裏衝出無數魚人，只是因爲門口太小人太多很多都沒有擠出來，無奈下，不少人都翻了牆頭兒。

可憐那隻報警的獸人，拚命躲過了楚天的飛刀，卻被自己族人踩在了腳下……

「這群渾蛋，竟敢爬我家的牆頭。」楚天心中有些惱怒，很有衝回去將那些人扒皮抽骨的衝動，但被藍八色鶇攔住了。

「等下你跑，我在這裏擋一會兒。」百變星君臉色紅漲地說道。

「老頑童，你發燒燒糊塗了。」楚天很鄙視地說著，一對眸子掃了遍眾人說道：「誰也別給我逞英雄，論英雄，你們誰是我對手。」

說完話，楚天將舒克貝從紐蘭西那裏接過來，抬手一揮，一道紫金色光芒閃過，商業街的出口處已多了一面朦朦朧朧的紫金色光罩。

楚天揮完手，已經在背後生出一對黑色羽翼，飛了起來，其他人一看這個樣子也跟著凌空向內城飛去。

「這可以阻他們一阻了。」楚天飛在空中殿後，非常自信地說道。

其他幾個人也很相信，故而點點頭，但這頭還沒點完，就聽身後「嘿呼」一聲，然後就是一些人的「哎呀」驚叫。

楚小鳥忍不住一回頭，結果就看到自己布上的結界被蜂擁的海獸一族戰士硬生生擠破了。

眼睛瞬間瞪得比牛還大，楚天吧嗒著嘴巴說道：「我記得不是說只有三千多人的嗎？」

「是啊，那條青魚是這樣說的。」被他夾在腋下的舒克貝點著圓球一樣的腦袋說道。

「那我怎麼看到近萬的海獸聯軍啊。」楚天嘴巴張開都有些合不上的跡象，口水順著他嘴角滴到了舒克貝臉上。

「喂注意點，這麼不講衛生！」抱怨了一句，舒克貝很老實地說道：「我也看到了，如此可能有兩個原因，一是你被人騙了，二是那條青魚被人騙了。」

「我靠！」楚天一抹嘴角的口水猛甩下手吼道：「老子就不信邪，堂堂翎爵還跑不過你們。」

「呃……」舒克貝無語問蒼天。

楚天這次可沒心思單挑人家了，上次千數雕鴞讓他和特洛嵐等人渾身帶傷地逃命，這次就是實力差點，但也是一萬多人啊，他自認沒有消滅的實力，只好大叫一聲帶著眾人匆忙逃命。

說來楚天等人還算不錯，他們會飛，比下面的海族和獸族又先一步起跑，所以領先了不少路程，在這會兒已經來到內城牆跟前。

內城牆比外城牆要高二分之一，看起來也更加雄偉，一面巨大的鑲釘朱色巨門嵌在城樓之上。

雖然情況緊急，楚天仍然對大門狠盯了兩眼，上面那些釘扣他一眼就看出來了，全部是勈鐵打造的，這得要多少錢啊。

「大家合力把門撞開。」其他人可不像楚天這樣財迷，在藍八色鶇一聲令下後就聚集在一起，看架勢是想直接用靈禽力將門衝撞開。

「不不不。」楚天趕忙拉住大家瘋狂的破壞舉動，他說道：「我來我來。」

說完話很憐憫地看了眼大門，心中無奈道：「俺的門兒，對不起了。」

心神瞬間摒棄所有雜念，鄱鑾戰空變被提升至最高境界，楚天虎吼一聲，一把綠色巨刃出現在他手中。

伯蘭絲，碧波粼羽刀！

「給我開！」楚天眼中精光閃爍，身體飛速前衝，手中綠刀也憑空瘋長逕自刺向兩扇大門中間的縫隙。

「呀哈！」楚天口中大叫著，已經長到十幾米長的大刀被他雙手舉起，沿著門縫一切到底。

「咔嚓！」

聽到門臼斷裂的聲音後其他人哪敢稍等，已經快速衝向大門，在整齊的「嘿咻」聲中，大門「吱嗡嗡」被打開了。

不等全開，裂開一條縫隙後楚天已經率先鑽進內城，等所有人進去後他又大喝：「關門。」

知道要是被人抓到就是踩也得踩死，幾個人哪裏敢有半分鬆懈，楚天命令剛下，幾個人已經抱起兩截比水桶腰還粗的兩截門臼分別插進了鎖門洞中。

只能扣住一半兒，所以幾個人都沒有指望能夠完全阻擋住海獸大軍，一弄好，又火急火燎地向前飛去。

相較於外城，內城的建築更加凝重，除了少數亭台建築外，其他都應該是戰爭產物，防禦好，位置優越，可楚天這次卻一點好心情都沒有！

只見，四周的房頂上，一點點人影帶著一點點寒光逕自面向了他們。

人影不用說，是海族獸族的好兄弟們，寒光，是由海族製造附帶破靈禽力的利器。

「藍老，您活的年歲長，經驗豐富，您看這種情況該怎麼辦？」楚天臉上掛著笑意在意識裏問藍八色鶇。

「你這個時候知道叫藍老了！」百變星君顯然不是很爽。

站在最高建築，也就是楚天等人目的地城主府的瞭望塔上的一個海族漢子看著這裏，他輕輕地舉起了手，喝道：「放！」

「跑啊。」楚天雙手連揮，連續兩層紫金色光罩布了起來，藍八色鶇也在同時布了一層藍色結界。

「竟然連談判的機會都不給，果然是野蠻人啊。」內心抱怨著，楚天抱著舒克貝，將紐西姆和紐蘭西撲倒在地上，喝道：「向東邊的大建築群跑，那裏不適合遠端武器。」

楚天抽空抬頭看了眼，只見無數螞蝗一樣的黑點密密麻麻地射到了結界上，「咚咚咚」的響聲中結界波動無比劇烈。

上次也見到過這樣的情形，那次是和雕鴞集團軍，但根本沒有這麼快！

「究竟是哪個渾蛋說雕鴞集團軍是超強軍團，人家這比他還厲害嘛！怪不得有人說會叫的狗不咬人，那群傢伙也就是名氣大而已。」楚天感覺喉頭一陣發苦，沒想到事情會發展成這個樣子。

「雕鴞集團軍其實挺厲害的，但人家人多啊。」藍八色鶇的聲音傳進楚天腦海裏。

楚天當然知道這是實話，但他就是需要點話題來轉移大家的緊張，要不然不等第三輪箭射來，其他人就沒有信心了。

也不敢再保留什麼東西了，楚天趕緊用精神力掃描附近的地形，想在敵人的包圍中找條夾縫，可就在這個時候，身後響起了「咚咚咚」地聲音。

沒等楚天回頭去看，就聽「嗡」的一陣氣流爆響，然後「轟」的一聲，無數塵土飛舞起來。

「你這是逼我啊。」楚天不用看已經知道是外面的海獸族聯軍推倒城門衝了進來，他抬頭叫了一聲，將舒克貝放在地上，就想衝過去砍殺這群人。

「不要，楚天，你冷靜啊。」藍八色鶇拉住了他在他耳邊叫道。

「我的大門……」楚天心中哀叫著。

「大家跟我來。」排除雜念，將這筆賬全部算到兩族頭上的楚天看了兩眼道路叫了一聲，向東側衝去。

這裏房屋比較密集，應該是守衛或者傭人的宿舍，密密麻麻的非常利於隱藏。

楚天等人剛進入這裏，就聽身後的天空中「啤嗅」一聲，藍八色鶇拽著大家就向前飛跑。

「轟隆隆！」

巨響聲中，無數磚頭斷樑炸飛出來，回頭望去，只見一片房屋已經被炸成了大坑。

「海族，獸族，這片地方你們得賠！」楚天哭喪著臉大叫了一聲隨後繼續跑，而身後就是接連的「啤嗅啤嗅啤嗅……」

「海族的火靈彈！」藍八色鶇滿是灰塵的臉上閃過一絲決絕，他說道：「這裏肯定有海族的腮長，我去攔他一下，你們快點去城主府。」

「不行！」楚天大吼一聲，但藍八色鶇此時已經騰空飛起。

海族和獸族就等這一刻，瞬間「嗖嗖嗖」的破空聲刺入了人的耳膜，無數黑壓壓的破靈箭頭射向了藍八色鶇。

「藍老……」楚天眼睛完全變成了血紅色，上面的血光可怖駭人。

在那些蜂擁而至的破靈箭就要觸及藍八色鶇時，他的身體附近突然出現了一道藍色的黏膜狀光芒，只聽他口中「呵呀」叫著，飛到他身邊的破靈箭全部好像被磁鐵吸住一樣黏在了他的身體上。

「你不是問我的第二職業是什麼嗎？我的種族是垃圾鳥，而我的職業是廢鐵回收師！」天空中已經被包成箭人的藍八色鶇爽朗地笑著吼叫而出，隨後身體好像將金鐘罩練至幾百層的超級牛人般，在天空中橫衝直撞，因爲那一聲被法力加持後的勊鐵作祟，他的身體就跟穿甲彈一樣無堅不摧，撞哪兒哪破，威勢大漲間嚇得海獸兩族戰士都不敢近身。

一座哥德式宮殿建築被藍八色鶇撞到，頓時一個角兒變成齏粉崩塌，那邊一棟塔樓被攔腰撞斷……

楚天的心在滴血，他狠狠地說道：「這些我都算到你們海族和獸族身上……還得加利息！」

雖然有了藍八色鶇的破壞，海獸兩族的圍追堵截要混亂了不少，但仍有不少人在緊盯著楚天等人，尤其是從外城衝進來的那些傢伙，他們就好像聞到臭雞蛋的蒼蠅一樣，追著楚天一個人不放，不像那些投槍和弩箭射幾個人。

「好了，我們這樣下去不是辦法，你們先走，我來攔他們一下。」楚天將舒克貝交給紐蘭西，氣勢勃發地說道。

「我們去城主府有什麼用，只有你才懂得那些機關啊。」紐貝克眼神流轉問說道。

「我不是已經將所有的東西都傳給紐利南了嗎？」楚天眉頭一挑問道。

「可是我們不記得了。」紐利南臉上掛著堅定之色說道。

「渾蛋！」楚天罵了一句衝到紐利南身邊，提起了他衣領咬著牙說道：「你們等下給我向城主府走，我斷後，知道嗎！」

嘴唇蠕動著，紐利南眼睛裏蒙起一層水霧，恨聲叫道：「你他媽等下不過來，我立刻將天空之城送給神權派去。」

「呵呵。」楚天笑了下，抬手揉了揉紐利南火紅的頭髮說道：「我是翎爵，等會兒我還會將老頑童一起帶過去。」

「說定了。」紐利南眼睛裏閃爍著期許的眼神說道。

「說定了。」楚天點點頭，鬆開手大步向後面的如潮水般湧來的人群走去。

「兔崽子們……」楚天張口想吼這群渾蛋，但本來蜂湧的海獸大軍後面突然亂了。

「啊……哦……噢……」不時的慘叫和痛呼迅速接連成曲，讓楚天這等人都忍不住發起了呆。

「楚大哥，我們來了！」正當楚天感覺奇怪時，一個虛虛的人影從人群的上空飄了過來，卻是伊莎。

「你們……我不是不讓你們來的嗎？」楚天仍然沒有從這三百六十度的轉變中反應過來，問話顯得極僵硬。

「哼，你當你是鳥神嗎？我們得聽你的？」隨著這聲冷哼，赫蓮娜那張絕美的臉蛋出現在楚天腦海裏。

「你……怎麼？」楚天此刻終於明白是她們在後面殺了海獸大軍的人，所以才引發了混亂，但他奇怪，赫蓮娜可是海族的公主啊，怎麼肯殺自己的族人？是爲了他嗎？

豔冠群芳的臉蛋上兩朵朱紅好像霧氣般漸生，隨後赫蓮娜意識到自己的失態，立刻兇狠地白了楚天一眼後說道：「海族各大強族本就連年征戰，這裏根本沒有我們人魚的族人，而且，我是個守信的人，作爲你的保鏢，一定會對你負責的。」

「負責？」這個詞差點讓楚天想入非非，幸虧他反應及時，沒有讓赫蓮娜發飆。

「你快去城主府吧，這裏就交給我們了。」赫蓮娜在這幾秒鐘內終於壓下了心中的情緒，恢復了以往強勢的態度說道。

「就你們幾個，不行！」這裏一共有近兩萬人，讓幾個女孩子來抵擋，他絕對是不會應允的。

「渾蛋，誰說就我們幾個，你聽聽後面狂暴的喊聲，那是長尾雉們。」秀眉一軒，赫蓮娜指著後面說道。

「他們居然到了，可就是有他們也不是這些人的對手啊。」楚天本來緊張的神色一鬆，隨後又急問道。

「你是不是男人，這麼拖拉。」赫蓮娜恨恨地瞪著楚天說道。

「就算我不是男人，也不能讓你們冒險。」楚天也瞪大眼睛，一步不讓。

與楚天對視了兩秒，赫蓮娜眼中湧出了一點欣慰、開心和羞澀等情緒混合的眼神。

「好啦楚大哥，剛才你們將外面的守衛全部引開後我們突襲了他們的武器庫，這群狂化挾持後的長尾雉加上海族生產的超強兵器，堅持半個小時不成問題的，你快點去吧，別再耽誤時間了。」伊莎在重要的時刻總是那樣體貼，她不願看到兩個人再這樣眉來眼去，只好開口打斷說道。

「呃……好的。」楚天反應了一下，才點點頭說道：「半個小時，我一定搞好。」

「跟我走。」心中恨不得立刻衝到城主府去，楚天領著三大星君、堅尼豪斯向內城最中心的城主府奔去。

城主府，跟十六世紀西方國王的城堡一樣，有著桃形的尖塔，十幾根圓柱形房間以及吊橋等建築，因爲大部分戰力都被赫蓮娜和藍八色鶇吸引，楚天等人一路上並沒有遇到多少阻攔已跑進城堡內部。

城堡是完全按照王室建築所建造，楚天等人衝進來首先經過護衛兵樓。

「嚕！」正在極速奔跑，一聲利器砍破空氣的聲音突然自楚天的頭頂響起。

「滾！」楚天口中大叫著，手似慢實快地抬起，拽住了拿刀的那隻手，猛地發力，將這隻獸人拽起扔在了地上。

瞬間，身體被巨力摔得迸裂，各種內臟濺了出來。

楚天腳下根本沒有停頓，這個只有喙衛實力的傢伙根本不需要他停下腳步。

穿過護衛兵樓後是一個巨大的庭院，本來應該種植著無數珍株稀草，但因爲廢棄的時間過久，只留下一院子的灰塵。

楚天的腳步稍僵了一下，他感受到在這個相當於中國古代皇宮御花園一類的院子東側，有一個男人。

「我來！」紐利南的話讓楚天的腳步再次邁了起來，一個相當於羽爵的人，御鑫星君足夠應付了。

楚天的身影快速前進，前面是中央正殿，後面就是中心護室，天空之城的核心就在護室的地下。

中央正殿是整個城堡中最巨大宏偉的建築。腳剛踏上大殿的台階，楚天腦中的一根神經突然一緊，他將舒克貝放到背上，模仿伯蘭絲的碧波粼羽刀和大日金烏分別出現在他雙手。

身形拔然離地，好像離弦的利箭一樣激射而出，楚天右手大日金烏已經好像巡航導彈一樣飛射而出，而左手的碧波粼羽刀緊隨其後，變成十米長的幽色菜刀，橫向一掃而出，所帶出的劇烈氣風刮得中央正殿中各種昂貴的裝飾品一陣晃動。

「啊……」第一聲慘叫響起，大日金烏就如旋轉的環形切割機，尋找著敵人。

守候在正殿裏的二十多位海獸族戰士這個時候才反應過來，他們做出了防備的姿態。一個上半身已經完全變成人的海族口中念念有詞，突然將手中的短劍指向了大日金烏，一道人腿粗細的白色閃電從短劍上射了出來。

「轟！」直接命中大日金烏，楚天能感受到海族放鬆的心，他嘴角一揚，露出個殘忍的微笑。

被雷光轟到，在眾人眼中已經變作光球融化的大日金烏突然自光團中衝出，以更加快的速度旋轉，來到那名海族人跟前，在他擴大的瞳孔中，劃開了他的脖子。

「骨碌碌！」

那張充滿驚恐與不相信的頭顱露掉在地上滾到了一個獸族的腳下。

「%……%￥%……￥」其他人都大叫了起來，楚天聽不懂是什麼，但卻能感受到他們的思想波動，他們應該是說大日金烏不怕雷，換其他試試。

楚天嘴角又向上揚了幾分，他心中邪惡地笑著：「打吧，打吧，你們人生中只有這麼一點時間發揮光與熱了，要是再不多玩兩下，可就沒有機會了。」

正如楚天所期許的，海族所有的人都口中念念有詞，手中的短劍和魔杖全數指向了大日金烏。

而已有了靈性的大日金烏就好像伺機而動的虎頭蜂，停在中間，思索該攻擊哪一個。

楚天這個時候已經衝到了大殿中心，他心中一動，眼角向大殿最後面的庭門看去。在這座有阿拉伯風格的波浪門兩側，一個海族一個獸族慵懶地靠著門柱正在打瞌睡。

「這就是敵人了。」楚天心中一動，正要捨棄這群小蝦米去對付大魚，紐蘭西和紐西姆站了出來說道：「我們去。」

楚天尋思了一下，最終點點頭。

楚天繼續前行，穿過了中央正殿，幾步路已來到了最後的中心護室，這是個完全用勉鐵建造的房間，好像戰爭電影中的炮樓兒，十米見方，密封很好，比較特別的一點就是上面刻滿蘊含某種力量的符文，楚天想這應該是將能量轉換的東西。

楚天腳下很快，正當他想將門打開時，那門卻自己開了。

眉毛一挑，他並沒有止步，反而更加快速地進入了中心護室。

裏面和外面區別不大，沒有一點擺設，只有各種符文雖然被塵土覆蓋，但仍閃爍著並不是光的光芒。

在這間空蕩蕩的護室中心，是一個圓形的地下入口，口已經被打開，一雙腳站在入口旁邊。

第十三章 海龍王子

完全由各色華美的羽毛組成，那雙腳上穿著一雙用羽毛組成的鞋。

楚天心中不惱怒，他眼神很平淡地打量這雙鞋的主人。

基本上已經進化成了人形，長得高一米五寬一米五，一張長著密密絨毛的臉凸牙歪嘴，顯得極其猙獰。

他，只穿了一條由鳥毛織成的三角褲頭，露出渾身結實的腱子肉，雖然上面長著黃色的絨毛。

「王八蛋！」不等楚天表示什麼，紐貝克已經一步衝出，一條金光閃閃的長槍憑空出現在他手中，直接刺向了獸人的脖頸。

獸人猛地抬手，一把抓住了槍桿，紐貝克咬牙用力，卻紋絲不動。

「呀！」紐貝克狂叫一聲，抓著槍桿的手向左猛擰。獸人猙獰如魔神的臉上出現一絲波動，他的手鬆了，長槍刺向了他的脖子。

紐貝克嘴角咧開了，圓錐形的槍頭已接近了獸人的脖子。「叮！」一聲脆響，獸人脖子上出現了一層深青色的光罩……

「銳爵級別的高手。」楚天意識裏說道，而在他身後的堅尼豪斯卻同時說道：「是霸獅族的人。」楚天沒有再開口，只是看著堅尼豪斯。

堅尼豪斯眼神閃爍了好幾下，才一閉眼睛說道：「我和紐貝克，能對付他。」楚天大有深意地看了他一眼，然後向地下入口走去。

「轟轟轟——」

正在快步向下激射的楚天聽到了地面上的聲音，他擔憂地蹙了蹙眉，最終壓下心中的想法，再次向下飛去。

這是一個很有現代藝術感的螺旋樓梯，爲了省時間，楚天直接跳到了樓梯中間的縫隙裏，就那樣飛速地向下落去，這會兒工夫他感覺已經下落了近百米。

樓梯是用某種類似夜明珠的材料建造的，所以雖然是地下的地下，卻沒有任何黑暗的感覺，整個眼眸裏充滿柔和的光芒。

耳朵動了一動，楚天低頭向下看去，竟然看到一隻張開血盆大口的不知名巨獸在樓梯下面等著他。

臉上笑著，楚天心道：「這不會是對手準備的吧，那可真是高估他了。」

在剛進入地下入口時，楚天已感覺到一股強大的力量在這裏，沒想到這個讓他給予足夠重視的人，竟然做出這樣「彪悍」的事情，他如何不笑！

楚天手輕輕一翻，翻版的碧波粼羽刀已經刀鋒向下，隨著他的下落刺在空氣中摩擦出一陣陣氣爆。

「呵——」下面有些像蛤蟆的怪獸就如他的主人一樣不知好歹，還從嗓子眼中發出一陣臭氣，讓楚天眉頭皺了皺。

怪獸真的極傻，甚至連動都沒動，就在「刺啦」聲中，被盜版碧波粼羽刀穿成了糖葫蘆兒。

楚天再次皺眉，他感覺事情實在是太怪異了。

屈指一彈，一股靈禽力射到蛤蟆的身上，那只有鯨魚大小的身體就好像吹氣過多的氣球一樣，「砰」地爆裂，楚天早已布上一層結界，射飛出來的血肉並沒有一點沾到他的身上。

「這東西夠臭的。」楚天忍不住活動了下鼻子，隨後不得不用毛孔呼吸。

做完這一切楚天才向後看去，如樓梯一樣，這裏的裝飾給人很現代的感覺。

沒有了符文，倒有很多連禽皇都說不上名字的金屬製品，他們有很多管道，連接在一起，並最終穿進畫著咒文的牆壁上。

地板上閃爍著金屬的色澤，一些奇怪的機器好像是生長在上面，與那些管道相連，讓楚天懷疑是回到了現代的大工廠中。

這片地方很大，按照楚天的目測至少有三四百平方米，卻被隔成了兩個部分，現在他所站的是東側，一個黃色的金屬門聯通著另一個房間。

一絲絲威壓從那間房間裏傳過來，最起碼，是個同級數的朋友。

楚天感覺已經耗費了不少時間，他抬步向那門裏走去。來到近前，並沒有去推門，他右手抬起，伸出食指，沿著門的一側直線上升，直到劃了門的一半周長才收回了手。

本來整體的大門好像被電焊切割了一遍般，一條長方形的縫隙迅速崩裂出現，門自己「吱吱」地向內倒去。

兩個房間通了，卻完全不同，楚天在的這個房間入目金光燦爛，晃得人眼暈，另個房間，卻是銀色的，徹頭徹尾的銀。

無數奇怪的雕像按照某種規律排列著，他們被雕刻成人的樣子，或坐或立，或執筆行草，或提水澆花……林林總總，千人百態，可楚天感覺有些奇怪……

千人百態……千人百態……就是千人百態，可這是個鳥人的世界啊！怎麼會有這麼多完全人的雕像呢！

楚天映照成銀金紫三色的眼眸露出思索的光芒，他抬步跨進了銀色房間。

這才發現一開始的預料錯誤了，這個房間更加大，有上千個平方。除了無數人形雕像外，四周還雕刻著一些很像佛龕的浮雕，一個個相連起來，構成了某種規律，符合著人心中的一條弦。

而在正前方，有一個大高台，一個完全由各種金銀珠寶堆成的平台，楚天也算見過世面了，地球上的無數墓穴藏寶，這個世界上的禽皇寶藏，鳥神宮殿，但他從沒有想過如此多的財富聚集在眼前會是這般情景。

珠寶堆成了大山，珠寶鋪成了長河，珠寶掩蓋了人的眼球……

楚天瞪大了眼睛，很大口地吞了口口水，他活動了下眼球，以證明不是在做夢。

幾乎是不受控制的，身體向前邁了兩步，隨後楚天用力掐了下自己的大腿，才壓抑下立刻衝過去的衝動，他能感受到，危險還存在！

儘量不讓眼睛看向珠寶，楚天眼神向上抬，在珠寶的上空，有一座鑲嵌了三顆籃球大小七彩晶石的王座，它是由一整塊天羅粉鑽雕刻而成。

而在這寶座上面，一個人穩穩地坐在上面。

楚天瞬間就繃緊了神經，可他運足目力去看這個人時，卻發現他如身旁的這些雕像一般，都是銀燦燦的顏色，身上也沒有生物的氣息。

精神力逐漸覆蓋了整個房間，所有的雕像上都沒有剛才給自己危險感的氣息，又好像都有，楚天眉頭蹙在一起。

「是我的精神出了問題，還是這裏有干擾？這裏的情況實在太詭異了。」心中凝重地想著，楚天滿懷戒備地保持著身體與四周雕像的距離，好像害怕這些東西隨時會變成活人攻過來一樣。

楚天不知道爲什麼，他確實有這樣的感覺，四周的雕像是活的！

向前走了十幾米，剛走過一個滿臉猙獰好像在教訓人的雕像，楚天突然感覺背如針刺，他沒有轉頭，背上模擬出虯竜翼化作無數刀羽切向後方。

「砰！」一聲震響，靈禽力所化的虯竜翼被打散了，楚天趁此回頭，卻發現什麼都沒有，只有教訓人的雕像上殘留著他靈禽力的氣息。

「我感覺錯了嗎？」楚天心中一陣煩躁，不得不將速度放慢，更加謹慎地提防著身體四周的雕像。

「這下你跑不了了。」楚天感覺左後側有什麼東西攻了過來，他心中暗叫著，手上化出一把紅纓長槍，如毒蛇吐信激射而出。

「啶！」

長槍碰到金屬上，楚天發現是一個舞劍的雕像。

不知不覺頭上有了一層細微汗珠，楚天沒有收回紅纓槍，而是用微濕的手將其攢進。

楚天還從沒有過這種感覺，包括在地球上時，好像被什麼人窺視，卻又無法找到那人在何方，這種感覺讓他非常反感。

「不要緊張，沒事的，什麼大事沒有經歷過，還擔心這點小事情。」楚天安慰著自己卻怎麼也無法平靜下心境來，他知道，他遇到考驗了。

長五百來米的道路上，楚天出手不下十次，卻都是打在雕像上，根本沒有什麼發現，到最後他已經有些麻木了。

「應該是我搞錯了，上面已經出現獸族綠色戰士了，而按照青墨魚的說法，這裏最高只有腮長級別的高手，應該是沒有人到了這裏，入口被打開應該是霸獅布的局。」楚天感覺自己實在是太過分了，他腦海裏勸慰著自己，眼光不時去看向前方的珠寶平台。

「肯定是沒有人來這裏，要不然這些珠寶早就該被人取走了。」楚天終於找到一條可以讓他信服的理由，他放鬆了警惕，而就在這時，左側再次傳來危險的感覺。

楚天猛轉頭，果然又是一座雕像！

「這地方太奇怪了，我趕緊找晶石將天空之城啓動才是王道。」如此一想，楚天將目光投向了珠寶大山，他心中叫道：「那晶石肯定在裏面，不過似乎還沒找到放晶石的啓動槽，算了，先找晶石再說。」

想得很大義，其實楚天是想過把觸摸這些寶藏的癮，他臉上掛著似笑非笑的表情，沖到珠寶高台前摩挲著，期間身後不時有殺氣傳來，但他並沒有管。

楚天的模樣落在了端坐在石台王座上的雕像眼中，他同樣銀色的眼睛裏閃過一絲嘲弄，直到楚天爬上高台，背朝著他挖掘那些寶藏時，他身形猛地動了。

殘影片片，銀光連閃，雕像帝王已經衝到楚天身後，可迎接他的是一輪旋轉不已的大日金烏！

「肯出來了？我等得很心急。」楚天身體猛地向前射去，在離開雕像一段距離後才半飄浮在空中看著他，這個傢伙正發出一道水柱將大日金烏衝開。

看到這一幕楚天眼睛裏閃過一絲異色，他竟然知道性質相克的竅門。

「你怎麼發現的？」渾身銀色的雕像身上一陣清色水光閃爍，一個身材健美，長得比女孩還要俊俏的男人出現在楚天面前，他一甩藍色的飄逸長髮用充滿磁性的聲音喝道。

楚天平時挺討厭比他帥的帥哥的，尤其是一個敵人，但眼前這位的美已經超越了性別，任何人看到都感覺一陣賞心悅目，爲此，他毫不吝嗇地爲這位絕色對手獻上讚賞的眼光，聳聳肩說道：「我發現什麼？」

「你不要揣著明白裝糊塗！我已經設計了這麼多機關，你怎麼會發現我？是不是我哪裏有漏洞？」臉上露出兇惡的表情，但他實在是太俊俏了，俊俏到猙獰也有種讓人怦然心動的味道。

「阿彌陀佛、無量壽佛、阿門……我怎麼會對這個傢伙有些憐惜的感覺，我可是個正常的男人。」楚天心中鄙視著自己，臉上卻是得意地笑著說道：「我沒有發現你，只是知道你在這裏，因而動用些小手段引你出來而已。」

「不可能！你怎麼能在這樣的壓力下還保持著超常的警惕，剛才我已經觀察了你的眼睛，你心理活動明顯已經鬆懈了。」一對海藍色的秀目瞪得大大的，美得不像話的臉上滿是不相信的神色。

楚天很紳士地在虛空中一彎腰說道：「我承認，我心裏是已經鬆懈了，但精神卻仍然保持著最高的警惕，這原因是很簡單的，如果你看過無數陰謀電影和小說，你就會明白這種引人慣性懶惰的方法很多，你說我會在聽說了上千次這種故事後，還上當嗎？」

「電影？小說？那是什麼？」絕色佳人疑惑地撇了下菱形的嘴巴，隨後才咬著一口貝齒說道：「你別想找些奇怪的詞兒騙我，一定是你發現了漏洞。呵呵，不想說是不是？等下我抓到你看你還嘴不嘴硬。」

楚天挑了挑眉毛，很藐視地看著絕色佳人說：「不要以爲你長得漂亮就可以不戰而屈我之鬥心，小子，老子我可以明明白白告訴你，你不是我對手，最好立刻給我滾，省得我辣手摧花。」

在說完這段話後楚天就後悔了，他鬱悶，怎麼對一個男人能說出這樣的話，還產生了不願傷害他的想法，罪過啊罪過。

「我可以很負責任地告訴你，你成功地將我激怒了。」聽了楚天粗魯加「齷齪」的話，絕色佳人簡直氣瘋了，他伸出纖纖玉指指著楚天一字一句地說道。

「這話怎麼這麼熟悉啊。」楚天愣了零點零一秒，隨後說道：「長得像小妹妹的小弟弟，你趕緊走吧，我承認你很漂亮，但你出來打架就不好了，要是把你臉打花了，老子我心裏會內疚的，如此，你最好趕緊回火星吧。」

「哈哈。」絕色佳人並不明白楚天話語中某些詞是什麼意思，但卻知道絕對是很猥瑣的話，他杏眼圓瞪，氣急說道：「你以爲你能戰勝我嗎？哼哼，你記住，打敗你的是我，帝菲尹阿斯。」

「果然，上天是公平的，他賜予你絕色外表時剝奪了你的智商，唉，可憐的孩子。」楚天擺出悲天憫人的樣子說道。

「我要殺了你！」終於忍不住了，帝菲尹阿斯口中念出一段咒語，一朵朵鮮豔的花朵從他身體裏飄飛了出來，圍著楚天旋轉著。

已經將烈火黑煞絲召喚出來防禦的楚天看到這個情形一愣，待發覺並沒有什麼危險後他才笑著說道：「咦，果然不愧對你這身皮囊，連打架都這樣美，嘖嘖。」

讓烈火黑煞絲保護著自己，楚天卻不好意思動手，嗅著空氣中漸濃的芬芳他最終決定先看看再說。雖然都說先下手爲強後下手遭殃，但對這樣一個給他鮮花的絕色佳人，他真有點不忍。

空氣中的香氣越來越濃郁，楚天本能地產生了一絲危機感，正當他想脫離這些鮮花的包圍時，一種無力感自他心靈深處傳來，恐慌在他臉上展現出來。

「啊——」口中大叫一聲，楚天調動靈禽力催動烈火黑煞絲，剎那間，無數暗紅色的火焰自上面發出，將外面的各色鮮花燃燒得乾乾淨淨。

雖然不知道是怎麼回事，但楚天已經知道他被暗算了。眼中光芒閃爍著，他冷笑道說：「好手段啊，竟然連我都上了當，其實你不用這麼麻煩的，只要你脫光衣服，說不定我就直接投降了。」

知道這樣話語對一位絕色男士實在有些猥瑣，但楚天沒有辦法，他需要時間來找到渾身無力的原因。

「你真是個流氓。」聽了楚天的話，帝菲伊阿斯臉上竟然紅了起來。

「謝謝。」楚天繼續冷笑，還是不屑一顧的那一種。

「沒腦子的流氓。」帝菲尹阿斯加了一句。

「嗯？」楚天疑問。

帝菲尹阿斯比女人還白皙的手輕輕一撚，一朵白色的玫瑰花出現在他手上，輕輕嗅了下，他說道：「剛才的毒蟾，你聞到牠的氣味了吧？」

楚天想到了剛才臭烘烘的蛤蟆怪獸，點了點頭。

「牠的氣味本來是沒有毒的，但混合馨香百色花的味道就會讓所有的種族失去力量，不管是靈禽力還是獸靈力或者我們的法靈力。」帝菲伊阿斯拽下一瓣白玫瑰的花瓣說道。

楚天聽後眼珠子一轉，淡淡地說道：「美男子兄，咱們商量個事情好不好？你難道不感覺你這樣做有些小人行徑有失男子漢氣概嗎？太陰險了，你給我解藥，咱們真正地打一場好不好？」

「好啊。」帝菲伊阿斯說出了讓楚天欣喜若狂的話，隨後又說道：「不過……得等你隨我回到龍宮之後。」

「你的意思就是沒得商量了？」楚天一攤雙手說道。

帝菲伊阿斯點點頭說道：「戰場上無所謂光明磊落和男子漢氣概，誰勝了誰才是男子漢，現在你是我的階下囚，有商量的資格嗎？」說完話，這傢伙用他的大眼睛趣味地看著楚天。

「你帶我去什麼龍宮？去那裏幹嘛？」被帝菲伊阿斯的行爲刺激得夠嗆，但楚天卻不敢說過激的話，至此他還沒有調動起靈禽力，他只能儘量地拖延時間。

「龍宮是我海龍族的王宮，我的哥哥想要見你。」帝菲伊阿斯好像一點都不擔心楚天要花樣，他知無不答。

「你哥哥？是那個阿杜拉！」楚天猛地想起一個人來，他叫道。

「正是，我是他的弟弟帝菲伊阿斯．咖基摩斯．西狄安．約沙華，他回到龍宮後將你的事情告訴了我父王，雖然我這個哥哥比較弱智，但他怎麼也是一位龍種，你那樣羞辱他，我父王已經下達了通緝令，本來我還準備開啓這座天空之城後去南大陸找你，沒想到你卻送上門來了。」嘴角含著嫵媚的微笑，帝菲伊阿斯說著讓楚天汗水淋漓的話。

「這下慘了，本來打算就是被俘虜了，依靠咱的三寸不爛之舌也能想方設法活下來，沒想到居然是阿杜拉的弟弟，這下根本不可能耍花樣了。」楚天知道只有硬拚一途了。好像流星的劃過，楚天腦海裏出現了一個想法，他試著去用精神控制幽靈碧羽梭。動了！

「果然行，我的精神沒有被禁錮。」楚天心頭一喜，但卻知道沒有靈禽力的支撐，根本無法與這位與自己實力差不多的美豔王子對打，這就需要耍些花樣了。

心裏暗暗打定主意，楚天卻輕笑著說道：「美男兄，我知道鬥不過你，呵呵，我認輸了，不過我有個問題想問你。」

帝菲尹阿斯優雅地抬手撫摸著散落肩側的髮絲，點點頭說道：「你說吧。」

「你既然已經進入了這裏，爲什麼還沒有啓動天空之城呢？」楚天腦子高速運轉著，他需要分析很多東西，以儘量不引起帝菲伊阿斯的懷疑，他已經認清了，這傢伙根本就是個魚精啊！賊精賊精的。

帝菲尹阿斯想了想，說道：「我知道你來這裏也是想啓動這座天空之城的，想從我這裏套話？呵，我可以告訴你，我不是沒有，是已經開啓，卻啓動不了。」

「已經開啓？啓動不了？」楚天不明白這句話。

帝菲伊阿斯身體好像被什麼牽著一樣向後飄飛，直接落在他剛才坐著的王座上，伸出纖長的手指撫摸著上面的三色水晶久久沒有開口。

看著他的動作，楚天眼中閃過不敢相信的神色，開口叫道：「難道那就是三塊水晶鑰匙？」

帝菲尹阿斯點點頭，沒有回聲而是擴大撫摸的範圍，摩挲著整個王座說道：「這就是天空之城的操控平台，我已經將鑰匙插了進去，也扭動了玄輪，但它卻沒有任何動作，沒有任何動作。」

聲音裏包含強烈的不滿，海龍族二王子手上燃燒起赤紅色的火苗拍向了王座。

「不要。」楚天大叫著衝了上去。

楚天的大叫根本沒有影響帝菲伊阿斯，他的手穩穩打在王座上。

「轟！」一聲巨響，帝菲伊阿斯不敢相信地慢慢轉身，看著楚天一張俊臉微微發青。

楚天有些錯愕，他想不到幽靈碧羽梭強力的一擊，竟然只將帝菲伊阿斯飄逸的白色長袍打出了一個洞。

「這件長袍絕對是頂級的防禦法寶。」楚天瞬間就想明白了問題的所在，剛才帝菲伊阿斯絕對沒有對他有任何防範。

「該死的王族，怎麼有這麼多好東西。」楚天第一時間想到了赫蓮娜身上的那條項鏈，他不敢給帝菲伊阿斯反應過來的時間，用精神力控制幽靈碧羽梭化作一條暗影再次射向海龍二王子。

帝菲尹阿斯也是個絕頂高手，被偷襲一次就夠了，他怎麼還允許已經喪失靈禽力的楚天再次攻擊得手。從腳下冒出一團白色的火焰，包裹住他的全身，幽靈碧羽梭打在上面被反彈了出去。

看著臉上掛著不甘表情的楚天，帝菲伊阿斯表情猙獰地叫道：「你竟然敢弄破我心愛的長袍！」

楚天腦中出現了一個詞兒──「偷雞不成反蝕把米」，精神力在靈禽力配合下確實很強大，單獨使用就差了那麼點兒，他急忙將幽靈碧羽梭收回，用出了最後的保命絕招。

「精神衝擊！」楚天聚集精神，兩隻眼睛爆發出一陣精芒，他與帝菲伊阿斯之間的空氣都被擠壓得產生了波動。

「呵呵，沒有用的，阿杜拉已經告訴我你的事情了，而且作爲一直有征戰的海族，你以爲我們沒有防備人魚專有技能的術法嗎！」渾身氣勢暴漲，帝菲伊阿斯周身的火焰舞動起來，而在楚天眼裏，這些火焰變成了無數細小的漩渦，竟然在吸收他的精神力！

「這是什麼？」楚天感覺眼睛一陣刺痛，腦袋好像被什麼擠壓，不斷地縮小。靈魂都彷彿被吸了出去，不由雙手抱著腦袋倒在地上。

帝菲伊阿斯撤去渾身的火焰，一步步走到楚天身前，抬腳踩著他的頭冷笑著說道：

「不要試圖挑戰我的威嚴！」

「啪！」楚天摔在地上，嘴一張吐出一口鮮血。

「呃……」張嘴看著順著下巴滴落在地上的鮮紅生命之花，楚天手掌慢慢捏起。

「吱吱！」指甲與地面摩擦發出刺耳的聲音。

「嗖——」看著楚天的樣子，帝菲伊阿斯嘴角微微揚起，他手向下優雅地一揮，穿著白色長靴的腳下出現了一團旋轉的氣流，帶著他來到楚天的上空。

「啊——」半伏在地上的楚天感受到了帝菲伊阿斯的身影，猛地躥起，背後翅膀生出，揮拳向這位帥男臉上打去。

「找死！」帝菲尹阿斯真的憤怒了，看到眼前的小人物竟然還敢反抗自己，他抬手抓住楚天的手，一團火焰沿著向楚天的身體蔓延。

「給我滾！」很討厭楚天眼中的神情，帝菲尹阿斯手猛地甩出，楚天就如玩偶一樣，再次被扔到珠寶平台上。

「求饒，我就停手！」話說完時，帝菲伊阿斯再次出現在楚天跟前，拽著他的手左右摔著。

感覺五臟六腑都挪動了位置，楚天全身都流出了血液，閃閃放光的珠寶上蒙上了一層朱色。

「服不服氣？」帝菲伊阿斯不知道爲何會這樣惱怒，惱怒這個人的眼神。

「咳咳……你會後悔的。」楚天咧開鮮紅的嘴巴，露出笑容陰森森地說道。

「那你就給我死吧。」帝菲伊阿斯心中居然有點戰慄，他決定了，就算被父王罵也要將這個人殺掉，心中下了決定，手上湧出寒冰魔力，凍僵了楚天的身體，然後將人摔出。

「呃……好像有些冷……要回地球了嗎？賤女人，我來復仇了。」楚天腦中出現了一些記憶片段，非常清晰，清晰得彷彿來自靈魂深處。

被甩出的楚天砸向了王座，「咯咯」凍僵的地方在劇烈的碰撞中斷裂。

楚天的身體扭成了一個巨大的「V」字，他感覺意識裏黑暗一點點籠罩了他。

第十四章 邪惡天禽

控制核心，銀色廣夏。

帝菲伊阿斯眼中有狂熱有快感有舒心有後悔有迷茫……這對混合了無數情感的眸子盯著血漸涼的楚天良久，最終喟然一歎，舉步向王座走去，人死了，事情還是要辦的！

腦海裏被某些情緒填滿的帝菲伊阿斯並沒有發現，王座上的楚天發生了一點點變化。

已經從腰椎折斷的他，渾身掛滿冰霜白，手指、小腿、脖頸都僵直無比。只是，在他身體折斷的地方，那些白霜有一點點融化的跡象……

剛才帝菲伊阿斯的火焰掌，正是拍在了那裏！

白霜變得潮濕，氤氳了王座正中的一小片地方，那裏，有一隻黑色無神的眼球畫像，若是有人看到，絕對會以爲它本來就長在王座之上！

本來凝固的血液有一絲溶解，順著被撕裂的斷口，一滴暗紅的鮮血滴在了王座上。

細不可聞的聲響中，血液逐漸擴散，顏色越來越淡，最終消失，是那隻眼睛！它吸收了！

本來無神的黑瞳好像活了一樣轉動了兩下，最終定格，死死盯著楚天的頭顱，隨後露出狂熱的神態，一股不可見的氣息自眼球中射出，擊在楚天的腦袋上。

僵直的頭顱輕晃了一下，可帝菲伊阿斯並沒有發覺這細不可尋的情況，他正在摸王座上的三塊晶石，最後探查下是什麼原因讓天空之城無法啓動，若是找不到原因，他就要回折翼海了，這是海族自身的缺陷，每四十八個小時就必須泡一兩個小時的海水，若不然會減少壽命……

「怎麼會這樣！」纖長的手指正彷彿愛撫情人般撫摸著最中間六棱形的蔚藍色水晶，但本來滲徹心骨的觸感突然產生了變化，好像死屍瞬間復活一樣，一股熱量從光滑的手指肚直傳心底，帝菲伊阿斯如觸電一樣猛抽回手，驚疑不定地看著流光開始閃爍的水晶張口叫道。

只見，本來死氣沉沉，徒具宏偉之態卻無威壓之能的王座上有了一種能量，一股黑色，令帝菲伊阿斯這等高手都心悸的純黑色能量自上面升起，好像夢魘身上的瀉火般翻騰著，那裏面所蘊含的能量單是用視覺感受都讓海龍二王子忍不住戰慄。

黑色霧狀能量不斷擴散，最終淹沒了三塊籃球大小的六棱水晶，這三塊水晶分屬天之蔚藍，地之昏黃，血之鮮紅。帝菲伊阿斯並不能感受出它們是由什麼能量構成的，只知道其質量極其純淨，只要有辦法提取吸收，就是一個普通人，也能瞬間成爲水將級別的高手。

帝菲伊阿斯心中是有疑問，作爲海族四大王者的直系後代，他有幸去過縹緲城的控制中心，但那裏只是以簡單的普通能量晶石爲耗源，根本沒有這種堪稱逆天的超級水晶，故而在剛才的撫摸做最後的嘗試時他已經做出決定，要是實在啓動不了天空之城，也得把三塊水晶帶走，可現在，他很心痛，很後悔。

眼睜睜看著三塊水晶被吞噬，他很想先一步將水晶取下來，但腳步抬起後卻久久無法放下，他白淨的俊臉上滲出了一層細密的汗珠，眼睛盯著黑霧胸膛大幅度地起伏著。

「你到底是什麼東西……」受不了這種壓力，帝菲伊阿斯聲音嘶啞地低吼著，而就是這一句話，就耗費了他全部的力量！

黑霧沒有回答，或者是讓人感覺根本不屑於去理帝菲伊阿斯，它只是好像汲取母乳的嬰兒般吮吸著三塊水晶。

在帝菲伊阿斯碧藍的眼眸裏，黑霧有了些許改變，雖然還是徹頭徹尾的黑，但多了某些更加實質化的東西，二王子甚至想，只要黑霧願意，可以隨意捏死他。

三塊水晶好像三色太陽般，將其本含的顏色猛烈釋放，卻無法透出黑霧的包圍，猶如困籠裏的猛獸，它們掙扎著，但都是徒勞。

好像過了漫長的一個世紀，三色水晶在帝菲伊阿斯心疼的抽搐中失去了光彩，雖然無法看清，但他知道，這三塊無價水晶廢了！

黑霧好像吃飽喝足的野狼，開始收縮，最終全數收進了「已死」的楚天體內。

「呼……」

雖然可以控制，但帝菲伊阿斯還是能夠聽到他重重呼出的濁氣，被黑霧威壓鬱積於他肺裏的濁氣。

有些愧怒，居然被一團不知道是什麼東西的黑霧給嚇成了這般模樣，但剛才那種靈魂刺骨冰寒的感覺，他確實不想再體會一次了，眼神驚恐地瞥了王座一眼，又對上面三塊已經變作透明白色的水晶露出個不捨的表情，帝菲伊阿斯決定迅速離開這個地方。

在剛才他進入這裏時也爲這裏的怪異感到過驚疑，只是因爲對自身實力的自信，他才沒有遲疑，直到遇到了那團神鬼莫測的黑霧。

按照剛才他與楚天間的鬥智較武，他是不應該有如此表現的，但他畢竟是位王子，還是海龍族最優秀的繼承人，從小到大他哪裏經過這種挫折，心性上的磨練，他還差得太多……

想明白某些事情，帝菲伊阿斯抽身一揮手，一團疾風已罩住他的身影，裹著他飛速向外飛去。

「嗡嗡——」眼見大門在即，帝菲伊阿斯臉色恢復少許紅潤時，一聲奇怪的響聲突然自他腦後響起，但他卻沒有感受到任何壓力，不是黑霧，也不是楚天，如此又是出了什麼變故！

纖手連揮，一層土黃色牆面憑空出現在他身後，他的身體左側出現了一面潮湧般的海浪，將他的身體向右側沖了五六米遠，同時自他藍色的髮梢射出許多如子午釘般的火焰，擊向聲音傳來的位置。

「不錯不錯，不至眨眼的工夫，防禦躲閃反擊一氣呵成，怪不得這小子被你搞成這般模樣，嘿嘿，應該啊……」土牆沒有被撞擊的聲音，剛才漂浮的位置也沒有任何打擊出現，無數奔雷火箭竟然也好像根本沒有發出般，什麼跡象都沒有，正當帝菲伊阿斯以爲是他太過緊張產生錯覺時，一聲很邪氣很陰森的話語好像針一樣扎進了他的耳朵。

暗吸口涼氣，強忍受著耳朵裏的鳴響帝菲伊阿斯憤然回頭，真是虎落平陽被犬欺，他一個王子竟然被後面這個憑空出現，根本沒有氣勢可言的傢伙品評，這是一件多麼悲哀的事情。

雖然後面人這一手聚聲成線，擬針刺耳的本事不錯，但帝菲伊阿斯並不以爲後面人是什麼高手，因爲他沒有一點氣勢，沒有一點作爲強者的氣勢！

迅然轉身，本來想給來人教訓的俊臉突然呆住了，帝菲伊阿斯眼睛裏面滿是驚恐地越睜越大。

「你……」

「我很好，嘿嘿，有勞帥男兄記惦。」語氣陰惻而邪蔑，本來已經斷爲兩截的楚天正從王座上站起來。

若只是這樣，帝菲尹阿斯頂多會驚奇他的蟑螂命，卻絕不會整張臉都變爲蒼紙白色，在他瞳孔中，楚天腰部以下的位置一跳，站在了王座旁邊，而其上半身則還在王座斜放著，更爲詭異的，這半塊兒身體還侃侃而談。

「你……到底是人是鬼？」渾身顫抖著，帝菲伊阿斯感覺喉頭發癢。

臉上掛著邪惡的笑容，楚天的兩隻手一撐將身體擺正，隨後下半身自動走到他跟前，手再一撐，他上半身已經落在下半身上。

只見腰部斷裂的地方好像細菌分裂一樣不斷滋生，不一會兒，竟然完全連了起來，完好如初。

做完這一切，他才想起回答帝菲伊阿斯的話，眼中露著讓人戰慄的兇殘說道：

「我……我叫楚天！」

帝菲伊阿斯一呆，卻不是因爲楚天身上的兇氣，而是因爲他的聲音，前面的「我」跟的楚天的聲音。

後面的「我叫楚天」根本不像一個人說的，完全是兩種語氣，而後面那句正是他已經聽過

「怎麼回事？」帝菲伊阿斯幾乎以爲他神經錯亂了。

「嘿嘿，你居然還想與我爭奪身體的控制權，你以爲你可以嗎？雖然你有另一個我的幫助，但記住，我才是最強的，我才是天禽！」楚天的臉上出現了猙獰的表情，好像兩個人在爭執這張臉的擁有權，最終又恢復爲看似和善，實則兇殘的模樣。

「我他媽不管你是誰？我楚天的身體只有我能支配！」另一個聲音又出現了，他憤怒地咆哮著，卻無法再像剛才那樣與前者進行身體擁有權的拉鋸戰了。

「嘿嘿，這性格我很喜歡，要是你沒和另一個我融合的話，說不定我還會收你做我的小弟，嗯？不行，你心中居然也有善念。無知，愚昧，這個世界上只有血腥和殺戮才能讓人信服。

「你不是想讓前面的狗屁王子知道你的厲害嗎？你不是想將黃毛鳳凰踩在腳下嗎？你不是想在這個世界上活得瀟瀟灑灑嗎？摒除你心中柔弱的一面，將身體完全交給我控制，我可以滿足你的一切願望。」兇殘的聲音充滿誘惑力地說著手向前一抓，一個超級巨大的黑色掌影猛然出現在帝菲伊阿斯身前。

雖然被楚天身上怪異的情況弄得心神失守，但海龍二王子畢竟是僅次於王級的水將高

手，他還保持著應有的警惕，可……這一下太快了！

快到意識裏還是一片空白，掌影已經及身。

「啊……」驚叫一聲，帝菲伊阿斯發現已經被巨大的掌影攥了起來，一股巨大的力量讓他連活動下小手指都無法做到。

「嘿嘿，看到沒有，這個在你眼中的高手，讓我看來不過是隨意揉捏的小爬蟲，我可以這樣捏。」語氣和表情裏滿是戲謔和殺凌之意，自稱天禽的傢伙眼中興奮無比地開始控制他抬在身前的手，一點點的虛空搓撚，而不遠處的巨大掌影就如他手掌的影子般，如一活動，不同的是，它裏面有一個人。

全身的骨骼都被人恣意揉捏，這種渾身欲碎欲裂的感覺簡直讓帝菲伊阿斯痛不欲生，只是眨眼之見，一層混合了汗液的血水已經自他全身的孔內流出，就是沒有孔的位置也因天禽的活動而裂出了幾道血口……

「渾蛋，他是我的對手，不容你這樣侮辱！」楚天大叫著，可惜被壓榨的他連享用自己嘴巴的權利都沒有了，只有在意識裏大叫著。

此時的楚天又一次體會到了無力的感覺，現在他被佔據他身體的兇殘傢伙擠壓到了腦海一隅，若非依靠原來吸收的天禽的力量，他早可能魂飛魄散了。

「天禽？他也自稱天禽，難道有兩個天禽？」楚天在他自己的腦海裏遊蕩了半天，只感覺無數光暈在四周流轉，各種絢麗的色彩在一起無疑十分迷人，可惜他此刻沒有心思欣賞，只是苦惱地思索著。

天禽的思想自從經過地下宮殿已經再也沒有出現過，楚天早就認爲他已經將天禽完全同化了，但卻不知道爲什麼會又出來一個？

「肯定又是什麼狗血的故事，我需要查一下了。」不知道爲什麼，楚天最後的靈魂之火所在的位置讓控制他身體的傢伙進入，因而他才有這種悠閒之態。

想到做到，楚天已經調動意識裏天禽的記憶了，上萬年的積累可不容小覷，這麼長時間他也只是消化了一部分，這次從頭到尾的找尋真是耗費了他不少心力，但卻沒有什麼發現，只有一個奇怪之處，那就是在禽皇記憶裏有一個地方好像被封鎖了，楚天一接近就被彈了出來。

「看來就是這裏了。」楚天暗暗點頭，但卻一時找不到打開的辦法，而這時外面的情形已經發生了變化。

「不說話？哈哈，是爲我的實力震撼了吧，好好想想，你現在躲在神賜安全區我是沒辦法吞噬你，但那裏是有限制的，他只能保護你四十八個小時而已，若是這之後你還不讓我同化，那我只好直接吞噬你了。雖然……嘿嘿，費些力氣，不過我討厭人家與我共同擁有一件東西。」半天不見楚天回答，天禽臉上卻好像沒有生氣的樣子，只是他眼中，一股股血紅的殺意幾乎將這個房間都摧毀了。

拿楚天沒有辦法，天禽只好將怒氣發洩到了倒楣的帥男帝菲伊阿斯身上。

本來帥氣驚人的帝菲伊阿斯已經完全變成了血人，相比剛才的楚天也是不遑多讓，血淋淋的，渾身上下都已被鮮血浸透。

「殘忍天禽」看著他，嘴角彷彿在笑，但一對深紅色的眸子裏卻全是猙獰，他攥成拳的手一鬆，前面的巨大手影也隨他動作，帝菲伊阿斯無力地跌落到地面，隨之響起一陣「磕巴」聲，那是他骨頭斷裂後摩擦的聲音。

「海族四大王者中逆冰鯨族有門絕技，叫做巨物術，可以將看到的物品瞬間變大，嘿嘿，我也找到了一門與之相似的術法——巨人術，楚天，今天就讓你看看，誰才是真正的天禽！」

邪惡天禽雙眸迅速旋轉，兩團朱紅光球從他眼中飛出，圍繞著他旋轉起來，而他身上也亮起了赤紅色的光亮，兩種紅色相互比應，他的身體就漸漸變大，最終變成了幾十米的巨人。

「嘿嘿。」嘴裏殘忍地笑著，「邪惡天禽」雙手斜伸到身前，一吸氣，癱倒在地上的帝菲伊阿斯已經飛到了他的左手心。

「以你的實力，本來是能做我的奴隸的，但誰讓楚天那樣恨你呢，白白佔據了他的身體，我總要爲他做點什麼。」冷冷一笑，邪惡天禽用兩根手指捏著帝菲伊阿斯的「小腦袋」，將他拽在半空中，另一隻手緩緩伸出，抓住了他的「小胳膊」，好像是在擺弄某種易碎的玩具般，邪惡天禽輕輕地一拽，那胳膊就被卸了下來。

「啊——！」

本已疼暈過去的帝菲伊阿斯被這下的劇痛給震醒，他慘叫一聲，臉部表情抽搐不已。

「喲喲，還王子呢？這點小小痛楚都承受不了，怎麼繼承你父王博瑞斯基坦的王位？唉，當年你父親可沒有你這麼窩囊，算了，看在他的面子上，我再鍛煉鍛煉你吧。」嘴中一直在不停地說著，邪惡楚天又拽起了帝菲伊阿斯的另一隻胳膊。

楚天雖然被拘錮於腦子的後下部，但卻能清晰地感受到外面的情形，他眉頭不自禁地皺了起來，暗道：「這傢伙簡直是個變態，這樣下去可不行，遲早讓他玩死，我要趕緊想辦法，解開那段禁制，知己知彼我才能找到獲勝的契機。」

琢磨著，楚天知道邪惡天禽說的話是真的，他現在所處的位置非常奇特，這裏禁錮所有力量，卻給人一線生機……

在地球上時楚天曾聽說過一種理論，說在人腦中，有一處位置是專門爲靈魂棲息而準備的，每當一個人進入死亡狀態，他的靈魂就會進入這裏，形成傳說中的迴光返照，直到這個地域失效，才進入真正的死亡。

在楚天心中惴惴不安胡思亂想時，邪惡天禽已經將帝菲伊阿斯的四肢全卸了下來，他搖搖頭看著手裏的人棍，最終張嘴對其哈了口氣。

神奇的是，這口氣吹過，帝菲伊阿斯全身的血液就凝固了。雖然沒有治癒他的傷痕，但卻吊住了他的半條命。

好像很苦惱地搖搖頭，邪惡楚天說道：「按照楚天腦中的記憶，這個時代你這樣的已經算是高手了，為了保證我以後還有東西可玩，我不得不暫時讓你活下去。」

將帝菲伊阿斯好像扔垃圾一樣扔到旁邊，邪惡楚天看著腳下的珠寶身後的王座，以及滿屋子的銀像停頓了少許，隨後才哈哈狂笑起來。

「我回來了，我又回來了，超越鳥神的天才之鳥，天禽，只有我！」一副癲狂的模樣，邪惡天禽巨大的身體上一層血紅的光芒流轉著，他雙手張開，好像擁抱整個空間說道：「所有的人，你們都將在我的腳下哀號，哇哈哈，哇哈哈……」

正在琢磨怎麼打開記憶的楚天感覺額頭上滴下好大一顆汗珠：「這個傢伙瘋了嗎？」

「當年你發現我漸漸在你心中萌芽，你居然用破壞生機的分神術將我分離出來封印在這裏，為了避免我被人發現，甚至將這座最偉大的神跡天空之城沉溺於地下，呵呵，結果呢，你被鯤鵬小子和鳳凰丫頭耍了，被封印到了異界，若不是楚天這小子，你可能至今還在另一個時空無聲地哭泣……哈哈，早就告訴過你，這個世界是不需要善良的，只要你夠狠，那你想怎麼樣就怎麼樣。」笑了好半天，邪惡天禽才止住笑聲，語氣陰冷而憤怒地說著一些斷斷續續的話語，但卻讓楚天聽出了一腦門子冷汗。

「這個傢伙……到底在說什麼？怎麼我感覺有些不對勁兒！」正當楚天感覺一陣驚恐時，他腦中那段被什麼包裹的地帶突然亮了起來，白色的螢光閃耀間彷彿有什麼東西要被打開了。

「嗡……」如被堵塞的通道暢然而通，楚天感覺腦中一震，一些抽搐扭曲的記憶開始充斥在他腦海裏……

「血色的時代將再次降臨，載附了我無上威能的神跡之城將重新飛上藍天，俯瞰這個世界！」邪惡天禽身影慢慢縮小，他渾身氣勢籠罩了整個房間，不知道是否是錯覺，那些雕像好像顫抖了下。

身體瞬間消失，再次出現時，邪惡天禽已經宛若情人般撫摸著寶座上三塊已經失去顏色的水晶。

「嘿嘿，我一直告訴你，邪惡的力量才是世界的本源，你卻不相信，現在還不是證明我比你聰明了。當初我就已經感覺到你心中枷鎖讓你有了分離我的念頭，所以我提前將這裏佈置好，還留下了藏寶圖，哈哈……

「經過了這麼多年，最終還是有人忍受不了貪念來到了這裏，可惜，他們卻不知道，他們所做的一切都是爲我的重生而付出，遺跡之城只有我和你的純靈魂烙印才能啓動，哈哈哈……」邪惡天禽可能真的有點神經質，他摸著摸著又莫名其妙地大叫狂笑起來。

正當笑到高潮時，邪惡天禽聲音戛然而止，他抬手將三塊水晶鑰匙從王座上取下來，隨後將它們憑空串在一起，雙掌把它們抵在兩側，一股好像反射電弧的能量在上面「吡吡啪啪」響起，隨著聲音的延續，水晶如玻璃片般一點點碎裂剝落，但這些碎片並沒有落在地上，在掉落的過程中，它們已經揮發了，正是如冰在烈火中一樣，被蒸發消失了……

融化的水晶碎片越來越多，而四周的空氣中卻彷彿在蒸籠裏一般，產生了一種朦朧感，更爲主要的，一種奇異的能量開始蔓延。

溢出了銀色房間，覆蓋了金色房間，又順著通道來到中心護室，最終飄出了城主府，逐漸的，整座天空之城都被這種奇異的能量所籠罩。

廝殺的人群在這樣的氛圍下身體不受控制地僵硬了數秒，腦海裏出現了空白，隨後再想發生了什麼？卻只有茫然，晃晃頭，繼續廝殺。

只有少數高手，定住了身形，在身周布起一層防護結界後抬頭看向內城最高的建築。

「轟隆隆——」地面傳來了某種震動，所有的人在心底都不由想到「地震了！」

控制核心，堆積在一起的珠寶們因爲地面的晃動而轟然倒塌，無數圓滾滾的珍珠好像被人捨棄的玻璃球一樣，滾得滿地都是……

邪惡天禽沒有一點要去收拾地上這些在外人看來價值萬金的寶物的意思，他在將三塊水晶消融後，兩手撚在一起，好像跳舞般在虛空裏滑動著，一個個晦澀難懂的詞語也自他的口中吐出……不禁地，一滴汗水從他的額角生成，順著臉側滑下。

大地在戰慄，空氣在顫抖，世界也打起了哆嗦，整個房間裏緩緩衍生出一條條好像圍棋盤格般的條紋，閃爍著各種邪惡的色彩，而房間裏那些銀像，卻變成了棋盤上的棋子。

邪惡天禽將手舉起，隨後又重重落下喊道：「曾經的奴僕們，都給我醒來！」

「嗷——嗚——」陣陣鬼哭狼嚎中，陰風瑟瑟吹來，拂起邪惡楚天的衣角。

他死死看著眼前的銀像們冷冷說道：「這麼長時間沒有調教你們，你們就這麼不聽話了？看來我得動用點小手段啊。」

說著話，邪惡天禽手向上連揮三次，房間的屋頂上已凝聚出無數黑雲，隨後，無數黑色電蛇劈啪射下，打在那些雕像上……

楚天在這個時候終於消化了新得到的記憶，被邪惡天禽搞出的動靜給吸引了注意力。

他只看到整個空間裏陰氣瀰漫，一幅經典恐怖片的場景，處處都有一團團讓人感覺冷冽的能量飄動著，而這些能量的總和，竟然超越了他以往見到的任何人。

不止景象驚人，在楚天的意識裏，響徹天地的呼嘯聲也在奏鳴，好像是包含了極大的怨忿、憤怒以及畏懼，這聲音讓他眼中㗋芒不斷閃現。

而這所有的一切，正是自那些銀像身上散發出來的。

楚天終於明白，這些雕像，根本就是人！

一群用某種能力封印了靈魂的人！

他們完全被封印在這些石像裏，怪不得剛才有殺氣，那根本是聚集了萬年的怨靈怒火啊！

第十五章 禁錮軍團

在剛才接收到的記憶裏，楚天也知道了這些銀像的來歷，他們全是由控制他身體的邪惡天禽活生生從某些強者身上提煉出來的，而這些強者，最差的也能達到翅爵等級……

而這裏的被封印的各族精英數量高達四百六十八人，他們中有十三位翎爵，其中兩個已經達到了半王級。

關於這些人的來歷，在楚天接受的天禽記憶裏也是有的，他們都是由邪惡天禽抓來凌虐制煉而成。

萬年前，因爲壓力過大，以及通過九重禽天變的第八變引動了天劫的變異，天禽身上衍生出了第二人格，按照地球的說法也就是人格分裂。

這個分裂出來的天禽簡直就是個暴君的綜合體，唯恐天下不亂，嗜殺成性，手段殘忍，就算對身邊的人也是狠辣無比。

一開始的時候，天禽並沒有發現這個人格的存在，但隨著時間的推移以及身邊人越來越多的改變，他才感覺到了一點不對勁。

另一個人格是非常聰明的，他能感受到天禽主人格身上的善良氣息，所以他學會了隱藏，只趁主人格休息時才出現並控制身體。不得不佩服邪惡人格的強大，就是利用這一點點的時間，他就消滅了無數堪稱強族的部落，這些部落不分種族，只憑他的個人喜好。

不單如此，邪惡天禽更是能夠提取主人格的戰鬥意識，這就讓他擁有了更強的戰鬥力，也多了更多的戰鬥技巧，正是用這些，他居然擁有了快速提高身邊人實力的方法。

萬物天生服從強者，但這個強者卻絕對要有一定的君主性格，比如仁義禮信等，但邪惡天禽這個傢伙卻沒有丁點這方面的氣質，狡猾、邪惡、卑鄙、無信、不聽進言、動輒殺戮手下種種比街頭最低賤的惡棍還無恥的品性，讓所有的人都不願臣服於他。

這樣的無奈讓邪惡天禽只好強行控制了一些手下，其中就包括房間裏這些銀像，他們都是被滅絕部落的子嗣後人，因爲自身潛力的優秀才被選中，結果變成了無法反抗邪惡天禽這個滅族仇人的奴隸。

邪惡天禽利用他強大的能力大肆排除異己，他知道如果主人格發現他的存在，一定會限制他的出入，所以他就不斷削弱主人格控制的勢力，讓他苦惱。

如此兩個方面的情況若是天禽主人格還發現不了什麼端倪的話，那麼他就不是震撼整個世界的超級強者了。

雖然發現了自己身上的怪異狀況，但天禽卻沒有制止這種事情發生的有效辦法，他只能強制自己儘量少休息，以減少第二人格出現的機率。

在後來天禽一直在找消滅第二人格的方法，所謂皇天不負苦心人，千年之後他終於找到了一個法門，這個法門不知道是從什麼時候也不知道是誰傳下來的，反正是說能夠將人的靈魂有意識地分離出一部分來。

第二人格明顯已經是靈魂的變異體，也屬於靈魂的範疇！

只是，要動用這項秘術需要耗費非常大的精力，還要付出一部分的境界爲代價，當時天禽已經有了改變鳥族統治的念頭，他並不想因爲這件事情而影響大勢，故而遲遲沒有下決定。

天禽主人格的這一次猶豫讓他後悔了一生，因爲第二人格感覺到了危機，他迫使自己變強，正是這種動力，竟然讓他的增長速度遠遠超過了主人格，在不久之後，主人格竟然發現他的思想出現了一些漏洞，而這些漏洞正是第二人格造成的，也就是說，第二人格已經開始影響他的意識，或許不久，就能反客爲主，獲得身體的絕對控制權，甚至消滅主人格。

而就在這個時候，第二人格還打了天禽主人格最愛的女人——索菲亞，致使這位鳳凰大美人慪氣回了娘家。

加上第二人格越來越嚴重的暴虐傾向，這三點情況促使天禽主人格終於下定決心，決定進行靈魂分離。

作爲擁有同一副身體的兩個人格，他們的思想基本是同步了，所以第二人格早已預料到天禽主人格會在遺跡之城抽離他，故而早早留下後手兒，這就導致了眼前的一切……

當楚天想這些東西的時候，控制楚天的第二人格已經消除了漫天的烏雲，而下面的那些銀像瑟瑟發抖地做出了臣服的樣子。

站在高台上睥睨著眾雕像，邪惡天禽並不需要像那些帝王領袖般做番感動人心的話語動員，他直接下達了命令：「所有停留在天空之城的生物，全數不留，給我殺！」

邪惡天禽話語一落，天空之城的震動愈發激烈，而所有的銀像們卻沉默無語。

並非他們不想答話，而是在邪惡天禽將他們封印進銀像之時已經消除了他們的大部分生理機能，說話、呼吸、喝水、吃飯……他們身體是不能活動的，他們比殭屍還不如，只能用意識和精神發出一些波動。

雖然身體根本不能動，但這些人的攻擊力和防禦力都極其強悍，他們的術法攻擊是他們自身境界的頂峰，天精金石所鑄煉的身體讓他們不畏懼一般的攻擊。

眼見雕像並沒有動作，邪惡天禽眼中露出殘忍的表情，他手一揮，一道白色的圓球飛射而出，落在距離他最近的雕像上，那雕像的精神波動一陣顫抖……

如此，所有的雕像都不敢停留哪怕一分鐘，他們心神一動間，已經逕自飛起，向外面飛去。

看到這裏的楚天卻是心神大震，他忍不住喊道：「你個傢伙，要是我的人受到一點損傷，我絕對不會放過你的。」

「嘿嘿，我好怕啊。」裝腔作勢地說著，邪惡天禽才做出恍然大悟的樣子說道：「我怎麼忘記這件事情了，以你的性格，我可以用那些人要挾於你，楚天，你還想躲在裏面不出來嗎？」

「你……」被戳中死穴的楚天臉色瞬間蒼白，他確實知道了邪惡天禽的來歷，但這並不表明他有實力對付人家，要知道這位可是連天禽主人格都無法消滅的，要不然爲什麼還會留下隱患將這傢伙封印！

咬牙喘息了半天，感受著外面的震動，楚天一時感覺無法作出選擇，而就在這個時候，外面發生了變化……

城主府裏發生的怪異現象，以及天空之城被啓動的跡象讓所有的人都將目光集中到了這裏，其中才來增援的幾個大人物已經向這裏飛來。

七個暗色的光點比閃電還快，剛看到他們飛起，他們已經來到了城主府上空，而此時，上百個銀色雕像飛了出來。

「好強悍的力量。」五人最左側的寸髮男人皺著粗獷的眉頭說道。

「非內克斯，你看到沒有，他們好像被什麼東西禁錮了。」另一個長相文雅的紳士男人看著飛射而來的幾個銀像說道。

「你們費那麼多話幹什麼，人家都衝過來了，莫非還想用舌頭將人家說投降嗎？最討厭你們幾個唧唧歪歪了，打不就得了。」說話的是一位長著絡腮鬍子，渾身肌肉緊繃，明顯男性荷爾蒙分泌過剩的傢伙。

四周的空氣一陣波動，五個銀像已經準確地出現在五個人跟前。

銀像不需要觀察敵人，所以他們一言不發已經動起手來。四周暗流湧動，天空變作灰色，風力化刀，割的人隱隱作痛。

幾個人對望，皆看到彼此眼中的詫異，竟然是與自己幾乎同級的高手！

沒聽說過哪個種族出現了如此多翎爵級人物啊！

五人雖然驚疑不定，但身體卻早一步作出了反擊，兩個渾身氣勢外放，驚天動地撕裂空氣的拳腳不留情地向身前銀像打去，兩個手指撚動，口中喃喃有詞，四周的能量被他們調用，某種能量序列開始出現，最後的一個則是身形一閃，已經消失在眾人眼中。

若是藍八色鶇或者特洛嵐在這裏，他們絕對會震驚無比，兩位獸族藍色超級戰士、兩位海族水將、一位蟲族半王級刺客，三個種族，竟然聯合了！

五個人實力雖然不俗，但他們只是各自爲戰，而五個雕像卻因爲彼此配合熟悉的原因，搞出了合用技能。

天空之中十個翎爵級高手對碰，瞬間一個比驚駭炸雷還要響的聲音傳至地面，巨大的能量對碰改變了四周空氣的構造，一團團火焰和奇異光點如炸開的爆竹般灑落地面，在地面上炸出一個大坑或者引起了一場大火……

對銀像擁有絕對控制權的邪惡天禽利用他們的視野看到了這一幕，他嘎嘎笑了兩聲，身體自房間裏消失，再次出現時已經來到十個翎爵高手中間。

「你們去殺其他人吧，這幾隻小東西就交給我了。」邪惡天禽本性裏好戰嗜殺的因數佔據了上風，竟然突破理智的枷鎖，讓他在才解開封印之後就敢一挑五，鬥翎爵。

邪惡天禽話一說完，五隻翎爵級雕像的身形已再次飛起，向四周人群密集的地方飛去。

「楚天，再給你一會兒時間來考慮，等我殺掉這幾隻小雜碎你還不作出決定，我可就要將你的那些寶貝兒們全數殺掉了。」根本沒有將五隻翎爵級高手放在眼裏，邪惡天禽就那樣大刺刺地站在半空中輕聲說道。

楚天不理他，只是埋頭苦想著對付他的辦法。

對於邪惡天禽的藐視，五個三族高手卻沒有任何激憤的樣子，他們不傻，到了這種級別早就可以感受萬物的氣息，而邪惡天禽身上雖然沒有強大的壓勢，但那幾乎實質化的殺氣卻讓他們知道，這回事情不好辦了！

「小傢伙們，報上你們的姓名，我天禽手下不殺無名之輩。」邪惡天禽就如訓自己兒子般對幾個人說道。

心中沒底的五個人彼此對望一眼，最終對邪惡天禽點點頭說道：「我是海族逆冰鯨理查海爾德水將。」

「我是海族龍首龜非內克斯水將。」

「鄙人獸族寒犀宇內塔，藍級。」

「晚輩獸族猞猁伊斯忒爾，藍色。」

「我是蟲族歸天蟲皮斯德，半王。」

五個人的介紹總體來說還是很有特色的，聲音也是有粗獷有沙啞有含蓄……但邪惡天禽卻根本沒有注意這些，對於他來說，眼前只不過是五個死人，對於死人需要知道那麼多嗎？甚至問他們話，他都有點不想開口。

嘴角掛著邪邪的笑容，邪惡天禽說道：「這樣啊，我今天提前告訴你們一聲兒，逆冰鯨、龍首龜、寒犀、猞猁還有歸天蟲將在不久的將來從這個世界徹底消失！」

「嗯？」幾個人沒有反應過來，他們實在不明白邪惡天禽話裏的意思。

沒等他們詢問邪惡天禽已經解釋道：「你們打攪了我的事情，而我的原則一直是一人之過，全族來背。」

說到這裏，五個翎爵級別高手若是還不明白他的意思，那他們都可以去撞豆腐了。不過他們並沒有生氣，對於一個說大話的人，他們感覺不需要太過慎重，更不需要生氣。

五個人的不以爲然邪惡天禽並沒有生氣的樣子，他仍是笑呵呵地說道：「你們不相信，但你們看那裏……」說著話他手一伸，指向了五個人後方。

反射性的，五個人向後看去，而此時，邪惡天禽動手了。

這個傢伙，明明是超越王級的高手，卻用這樣卑鄙的方法，別說三族的五大翎爵高手，就是楚天這個自認無恥的傢伙都沒想到。

「果然不愧是超級邪惡的化身。」楚天咬牙想著這句話，卻感覺他更難作出選擇了，這樣一個沒有原則的傢伙，你和他交易根本沒有任何保障。

邪惡天禽手段極高，他左手一揮，一團冰色氣霧放射而出，所遇一切，無不立刻冰凍凝結。右手一揮，金色電網瞬間擴散，包向白霧無法籠罩的剩餘二人。

「卑鄙。」偷襲在先，五個人哪裏想到這位他們給予相當敬意的高手竟然用如此齷齪的手段，結果就全數被邪惡天禽暗算了。

「不會吧！」雖然此刻苦惱無比，但楚天還是震驚得差點掉了下巴，這麼幾個高手只是一下就被擒住了！

並不是如此！

被冰凍的三個人身上閃現出異樣的光華，其他兩個的身影則逐漸虛擬化，最終五個人都逃出了邪惡天禽的禁制。

「嗯？你們的實力絕對不應該如此，你們身上有各族的族寶！」邪惡天禽抬手敲打著眉心，最終一瞪眼睛，對著虛空說道。

「渾蛋，我一定要讓你死無葬身之地。」見識了邪惡天禽的卑鄙，五個人根本不願再與他說話，只聽一聲怒吼，獸族的宇內塔第一個出現，巨大的拳頭變成冰藍色，一團風雪冰箭在他拳頭四周生成，一起向邪惡天禽襲來。

「冰霜拳！」

口中喝叫著，宇內塔雙腿微曲，憑空紮馬，隨後一彈而起，將這本來已快若疾雷的拳頭加至超光速，引得天地之間呼嘯成風……

一對血紅眸子裏，看著拳頭越來越大，邪惡天禽卻是凝立不動，一團黑色的霧氣自他腳下生成，不斷湧動，彷彿引燃的火苗。

「轟」

拳頭打在了黑霧上，卻並沒有任何實質性的觸感，那團霧氣甚至都沒有消散。

不過，這只是宇內塔的試探！

嘴角一揚，露出奸計得逞的笑容，宇內塔胸膛裏「噌」的一聲，射出一條銀白色的犀角，直打黑霧內部！

「冰霜之神的歎息。」

邊得意地笑著，宇內塔邊叫出了剛才獸器的名字，那正是他們寒犀族的鎮族之寶，據說傳自冰霜之神的神器！

「轟。」

整個空間都彷彿隨著這個聲音顫動了兩下，邪惡天禽四周的黑霧終於被打散了，露出了一臉陰惻的他，冰霜之神的歎息，正在他的手掌中，一條黑色的珠鏈正圍繞在他腰側緩緩轉動。

烈火黑煞絲！

「看來你與坎貝爾那傢伙關係很不錯嘛，他居然讓你把他的心肝寶貝兒拿出來，可惜，神器擇主，它不喜歡你個小東西，決定投靠我了。」邪惡天禽讓冰霜之神的歎息在他手指上打著轉，有些輕蔑地說道。

身形，向下面墜去。

臉色瞬間變得蒼白，宇內塔身形一個踉蹌，在虛空裏倒退了兩步，最後竟然控制不住

「果然是墮落了，以你這種實力別說翎爵了，在我們那個時代能混個翅爵就不錯了。」雖然還有四個人隱藏著，但邪惡天禽並沒有將他們放在心上，他有些感歎地說道。

正在此時，一道褐色中間帶有黃色斗點的精光在邪惡天禽眼眸裏閃過。

嘴角露出個輕蔑的微笑，腰間盤若遊龍的烈火黑煞絲看似極慢，實則飛快地來到邪惡天禽的頭頂，並成圓環狀射下一層光幕。

精光打在了光罩週邊，邪惡天禽瞥了一眼，看到了全獸化的猞猁伊斯忒爾。

「嘶吼——」張開如虎一般的嘴巴露出裏面的獠牙叫了聲，一個巨大的口形光團射向了烈火黑煞絲。

「刺棱」一聲，光嘴竟然叼住了一顆黑珠子，暫時抑制了烈火黑煞絲的作用。

「吞噬巨口！」邪惡天禽臉上終於掛起了一絲動容，他沒想到，猞猁竟然捨得將被譽爲整個獸族最強大的獸器拿出來，他本來以爲伊斯忒爾頂多拿到猞猁族的另一件神級獸器——猞猁珠呢。

來不及將烈火黑煞絲召回了，邪惡天禽心神剛動，身後突然產生了一陣輕微的力量波動，他不得不回身去對付來偷襲的蟲族刺客。

感覺到渾身的汗毛都豎了起來，邪惡天禽心神一緊，他感覺有些棘手了，歸天蟲手裏竟然也有神器勾魂匕，這件神器來去如風，還無影無蹤，根本就無法防範，大規模防禦的烈火黑煞絲暫時沒辦法用，他只好用本源力量。

一團無法分辨顏色的能量自他身周騰地升起，將邪惡天禽包裹起來，而一直運用種族異能隱身的皮斯特就發現手中的神器好像失去了控制。

「潮爆焰火！」正在邪惡天禽用本命能量對付皮斯特時，天空中響起了兩個聲音，隨後天空被映成了火紅火紅的顏色，有人抬起頭，結果看到一個巨大的火球自上面射了下來。

楚天也看到了，他卻知道這根本不是從天空來的，而是直接在上面的土地上召喚出了異空間通道！

「你們都必須死！」上面巨大的火焰球給了邪惡天禽非常大的壓力，他虎吼一聲，渾身氣勢勃發，黑色氣霧竟然向四周飛速湧去，籠罩了大片的建築物。

這會兒工夫裏，天空上的火焰球終於帶著「嗡嗡」的聲音落下，身臨其境，感受著這「彗星撞地球」的感覺，楚天心中卻有絲輕鬆的感覺。

「死吧，死吧，這樣大家都解脫了。」楚天自認夠黑的，但面對邪惡天禽，他仍是恨不得立刻將這個傢伙碎屍萬段，故而有了自搭一命，除這一害的想法。

看著火焰球落下，兩個虛脫的海族、兩個被打擊得搖搖欲墜的獸族、一個心神巨顫的蟲族都鬆了一口氣，這種神跡術法，就是王級都躲不了，不過，邪惡天禽實在是帶給他們太多震撼了，故而看著火球帶著駭風將那團黑霧砸進了地下，他們仍然緊緊地盯著。

泥石飛射，無數火苗染紅了四周的建築物，洶洶火海裏，一棟棟建築物轟然倒塌。

每當火海裏發出一聲響動，五個人的心就提到嗓子眼兒一回，但卻沒有什麼東西走出來。

「看來是真死掉了。」幾個人彼此看著，都大大地鬆了口氣。

「喀啦。」

正在此時，火焰裏傳來一聲輕響，幾個人機械地轉過頭，看到一個渾身浴火的裸體男人自火海裏走了出來。

「你們真的惹惱我了！」輕聲地說著，邪惡天禽用舌尖舔了下嘴角的血絲，露出猙獰無比的表情。

「快走！」一看連神跡術法都無法對抗眼前的傢伙，五個翎爵高手不是笨蛋，他們大叫一聲向四周分散激射逃去。

「你們以爲逃得出去嗎！禁錮領域。」眼中紅光一閃，邪惡天禽手腳並用，連續三個閃身，地面之上轟隆隆震響，無數陰森可怖的奇怪尖角建築拔地而起，密密麻麻聳立在整個城主府內。

這些好像豎劍般的建築頂端亮起一個個分不清顏色的能量光球，能量光球上分射出一條條光線，連接成一個巨大的網，而五位飛射逃散的翎爵則發現找不到路了，他們在空曠的天空迷路了。

怎麼回事？

幾個人心頭漸生不安，看著眼前分不清光暗的景物，幾個人都趕忙提起了最高警戒。

在幾個人眼裏，剛才的天空瞬息而變，眼前成了一個完全沒有方向感的世界，就連觸覺都無法發出。

看著天空之中好像沒頭蒼蠅一般亂竄的五個人，邪惡天禽嘴角掛起猙獰殘忍的表情，他抬手剛要將五個人拽下來，卻感覺西側傳來了一股能量波動。

猛地抬頭，七隻黑影在他眼睛裏飛速擴大。

「又是七隻翎爵，三族對遺跡之城竟是志在必得！」邪惡天禽心中想著，卻並不正確，雖然三族對遺跡之城確實有想法，但也不至於送十多位翎爵級別高手來，他們只是收到了皮斯德的求救信號，來保護幾族的神器。

對於幾個人的到來，邪惡天禽卻沒有放棄殺掉被困的五隻渾蛋的機會，他左手伸出，五根手指彷彿蛇尾一般扭動了兩下，五條分不清顏色的能量線激射而出，纏到了來回亂竄

的五隻翎爵。

手輕輕一拽，五個人就彷彿風箏一般被拽到了地下，此刻他們都已經是半殘之身，加上邪惡楚天真正的動怒了，故而根本沒有反抗幾下，五個人已經身首異處。

處理了五隻殘兵，邪惡楚天才收拾了五個人留下的神器，抬首靜待其他人的到來。

「你是誰？理查海爾德和非內克斯呢？」一個海族的禿頭大漢甕聲甕氣地喝問道。

「你沒長眼睛嗎？」撤掉身下的黑霧，五具鮮血淋淋的身體露了出來，邪惡天禽還輕輕踢了腳身下那顆死不瞑目的頭顱。

咕嚕咕嚕。

一顆人頭準確地滾到了甕聲大漢的腳下。

「非內克斯！是你殺了他們！」大漢大叫著就想衝上來，卻被其他後面趕到的人拉住了。

用看白癡的眼神瞄了大漢一眼，邪惡天禽沒有再說話，而是在想怎麼將這七個人也幹掉，剛才的潮爆焰火讓他受了點小傷，若是平時絕對沒有問題，但此刻他剛剛從封印出來，自身力量最多只有鼎盛時期的三分之二，若是正面戰鬥消滅這幾個傢伙，又要受些傷了。

「你是誰？為什麼要殺我們族人？還有，他們身上的法器呢？」一個渾身白袍的儒雅男人眼中冒著精光不卑不亢地問道。

「我不知道是誰殺的他們，反正我來的時候他們已經死了，你說的法器，是不是這些？」邪惡天禽很誠懇地說著，並拿出了剛得到的那五件神級法器。

七個人眼光立刻被吸引了，他們幾個人中甚至有人忍不住向前挪動了兩下腳步，不過隨後就被人制止了。

「既然不關先生的事情，那麼能不能將法器還於我們。」儒雅男人看來是幾個人暫時的領導，他對邪惡天禽很客氣地說道。

有這樣的表現，幾個人內心裏確實不相信邪惡天禽就是殺害五個翎爵的人，他們不相信眼前男人會是王級，更想不到這樣的高手會玩撒謊騙人的手段。

「呵呵，你們當我傻嗎？這五件可是神器，我撿到了憑什麼交給你們？」邪惡天禽繼續演戲。

眉頭挑了挑，儒雅男人更加相信五個族人或者盟友不是邪惡楚天殺的了，還覺得邪惡天禽實力並沒有達到王級。

這樣想著，儒雅男人有了決斷說道：「您說得極是，不過這些都是我族中寶物，爲了它們，我們什麼都得做。」

「要挾我？」邪惡楚天指著自己的鼻子，皺眉想了兩秒才說道：「你們人多又怎麼

樣？以為能夠攔得住我嗎？而且你們不想知道誰殺了你們的族人。」

邪惡天禽的「精明」讓儒雅男人皺起了眉頭，好一會兒他才說道：「那您有什麼要求？」

邪惡天禽淫笑了兩聲，用一對眼睛瞄著七人中唯一的一位女子說道：「只要肯將她……交給我，我就換給你們一件神器。」

這個女人閉月羞花，天容之姿，眉清目秀，清嘴瑤鼻，渾身散發著一股梔子花的香氣，就是對楚天來說，那也是美女級別的了，可楚天卻感覺到，邪惡天禽對她根本沒有愛，只有殺人的欲望，不過他演技不錯，在表面上沒有流露出一絲殺氣，只有淫邪之態。

「你……欺人太甚。」儒雅男人看了那廂的美女一眼，忍不住喝道。

「好啊，既然交易不成，那麼我就走了。」邪惡楚天說著話作勢要抽身離去。

「等等，我跟你換。」美女突然開口說道。

「米奇莎，你……」幾個人都急叫出聲，卻被米奇莎阻止了。

「我們沒有辦法的，他要走我們根本攔不住他。」米奇莎很現實地對幾個夥伴說著，又轉頭看著邪惡天禽說道：「我可以做你的僕人或者奴隸，但你必須把東西全部交給我們。」

邪惡天禽囂張地笑著，半天都不開口。

太張狂了，這種目中無人的態度將七位翎爵刺激得不行，他們都做出了就算邪惡天禽沒有殺他們的族人，他們也要抽機會殺掉這個傢伙的決定。

「你笑什麼！」美人妙眸含煞，忍不住喝道。

「你配嗎？五件神器，你難道當你自己是鳥神嗎？」邪惡楚天突然收口，惡狠狠地看著米奇莎說道。

「那你什麼意思？」美人被氣得胸膛不斷起伏著，最終壓下怒火問道。

「看來你們沒有聽清楚我一開始的話，你換一件，其他的，你們獸海蟲三族各送來一位美女，再推舉一位美人兒，一換一，我就將神器換給你們。」邪惡天禽語氣十分堅定地說道。

「你……真是欺人太甚！」幾個人都忍不住叫了起來，有兩個還想衝上來立刻動手，卻被米奇莎攔住了。

「大家不要動手，我們暫時同意他的決定，先換回一件神器，等我到了他的身邊看有沒有機會偷襲，若是沒有我就跟著他，隨時傳給大家他的位置，你們回去稟告王者們，讓他們作決斷。」米奇莎竟然有幾分巾幗英雄的味道，她用精神波動給大家傳遞著資訊。

幾個人雖然有些不願，但卻明白這確實是此刻最好的辦法，只是他們不知道，這段精神資訊早被邪惡天禽用秘法攔截了下來！

冷冷一笑，邪惡天禽並沒有拆穿他們，而是很囂張地問道：「怎麼樣？」

用眼睛阻止幾個人向邪惡天禽發狠，米奇莎展顏一笑說道：「我代表三族同意了，而且自古美女愛英雄，你這樣的強者正是我這個弱女子最好的歸宿。」

「嘿嘿。」好像特別得意，邪惡天禽笑得更狂，隨手將手中的勾魂匕扔了過去說道：「先給你們一件，你過來。」

邪惡天禽故意將勾魂匕扔出來老遠，看著它的拋物線，幾個人都將視線集中過去。

「就是現在！」邪惡天禽放出了幽靈碧羽梭、烈火黑煞絲和大日金烏！

精彩內容請續看《馭禽齋傳說》卷六皇者悲歌

馭禽長征 ⑤王級力量 (原名：馭禽齋傳說)

作　　者：雨　魔
發 行 人：陳曉林
出 版 所：風雲時代出版股份有限公司
地　　址：105台北市民生東路五段178號7樓之3
風雲書網：http://www.eastbooks.com.tw
官方部落格：http://eastbooks.pixnet.net/blog
信　　箱：h7560949@ms15.hinet.net
郵撥帳號：12043291
服務專線：(02)27560949
傳眞專線：(02)27653799
執行主編：劉宇青
美術編輯：吳宗潔

法律顧問：永然法律事務所　李永然律師
　　　　　北辰著作權事務所　蕭雄淋律師
版權授權：蔡雷平
初版換封：2016年1月

ISBN：978-986-352-228-7

總 經 銷：成信文化事業股份有限公司
地　　址：新北市新店區中正路四維巷二弄2號4樓
電　　話：(02)2219-2080

行政院新聞局局版台業字第3595號
營利事業統一編號22759935

定 價：280元　特價：199元

國 家 圖 書 館 出 版 品 預 行 編 目 資 料

馭禽長征 / 雨魔 著. — 初版. —
臺北市 : 風雲時代, 2015.08-
冊 ;　公分
ISBN 978-986-352-228-7(第5冊 : 平裝). —

857.7　　104009474